小学館文庫

イグジット

相場英雄

小学館

目次

信認は空気のような存在で平時は誰もその存在を疑いませんが、
信認を守る努力を払わなければ、非連続的に変化し得るものです。
そして、一旦、信認が崩れると、経済に与える影響は計り知れません。
信認は非常に微妙な構築物です。

『中央銀行』白川方明著

プロローグ

二〇一四年一〇月三〇日

新宿御苑脇の外苑西通り、大京町の信号近くで古賀遼はタクシーを降りた。スマホの地図アプリを頼りに、国立競技場方向に歩く。再度スマホに目をやると、外科病院の手前で左折せよと矢印が表示された。

午後八時三分、外苑西通りから逸れた途端に車が減り、周囲を歩く人影もほとんどなくなった。閑静な住宅街には広大な敷地を持つ屋敷がいくつも連なる。

古賀は歩みを速め、私大病院近くの低層マンションに向かう。間接照明がエントランスの石畳と植え込みを照らす。スマホの地図アプリを消し、時刻に目をやる。午後八時一〇分、そろそろ目的の人物が帰宅する。

スマホを背広のポケットにしまったとき、外苑西通りの方向からエンジンの音が近づいてきた。街灯に照らされた黒い大型のセダンが現れ、ゆっくりとマンションに近づく。

「ありがとうございます。明日もお願いします」

自ら後部座席のドアを開けたショートカットの女が言い、扉を閉めた。大量の資料を詰め込んでいるのか、茶色のブリーフケースは歪に変形している。グレーのパンツスーツと大きな鞄は、一眼で仕事のできる女だとわかる。

「明日は午前七時半に参ります」

助手席の窓が開き、運転手が恐縮したように言った。

「おやすみなさい」

女が返すと、運転手はゆっくり車を走らせた。車を一瞥した女はパンプスの踵を鳴らした。手足が長く、背筋を伸ばした全身からは自信がみなぎっている。だが、自分はこの女のプライドをへし折るために派遣された。意を決し、古賀は女に歩み寄った。

「こんばんは、青山先生」

「どこの記者さんかしら？　ブラックアウトのルールはご存知よね？」

青山ゆかりが眉根を寄せ、わずかに体を逸らした。

「記者ではありません。金融コンサルタントの古賀と申します」

「金融のお仕事をなさっているなら、なおさらお話しすることはできません。私の任務をご存知ですよね」

青山が顔をしかめた。

「日銀政策委員会の審議委員でいらっしゃいます」

古賀の言葉にたちまち青山が嘆息する。

「金融の方なら、今がデリケートなタイミングだとご承知でしょう。無用な誤解を招くわけにはいきません」

大きな鞄を持ち直すと、青山が歩き始めた。

「ある方の代理で参りました」

古賀の言葉に青山が歩みを止め、振り返った。

「こちらをお渡しするようにと」

内ポケットから茶封筒を取り出し、古賀は青山に手渡した。封筒にはクリップで名刺が留めてある。名前を見た途端、青山が小さく声を上げた。

「なぜ磯田(いそだ)大臣が？」

「私は封筒をご確認いただくよう指示されただけです」

乱暴に封を切って中の物に目を通すと、青山の顔が苦しげに歪(ゆが)んでいく。

「これって……」

「青山先生の娘さんについて、内々にご報告さしあげるようにと」

「愛美(まなみ)……どうしてこんなことを」

鞄が滑り落ち、青山もその場に蹲(うずくま)る。

「アメリカの高校に留学中の娘さん、悪い仲間と違法な物を摂取されているとか」

「この煙……マリファナよね？」

「青山先生のお立場を考慮され、内々にお伝えせよと」

古賀が穏やかな口調で言うと、足元で青山が洟をすすり始めた。

「では、これで失礼いたします」

青山の肩を抱き、立ち上がらせる。

「明日の決定会合で執行部提案に賛成票を投じろ、そういう意味なのね？」

青山が眦をつり上げ、言った。

「明日の会合の票数は拮抗必至だから……」

青山の怒声が閑静な住宅街に響く。古賀はゆっくりと首を振り、口を開いた。

「私は一介のコンサルタントです。この国の経済運営を担う重大な会議について、なんの予備知識もありません」

「反対票を投じたら、娘のことをマスコミに流す。そういう脅しなんでしょう！」

「私には磯田大臣の真意がわかりません。どうかご容赦ください」

古賀は足元にある重い鞄を拾い上げ、青山に手渡した。

「それでは失礼します」

青山に一礼すると、古賀は外苑西通りの方向へ歩き出した。

第一章　停滞

1

「重版に向けた最終的な検討を行っております。取次の在庫が少数なのは存じていますので、弊社から直送させていただきます」

〈池ちゃん、本当だろうね〉

池内貴弘は受話器を握りながら、なんども頭を下げた。出版社の営業マンにとって、全国有数の売り上げを立てる大手町の書店員は頭の上がらない存在だ。

〈ちょっとさ、最近の言論構想社は渋すぎるよ。それじゃあ〉

電話口の口調が普段よりきつい。額にじっとりと汗が滲む。受話器を握りながら、池内は五メートルほど先にいる営業部長に目をやり、受話器を置いた。

「クレームか？」

「『ネット不況の真実』が足りないと」

気鋭の社会学者が書き下ろした新書のタイトルを口にすると、たちまち部長の顔が曇る。

「重版の催促か。まだ市中在庫がある。似たようなタイトル並べさせろ」

部長は吐き捨てるように言うと、椅子にかけた背広を手に、部屋を出ていった。

「たしかに、そろそろ刷らないとまずいよな」

隣席の同期が小声で言った。同期の目の前のパソコンには『ネット不況の真実』の売り上げデータが表示されている。

重版とは、売れ行き好調な書籍や雑誌を再度印刷し、流通網に乗せることだ。出版社は書籍を刊行し、多くは取次という名の書籍専門の問屋に納入して収入を得る。

一年前に総務部次長から異動してきた現営業部長は、こうした声に全く耳を貸そうとしない。営業マンの一人として、重版を迫る書店員、発行部数の蛇口を閉め続ける部長の間で、池内は板挟みだ。

「初版は二万だったよな」

「通常ならまだ動く場面じゃないけど、ネットのバズり方がすごいからな」

同期が画面を切り替えた。ツイッターで著者のアカウントを見ると、数十万件のリツイートが放たれている。

「おう、池内」

画面の数字を睨（にら）んでいると、いきなり肩を叩かれた。聞き覚えのある掠（かす）れ声に振り返ると、髭面に愛想笑いを浮かべた、いがぐり頭の中年男がいた。

「秋元さん……」

「ちょっといいか？」

そう言って、不在の同僚の椅子に座る。秋元は文芸編集部でエンタメ小説を担当するベテラン編集者だ。

「部決会議は来週だよな。優秀な営業マンの池内くんにたっての頼みがある」

「部決は営業マンの専管事項でして」

「来月、俺の担当作家の新作が出る」

池内はパソコンのキーボードを叩き、社内の刊行予定一覧のページを呼び出した。

「塚森新平先生ですね」

「塚森先生の新境地、ＳＦ時代活劇だ」

「『時空捕物帳』ですか……」

濡れ衣で警察を辞めさせられた元刑事が、元禄時代にタイムスリップして公儀に背く悪人を退治する、とある。

「今は時代物が全盛だ」

企画が安直すぎる。喉元まで出かかった言葉を堪えていると、秋元が口を開いた。

「池内は、疾風シリーズとか長屋ご隠居シリーズをロングセラーにしたじゃないか」

「お言葉ですが、二つのシリーズとも編集者がじっくりと作家を育て、長い時間をかけて書店さんに売り込んで、ジワジワと売れた作品たちです」

たしかに塚森新平は六〇歳間近の大ベテラン作家だ。ハードボイルドでデビューし、文芸界の栄えある賞をいくつも獲得し、最近は青春物など多様なジャンルで新作を出している。

池内はキーボードに指を走らせた。

「ここ四、五年は単行本で一つも重版がかかっていませんね」

「だからこそ新境地に挑んだ。俺も先生を説得して、SFと時代劇を融合させた」

「ウチの別タイトル、それに他社から出た新刊、文庫の売り上げを勘案した上で、部決会議に諮(はか)ります」

「どうだ、これくらいはいけるよな？」

突然、秋元が目の前に指を三本立てた。

「弊社への貢献度を考えると、三〇〇〇部は少ないかもしれません」

秋元のこめかみに幾筋も太い血管が浮きだした。

「馬鹿言ってんじゃないよ、三万部だ」

「その数字は無謀です」

「読んでもらえれば、絶対に売れると確信が持てるはずだ」

池内は、部長席近くにある段ボール箱に目をやった。書籍の売り上げが漸減傾向をたどる中、編集者がゲラ刷りを営業部に持ち込み、営業部員や書店員に読ませることが活発化した。

「同僚たちの評価は芳しくありません」

再度キーボードに指を走らせる。社内SNS、特に営業部員同士のみが閲覧、発言できる掲示板をモニターに映す。表計算ソフトの縦軸に新刊のタイトルと著者名、横の欄には営業マンの名前とそれぞれが星の数で評価した一覧がある。

「……なぜ塚森先生のタイトルが星一つなんだ？」

「営業部的には、面白くないと評価する人間が多かったということです」

突然、秋元が椅子から立ち上がった。

「塚森先生に、一万部以下の初版だって伝えるのは俺だぞ」

「ダメなものはダメです」

「せめて一万八〇〇〇、いや、一万五〇〇〇でどうだ？」

「無理に初版を多く刷って、売れ残りを倉庫に山積みするのは信義則違反です」

「見込み違いは出るだろう？　それにいっぱい刷ればその分だけ取次から金が入るわけだ。一タイトルくらいなんとかならんのか？」

「無理です」

　社内で同じようなことが頻繁に起こる。出版不況の深刻さを理解せず、かつての部数にしがみつき、威張り散らす作家。そして新たな書き手を発掘することなく、揉み手しながら名の知れた作家から原稿を取ってくるだけの編集者……外部環境が激変しているのに、自らが変わることを拒否し、古いシステムにしがみつく連中だ。出版業界全体が右肩下がりの時代に入社した池内は三四歳で、秋元のような五〇代前半のバブル期組は変われない世代のど真ん中と映る。

「我々は編集作業に口出ししない、編集者も営業の業務に触らない、これはどこの出版社でも常識です」

「でも、塚森先生の作品だぞ」

「人気が陰っているのは、我々だけでなく書店員も皆知っていることです。そこに厚めの初版なんて噂が広まれば、社全体の信用が落ちます」

「大げさだよ」

「新聞が発行部数を水増しして広告費を吊り上げたことが公取委に睨まれたばかりです。週刊新時代や言論構想など主力雑誌の広告料金も水増ししている、そんな噂がたつ恐れがあります」

　秋元の視線に敵意がこもっている。だが、営業のタガが緩めば、社業全体にジワジワと病原菌が広がっていく。先輩であろうが、譲れないものは譲れない。

「わかったよ。おまえ、覚えてろよ」

露骨に舌打ちすると、秋元が乱暴に椅子を蹴り、営業部を後にした。

「秋元は諦めたか？」

入れ違いに部長が戻ってきた。肩をすくめると、部長が池内を手招きした。

「急なことで悪いが、おまえの異動が決まった」

「俺ですか？」

言論構想社は他社に比べて人事異動が多いことで知られるが、定期のタイミングとは違う。

「月刊言論構想の記者になってもらう」

「記者って、俺は入社後半年しか経験ないですよ。しかもウチの看板で……」

「決定は決定だ」

冷静に言い放つと、部長が自分の席へ歩き出した。

2

午前九時過ぎ、池内は九段下の言論構想社に出社した。大理石のロビーからエレベーターに乗り、五階で降りる。薄暗い廊下を奥に進み、目白通りを見下ろす角部屋へ向かうが、周囲に人影はない。一〇日前までいた八階営業部とは大違いだ。八階は、全国の書店から集まる注文の確認や取次との連絡に追われる時間帯だ。同じ社内でも全く勝手が違う。

〈月刊言論構想編集部〉

白く大きな扉、ドアノブ近くにあるカードリーダーにICタグをかざすと、ロックが解除された。営業マン時代、なんども打ち合わせに赴いた部屋だが、やはり誰もいない。

腕時計の日付表示を見ると、ガラ空きの理由がわかった。会社の看板雑誌である月刊言論構想は前日が校了日だった。多くの編集者や記者、外部のライターが居残り、最後の原稿を印刷所に送り出した直後だ。

校了を経た総合月刊誌の編集部は、嵐の後の静けさに浸っている。

壁のスイッチに触れ、電灯を点ける。三〇畳ほどのスペースに、二〇脚の机と椅子が並べられ、それぞれの周囲にゲラや書籍が堆く積まれている。

部屋の中央にある大きな丸テーブルの上には、来月号の新聞広告の見本が置かれ、赤ペンや青ペンが放置されている。どこに座ってよいかわからず、池内は丸テーブルの空いた席に鞄を置いた。ノートパソコンを起動すると、一〇日前の光景が蘇った。

〈記者経験があるんだから、うろたえることはない〉

営業部長は一方的に告げ、パソコンの画面に映る売り上げデータに目を凝らした。突然の内示以降、後輩と引き継ぎを行った。その後は直接挨拶に出向ける書店員や取次の担当者に異動を知らせて回り、一〇日間はあっという間に過ぎた。

「随分、早いね」

背後で張りのあるバリトンボイスが響いた。振り返ると、細いストライプのスーツを着た男が笑みを浮かべていた。左手には明るい茶色の鞄、足元はバッグと同系色のプレーントゥの革靴だ。

「小松(こまつ)さん、おはようございます」

慌てて腰を浮かし、小松勝雄(かつお)に頭を下げた。政財界のほか、芸能界やスポーツ界のスクープで知られる週刊新時代の記者、デスクを経て、月刊言論構想の編集長に史上最年少の四八歳で就いた男だ。

「ウチの都合で無理を言いましたね。よろしく」

小松が右手を差し出し、池内の手を強く握った。小松は新時代の記者時代には官界の汚職をなんどもスクープし、デスクに上がってからも一癖も二癖もある記者やライター約五〇名を束ね、斬新な企画を連発して部数を大幅に伸ばした。

「記者の経験はたった半年間、張り番ばかりで原稿に触ったこともありません」

一二年前に都内の私大を卒業し、言論構想社に入社した。三ヵ月の研修を経て配属されたのが週刊新時代編集部で、池内はカメラマンとコンビを組み、ひたすら全国を駆け回る張り番班の一員となった。

タレコミや記者の取材で素材を見つけた際、当事者を二四時間追いかけるのが張り番だ。

政界要人同士の密会、スポーツ選手と反社会的勢力の接触など決定的瞬間をカメラマンがファインダーに収め、池内はコメントを求めに走る役回りだった。

「池内君には、前任者が担当していた経済全般を扱ってもらいます」

「経済ですか？」

言論構想という総合誌が扱うのは、政財界の要人インタビューのほか、気鋭の学者の新説やスポーツ選手の回顧録と多岐に亘る。従来、著名エコノミストの景気分析コラム、財務省や日銀幹部の人事動向を追った企画も扱っていた。

「景気回復のサイクルは継続中……この国のトップはいつも言っていますが、池内君に実感はありますか？」

小松が言った。出版不況の入り口で入社し、以降ずっと社業が傾き続けた。経費のチェックは厳しくなるばかりで、景気回復という実感はゼロに等しい。

「なぜ政府の言い分と我々の皮膚感覚に違いがあるのか。その根源を様々な角度から探ってもらいたいのです」

「しかしネタ元というか、手がかりがありません」

池内の言葉に、小松が肩をすくめた。

「池内君には即戦力となる知り合いがたくさんいるじゃないですか」

テーブルの上のスマホに視線を向け、小松が言った。画面には半年前に担当した経済関係の新書のタイトルが映っている。

「著者と書店回りをしたことがありますね」

「すぐに連絡してみます」

「彼らなら、色々ヒントをくれるはずです」

短く言い残すと、小松が部屋の奥にある編集長席に向かった。池内はパソコンのアドレス帳を繰り、なんども著者営業で一緒になった丸顔で団子鼻、無精髭がトレードマークの男の連絡先を探した。

3

タクシーやハイヤーが幾重にも停車して混み合う銀座八丁目で、古賀はタクシーを降りた。指定された時間は午後九時五〇分、あと八分だ。背広姿の酔客や食事からの家路を急ぐＯＬたちの人波を縫いながら、指示されたビルを目指す。昭和、平成、令和と銀座の街を見てきたが、元号が変わるたび夜の街に集う人の数が減った。

「キャバクラのご用命は？」

何人もの客引きが揉み手しながら周囲に群がる。失礼、と低い声で告げ、先を急ぐ。タクシー乗り場近くに来ると、煉瓦壁のビルが見え始めた。建物の前には黒塗りのハイヤーが一台、その前後にはグレーのセダンが停車し、ポマードで髪を固めた胸板の厚い男たちが周囲を射るような視線で見回す。

グレーのセダンから少し離れた所では、五、六人の若い男女がビルの方向を見つめている。それぞれの手にはノートやＩＣレコーダーがあり、さらに少し離れた場所にはボンネット脇に旗を掲げたハイヤーが停車中だ。

古賀は俯き気味にビルに足を向ける。襟元にＳＰのバッジを付けた男が古賀を睨むが、人畜無害と判断したのかすぐに視線を外した。

古いビルの壁面に貼られた看板に目をやった。一階から八階まで、それぞれのフロアに四、五の店名が掲げられている。そのうち、二階を独占している白いプレートが目に入る。

〈ファーストクラス〉

銀座でも一、二といわれる超高級クラブだ。看板の前を素早く通り過ぎ、エレベーターホールに続く通路を歩く。テナント用のポストが目に入る。その左側にはエレベーターが二基ある。メールの指示は右側の関係者専用ドアだ。

「古賀です」

扉の前に控えていた背広の男に告げると、男はドアを開け、古賀を先導する形で階段を下っていく。

「足元にお気をつけください」

薄暗い照明を頼りに、地上階から一フロア下がる。もう一つ分厚いドアがあり、先を行く背広の男が開ける。今度は病院の通路のような緑色の無機質なスペースに案内され、二〇メートルほど進む。

突き当たりに業務用とプレートが貼られた古いエレベーターがある。背広の男は慣れた手つきでボタンを押し、狭いエレベーターに乗り込んで四階のボタンを押す。

エレベーターはゆっくりと上昇し、ガタンと不快な機械音を残して止まった。背広の男はエレベーターを降り、左側へと古賀を誘導する。

〈会員制Airborne〉

分厚いオークのドアを背広の男が開けると、タキシードを着た体格の良い男が恭しく古賀を迎え入れた。

「あちらの個室でございます」

導かれるまま、薄暗い通路を進む。細い通路の先に年代物のブランデーやウイスキーが整然と並ぶバーカウンターがあり、隣には大きなワインセラーが見える。案内係が一番奥の個室の前で足を止め、ドアをノックした。

「おお、入れ」

嗄れた声が響くと同時に、案内係がドアを開く。

「遅くなりました、大臣」

姿勢を正し、紫煙の向こう側に座る男に告げた。キューバ産高級葉巻の甘い香りが狭い個室に充満している。

「委員会の審議が長引いて昼飯を食いそびれた。すぐにアレを持ってきてくれよ」

革製のソファに深く座った男が言うと、案内係はドアを閉めた。

「面倒な道順で悪かったな。案内に問題はなかったか？」

葉巻を燻らせながら、磯田一郎副総理兼財務相が言った。

「とんでもございません。私のような者にまでご配慮いただき、ありがとうございます」

「堅苦しい挨拶は抜きだ。座れよ」

姿勢を正して一礼すると、古賀は革張りのソファに腰を下ろした。使い込まれた革の表面が艶やかに光る。目の前の磯田は愛おしそうに葉巻の煙を燻らし続ける。

「古賀が着いたらすぐ出せって言っていたのに、遅えな」

磯田が左手の腕時計に目をやった。レザーのベルトに丸い文字盤、手入れの行き届いたビンテージ物だ。

「爺さんのお古だ。気に入っていてな」

古賀の視線を感じたのか、磯田が言った。

「スイスの老舗ですね」

「機械式で手間はかかるが、形見だから粗末に扱うわけにはいかねえ」

爺さんとは、戦後日本の礎となった外交官出身の元内閣総理大臣で、磯田の母方の祖父だ。腕時計のほか、銀座のテーラーで仕立てたスーツとドレスシャツの着こなしも隙がない。閣議で総理の芦原と軽口を叩いたと磯田が告げたとき、個室のドアが開いた。

「お待たせいたしました。三元豚のカツサンドと当店オリジナルのピクルス、そしてバーボンソーダでございます」

案内係が再び現れ、テキパキと大皿と小皿を磯田と古賀の前に置く。

「ここのカツサンドが最高でな。古賀に食わせてやろうと思っていた」

トングを器用に使い、磯田が分厚いサンドイッチを取り分け、古賀の前に置いた。

「三元豚の脂身と肉汁、バーボンの甘みが妙にマッチする。食ってみろ」

紙ナプキンをグラスに巻き、磯田が古賀に差し出す。

「大臣、あとは私が」

「いいから、乾杯だ」

悪戯っぽい笑みを浮かべ、磯田がグラスを掲げた。九州一の資産家一族出身の磯田は上から目線だと批判を浴び、記者と衝突する機会が多い。だがなんども会ううち、照れ屋で面倒見の良い男だとわかった。

「大臣、本日のご用件は？」

「少し待ってろ」

いつの間にかグラスをカツサンドに持ち替えた磯田が言った。カツサンドを頰張ると、磯田が満面の笑みを浮かべた。よほど空腹だったのか、磯田はもう一口、サンドイッチを口に運ぶ。

「役所の連中が知らないような話を聞かせてもらおうと思ってな」

「役所とは、金融庁の方ですね」

磯田が頷く。同時に目でカツを食べろと促す。古賀は一口食べ、言葉を継いだ。

「大臣が気になさるといえば、地銀のことでしょうか」

「ヤバいところはあるか？」

「役所の方がご存知ない地銀案件……いくつか心当たりがございます」

戦後最長の在任記録を更新し続ける芦原内閣で、磯田は政権発足当初から後見人を務めつつ、副総理と財務相の重責を担ってきた。ここ七、八年ほどは金融庁を所管する金融担当相も兼務している。突然の呼び出しの背後には、官僚に任せきりにするのが嫌いな磯田なりの狙いが潜んでいた。

「今日明日、おかしくなりそうなところはございません」

「いつからヤバくなる？」

「早くて半年後、遅くとも一年以内にはいくつか弾けそうなところがあります」

「俺も同じような報告を受けている……」

磯田が複数の地銀、第二地銀の名を挙げた。古賀はゆっくりと首を振った。

「その他に、という意味です」

「どんな爆弾が隠れている？　教えろ」

バーボンソーダを一気に飲み干すと、磯田が身を乗り出した。古賀は背広の胸ポケットから手帳を取り出し、ページを繰った。

「数行が、危うい証券化商品を大量に保有しています」

「ＣＬＯか？　不発弾みたいなジャンクばかりじゃねえか。古賀が紹介したのか？」

「とんでもございません。筋の悪い外資系のブローカーが売ったようです」

「役所の連中も気づいてんじゃねえのか？」

古賀が強く首を振ると、磯田の眉間に深い皺が現れた。

4

磯田が二本目の葉巻に火を灯(とも)し、煙をゆっくりと吐き出した。

今しがた、磯田が告げた言葉が古賀の耳の奥を刺激する。好きで始めた商売ではない、とっくに足を洗うつもりだった……喉元まで這(は)い上がった言葉を呑(の)み込み、古賀は胸のポケットから手帳を取り出した。

〈保有行別CLO残高、内訳一覧〉

素人が一見すれば、数字とアルファベットが入り交じった暗号としか取れない。しかし、金融の仕組みを知っている者であれば、そこにある記号の羅列がとんでもない腐臭を放つ代物だとわかる。

株式や国債、外為と市場(マーケット)と名のつく賭場に出入りするようになって四〇年以上が経過した。賭場にはカモとなる常連客が世界中から集まる。中には火傷(やけど)を負っても勝負を続けたがる厄介な客が存在する。追加の種銭を貸せと言い、家屋敷をかたに入れる……トラブルを起こした客の相手を始めてから二五年以上になる。

眼前に記された個別行の残高は、まだ賭場の外に出ていない極秘データであり、磯田が所管する金融庁監督局だけでなく、金融機関の資金繰りを仔細(しさい)にウォッチする日銀の金融機構局の実務者でさえつかんでいない。

「さすが芦原の懐刀だな。大臣として礼を言う」

　磯田がようやく口を開いた。

　芦原恒三(こうぞう)首相とは今から二〇年以上前、財界の要人を通して知り合った。当時の芦原は与党民政(みんせい)党幹部議員だった父親の秘書だった。父の死後、地盤を継ぎ、民政党の要職を歴任したのち、首相に就任した。この間、古賀は芦原やその周辺の財界要人のために金融の裏仕事を多数こなした。

　五年前、芦原の従兄弟(いとこ)が保有する河口湖畔の別荘に招かれた際、お忍びで訪れた磯田を紹介された。以降、磯田から二、三カ月に一度の割合で呼び出され、金融市場の裏側に蠢(うごめ)く人間や投機の機微をレクチャーするようになった。

　常連となっている銀座の超高級クラブを抜け出し、近隣の秘密基地に呼び出されることが多い。老練な政治家のやりくちには舌を巻くばかりだ。

「そろそろ、お暇(いとま)いたします」

　バーボンソーダを一口含むと、古賀は切り出した。磯田は財務相という最重量級閣僚であり、役所の幹部連とも頻繁に会食する。まして民政党大派閥の領袖であり、子分たちからもひっきりなしに連絡が入る。裏稼業の人間が長居するのはご法度だ。

「もう少し付き合えよ。鮮度の良い話を聞きたい」

磯田が立ち上がり、壁のキャビネットを開けた。扉の内側には、古いラベルのシングルモルトやリキュールの類いが詰まっている。磯田はアイルランドの深緑色のラベルが付いたボトルを左手に取り、隣の棚からショットグラスを二つ、右手で器用につかんだ。

「ここでしか飲めねえ希少品だ」

テーブルにグラスを置くと、磯田がコルクの栓を抜いた。

「先週、久しぶりにニューヨークへ行ってきました」

「そうか。どうだった？」

「好況が続いている、その一言に尽きました」

古賀の言葉に磯田が頷く。

「でも、ＦＥＤ（フェッド）は利下げしたばかりだ」

磯田が鼻の頭に皺を寄せ、笑みを浮かべる。

「あれはスペンサー大統領の……」

「わかってるよ、冗談だ」

来年の再選を控え、実業家から大統領の座をつかんだダグ・スペンサーは禁断とも言える手口で米連邦準備制度理事会（ＦＲＢ）の金融政策に圧力をかけ続けている。

「ヘッジファンド数社と会合を持ちました。中々面白い動きをしているファンドもありました。今後は間違いなく人工知能が運用の主役です」

古賀は若い世代の運用担当者が増え、旧来型のリサーチや生き馬の目を抜くようなトレーダーを抱えなくともファンドの運営が回り始めたことを直(じか)に見聞きした。その概要を告げると、磯田が身を乗り出した。

「日本でも同じような連中が増えるか？」

「半々でしょうか」

「なぜだ？」

「新たな運用の手法を正当に評価できる経営者がいませんし、優秀なエンジニアはほぼ全て外資系企業が高給でスカウトします」

古賀は手帳のページを繰りながら、実際に目にした事柄を説明した。

「なるほど。それで、本当に景気はいいのか？」

「ニューヨークに限ってみれば、利下げで一層景気が過熱した感がありました」

例えばと前置きし、古賀はホテルの話を始めた。

「観光のハイシーズンでホテルが取りにくく、マンハッタン南部のソーホーにようやく小部屋を見つけました。日本のビジネスホテルより狭い部屋で一泊五〇〇ドルかかりました」

対面(トイメン)の磯田は熱心に耳を傾ける。ソーホーの物件は若手デザイナーが倉庫を買い取り、凝った造りにリフォームした宿だった。

内外装はモダンな造りだが、隣にはニュージャージーへとつながるホランドトンネルがあり、早朝から深夜までひっきりなしに大型トラックやタクシーが行き交う。大音量でクラクションの音が響き続ける喧しい場所だった。

「宿の売店でミネラルウォーターと小さなサンドイッチを買っただけなのに、四五ドルも取られました」

「ぼったくりだな」

「それでも売れる、ということです。肌で景気の過熱ぶりを感じました」

宿の軽食だけでなく、ウォール街近くのレストランやバーの料金も東京に比べて二、三倍は高い。一方で供される食事はおしなべて二流、三流の味だった。

「奴らも本音を言えば利上げしたかったんだろうな」

「枯れ草が広がる草原にライターのオイルを撒いたような感じでしょうか」

磯田が三本目の葉巻に火を点け、紫煙を天井に向け吐き出した。

「上げるにせよ、下げるにせよ、奴らみたいに動く余地があるのは羨ましい限りだ」

誰に言うでもなく、磯田は言った。

5

出張から戻った古参の編集部員らと挨拶を交わし、池内貴弘はようやく月刊言論構想の編集部員兼記者として二日目の業務に入った。とはいえ今日明日に起こす企画のあてもなく、大量の書籍や新聞雑誌のバックナンバーを揃(そろ)える会社の書庫と自席をなんども往復するだけだった。

新書や経済系のノンフィクションを積み上げていると、副編集長の布施徹(ふせとおる)が言った。

「なにがわからないのか、そこを探りだすのが早道だ」

「経済はあまりにも間口が広くて、どこから手をつけたらいいか見当がつきません」

池内は肩をすくめた。

「真っ新(まっさら)な素人の目線で経済全般を見渡してほしい」

「それでも、雲をつかむような話です」

「そこをなんとかするのが編集者であり、記者の務めだ」

軽く肩を叩くと、布施が自分の席に向かった。テレビや新聞で頻繁に目にするのは、外為相場のレートや平均株価の推移、あるいは原油価格に関する情報だ。市場の値動きの一つ一つがリンクし、世界中で金が行き来しているのはわかるが、その詳細や機微をどう読者に伝えるのか。

　ノートパソコンの脇に置いたスマホが鈍い音を立てて振動した。

液晶画面を見ると、叔母の名前が表示されている。池内は通話ボタンをタップした。

〈貴ちゃん、ちょっとびっくりしたわ！〉

「ごめん、仕事中なんだけど」

　スマホを掌で覆いながら、池内は周囲を見回した。

「叔母ちゃん、なにが起きたの？」

〈貴ちゃんのガールフレンドが来たのよ！〉

　叔母の有希は父の妹で、池内の故郷仙台から三〇年前に東京へ嫁いだ。

「誰のこと？」

〈仙台の高校時代に付き合っていた娘がいたでしょう、あの娘よ〉

　もう一六年も前の話だ。県立高校に通っていた頃、県立女子校の演劇部にいた一歳下の女子と付き合った。バスケ部の先輩の紹介で知り合い、市内の映画館に行き、喫茶店や食堂で食事をする、遠出しても他の生徒たちと一緒に松島に行った程度だ。ぼんやりとボブカットの少女の顔が浮かぶが、名前を思い出せない。

〈貴ちゃん、独身貴族であちこち遊んでるから、忘れちゃったんじゃないの？〉

　高校卒業後、東京の私大に入った。その際、叔母の吉祥寺の一軒家に部屋が空いているからと、下宿させてもらった。精密機械メーカー勤務の叔母の夫はタイに単身赴任中で、物理的にもスペースには余裕があった。

　人並みに就職してからは、九段下への通勤に便利な高田馬場にマンションを借り、以降ずっと一人暮らしだ。

〈名刺を置いていったのよ。千葉朱美（ちばあけみ）さん〉

　名前を聞き、二重ではっきりした両目、鼻梁（びりょう）の高い娘の顔がぼんやりと頭の中でつながった。はきはきと物怖（ものお）じしない語り口に惹（ひ）かれ、演劇部の公演を二度観（み）に行った。私大進学で東京に出た池内と違い、朱美は地元の東北大学に進んだ。その後、朱美がどこに就職したのか全く知らない。

〈仙台あけぼの銀行本店営業部にお勤めよ〉

　叔母の声が弾む。仙台あけぼの銀行は、地元の地銀と二つの第二地銀が数年前に合併してできた新しい銀行だ。

〈事情はよく知らないけど、マンションを建てないかって〉

「叔母ちゃんの家、たしか裏に大きな土地があったね」

〈そうそう、一〇〇坪。今は駐車場にしているの〉

　叔母の家の裏には古い平屋が建っていた。細かな修繕を施しながら、貸家にしていたのを覚えている。

「貴ちゃん、今いい人いなかったら、千葉さんに会ってみたら。綺麗だったわよ」

高校時代、仙台の一番町で朱美とデートした。帰省中だった叔母はその様子を買い物の途中で見かけたと言った。

「なぜ叔母ちゃんの連絡先がわかったんだろう？」

〈貴ちゃんの同級生から聞いたらしいわ。彼女、頻繁に東京に来ているらしいの。今度会ってみてよ。私も興味あるし〉

弾んだ叔母の声を聞いたあと、池内は電話を切った。朱美とはキス以上の関係にならなかった。別れる際もあっさりしたもので、互いにわだかまりはない。なぜ一六年も経ってから、しかも叔母に連絡を入れたのか。池内は首を傾げた。

6

突然の電話から数日経った週末、久しぶりに吉祥寺に向かった。吉祥寺駅北口からアーケード街を抜け、五日市街道方向に歩く。私立の名門学園近くの住宅街に叔母の家はある。

「彼らは最近顔を出すの？」

池内が従兄弟たちの名前を告げると、叔母は顔をしかめた。

「仕事が忙しい、研究が大変だって全然寄り付かないの。東西線の直通使えば高田馬場から一本で来られるんだから、貴ちゃんはもっとウチに来ていいのよ」

「そうさせてもらうよ」

「これが千葉さんの名刺、こっちがもらった資料よ」

池内は名刺に目をやった。青と緑で縁取られた仙台あけぼの銀行のロゴの下に、本店営業部課長補佐の肩書きがある。

なぜ東京から三〇〇キロも離れた仙台の地銀がわざわざ来たのか。叔母は資料を取り出し、テーブルの上に広げた。アパート、マンション経営向け融資のご案内……。

「これ見てよ」

叔母がスマホをタップし、画面に写真を表示させた。叔母が自撮りした一枚だ。シンクを背にしたアングルで、左隣にはボブカットの女が微笑(ほほえ)んでいる。

「綺麗になっていたわよ、彼女」

叔母がスマホを差し出し、池内の手に載せると次第に記憶がつながっていく。

仙台駅西口方面にはアーケード街が連なる。老舗蒲鉾(かまぼこ)店の店先でひょうたん揚げを二人分買い、千葉に差し出したとき、彼女は屈託のない笑みを見せ、池内の手を握りしめた……。眼前の自撮り写真には、あのときと同じようにくっきりとした目元、高い鼻梁が写り込んでいた。

「ウチのお父さん、定年後に技術顧問としてベトナムに長期滞在しているじゃない。貴ちゃんの会社なら、詳しい人がいるんじゃないかと思って」

叔母の声で池内は我に返った。池内の目の前には資料がある。

〈アパート、マンション経営向け融資のご案内〉

表紙には、身なりの良い老夫婦が笑顔でマンションの前に立つ写真がある。

〈スピード重視の審査〉〈信頼の銀行ブランド〉〈提携メーカーとの協業〉

「他の銀行とか、不動産業者の売り込みはなかったの？」

「お父さんが一切受け付けなかったの」

「間隙を縫って来たわけか」

名刺を手に取る。電話、ファクス番号の隣に電子メールのアドレスが刷られている。

「裏に個人用の携帯番号まで書いていったわよ」

裏返すとボールペンで携帯番号が記されている。

「お父さんにはまだ内緒だけど、洋治(ようじ)にお金がかかりそうなのよ」

叔母夫婦の次男は有名私大の大学院に在学中だ。先端医療向け精密機器の研究に携わり、キャリアアップのため、米国の私立大へ留学を希望しているという。

「留学費用はどのくらいかかるの？」

「私立だから、とても高いのよ。年間八〇〇万から一〇〇〇万円くらいかしら」

叔母の眉根がわずかに寄った。

「蓄えはあるのよ。駐車場も結構貢献してくれるし」

家に隣接する一〇〇坪の敷地のうち、半分を整地して一台当たり月額五万円で貸し出し、月に五〇万円程度の収入があるという。叔母の夫は現在も海外メーカーの顧問として現役時代と変わらぬ給与を得ている。十分ではないかと告げると、叔母が首を振った。

「やっぱり怖いのよ。息子たちになにかあるかもしれないし、私たちが病気になるかもしれない。だから……」

「駐車場よりも効率良く稼げるマンションを建てるってこと？」

「千葉さん、すごく熱心に勧めてくれたの」

「でも、欠陥アパートの問題とかあったよね」

多数のオーナーを募った挙句、破綻したデベロッパーのニュースは週刊誌やテレビの情報番組でなんども取り上げられた。リタイア世代の地主から金を集め、アパートを建てて管理や修繕などを一手に引き受けたが、肝心のアパートは欠陥だらけで、オーナーたちが家賃収入を受け取れず困っている。

「ウチの場合は、土地が担保になるから融資は無理なく下りるし、頭金ゼロのいい加減な投資じゃないって言うの」

資料のページをめくると、手書きのメモがある。一〇〇坪の土地の大まかな評価額、仙台あけぼの銀行の可能融資額……千葉の文字が銀行の名入りメモに記されている。池内は末尾にある文字に注目した。

〈想定利回り約10%（仮）〉

「定期預金に預けても、ラーメン代にもならないご時世よ。魅力的だと思わない？」

「わかったよ。調べてみる。あとは直接、彼女に連絡取るよ」

池内は千葉の名刺の裏側に記載された手書きの連絡先をスマホのカメラで撮影した。

「実は異動してね」

池内は営業部から月刊誌に異動したことを伝え、何人かに話を聞けると説明した。叔母の表情が一気に明るくなった。池内が名刺の画像を保存していると、スマホの画面にショートメッセージ着信のサインが灯った。反射的に顔をしかめた。相手は契約記者で、週刊新時代の在籍時に張り番でコンビを組んだ強面だ。

〈異動祝いしてやる〉

突然、脳裏に銀座の街角の光景が浮かんだ。新時代にいた頃だ。高配当をうたい、主婦やお年寄りから一〇〇〇億円近くを巻き上げたマルチ商法の主宰者への体当たり取材だった。新規の入会金を配当に回すも、資金繰りに窮して雲隠れしていたところを池内が押さえたのだ。

〈この世にウマい話なんか絶対にない。銀行預金の金利とかけ離れた数字に飛びつくようなカモが悪い〉

銀座の裏小路をしつこく追い回すうち、詐欺師は吐き捨てるように言った。

「どうしたの？」

叔母が口を開いた。その手には先ほどの資料があり、〈想定利回り約10％〉と千葉の記した手書き文字があった。

7

〈平均株価は前日比二三〇円高の二万……〉

神田神保町の古びた雑居ビルの事務所で、古賀はパソコンのスクリーンに映る市況動画を睨んだ。

東証に広大な体育館のような立会場があった頃、一兵卒として顧客の注文をつなぐことから賭場の仕事を始めた。

九州の片田舎の商業高校を卒業し、逃げるように上京して準大手の証券会社の一員となった。体力勝負の場立ちから支店の営業マンを経て、法人営業の仕事に就いた。

一九八〇年代、日本経済がバブル景気に沸き、その後急な坂道を転げ落ちる過程をつぶさに見てきた。

もう一度、市況動画に目をやる。

極端に変動率（ボラティリティ）が低下した東京市場は、弛緩（しかん）し切っている。古賀は主要在京紙の夕刊をチェックし始めた。

〈南米で急進左派ポピュリズム政党が大躍進〉〈南米主要通貨、下げ止まらず〉〈南米で国債市況が急落、事実上の債務不履行（デフォルト）観測も〉

机の引き出しから鋏（はさみ）を取り出し、記事を切り取る。パソコン脇の大学ノートのページを開き、切り取った短い記事を糊（のり）で貼る。

場立ち要員だった頃から、主要な新聞や雑誌の記事をノートに貼り付けてきた。南米の異変を伝える記事と同様、端緒は必ず小さなテキストにある。

〈利下げ幅に失望、米大統領さらなる金融緩和へ圧力〉

〈米大統領の暴論、金融政策の独立性が史上最悪の危機に直面〉

日本実業新聞の編集委員が長文コラムで強く警鐘を鳴らす。

政治家が一時的な人気取りのため、有権者受けの良い減税を繰り返し、公共事業を膨らませるのは万国共通だ。

中央銀行の独立性……目下、世界中の金融市場関係者がスペンサー大統領とＦＲＢの動向を注視する。だが、十数年前にも同じような事が起こった。国家破綻への階段を下っている南米諸国の話ではなく、日本で起きた騒動だ。

書架のある小部屋の鍵を開け、蛍光灯を点ける。スチール製の無機質な書架には、大量の大学ノートが詰め込まれている。書架の下には、小さな金庫を設置してあった。重要な契約書や念書のほか、墓場まで持っていくと決めた写真や音声データがある。

古賀は二つのダイヤルを回し、小さな扉を開けた。分厚く変形した茶封筒をいくつかどけると、小さなICレコーダーが見えた。銀色の筐体(きょうたい)を取り出し、再び事務机へと戻る。

ICレコーダーを細いコードでパソコンとつなぐと、音声ファイル再生ソフトが起動し、二〇〇六年三月に記録されたという表示が出る。

古賀はゆっくり目を閉じた。後頭部に当時の光景が反射する。手の柔らかいあの男に有名企業の掃除を依頼されたあと、ホテルの地下駐車場でICレコーダーを託された。

〈今夜の会合は歴史のターニングポイントになりますよ。あなたには歴史の記録係になっていただきます〉

当時、内閣官房長官だった芦原恒三が自信たっぷりに言った。

〈日銀も財務省もこの国の本当の仕組みがわかっていません。今回は退いた形にしましたが、ここから事態を好転させるのが政治家の使命です〉

大きく息を吐き出すと、古賀は目を開き、音声ファイル再生ソフトのボタンをクリックした。

〈客観的かつ冷静にマクロ経済全般をチェックした結果、我々としては条件が満たされたと判断しております〉

訥々と説明を続けたのは、当時日銀で企画担当理事を務めていた緑川忠明だ。

〈政治家に面と向かってそんな日銀文学を読み上げる必要があるのか？〉

一方、テーブルを乱暴に叩き、恫喝するかのごとく迫ったのは民政党政調会長だった大畠直生。

〈率直に申し上げますと、次回の金融政策決定会合において、量的緩和政策を終了し、次のステップに進みたいと存じます〉

緑川理事の声がわずかに上ずる。

〈私どもも日銀と思いは一緒です〉

低い声の主は財務省高官だろう。

〈総理からの伝言を預かってきました〉

官房長官である芦原の声が響く。

〈失敗したからといって、すぐに元に戻すことはまかりならん、総理の伝言は以上です〉

芦原の発言のあと、数秒間があった。日銀と財務省の高官たちが項垂れていたのは間違いない。

〈量的緩和の解除は時期尚早ではないか。なぜ急ぐのか、真意をはかりかねる。近い将来、こんな政府高官コメントが主要紙に載りますので、ご了承ください〉

政府高官とは、内閣官房長官の芦原を指す。利上げに踏み出そうとする中央銀行を面罵した瞬間だった。スペンサー大統領よりも強引な恫喝に違いない。

8

「新年号の柱〈芦原支持 vs.アンチ芦原徹底討論〉の進捗状況は全員で共有するように」

編集部の大きな丸テーブルで、副編集長の布施が言った。布施の隣で編集長の小松が腕組みし、他の編集部員や記者、外部のライターら計一五名が神妙に話を聞く。池内はメモ帳を開き、布施の言葉を書き取った。

「著名人や事件事故の当事者インタビューの類い、スキャンダルは臨機応変に対応します」

小松が低い声で告げ、会議はお開きとなった。ガタガタと椅子が動き、各自が持ち場に散っていく。編集部に配属となったが、やりたいことはもちろんのこと、経済というざっくりした割り当ての中で、自分なりのテーマは未だ見つけられない。

自席に戻りノートパソコンを開いたとき、パソコン脇に置いたスマホが振動した。

電話の主は、かつて新書の担当営業マンとしてなんどか顔を合わせた経済ジャーナリスト、河田雄二。異動のことは真っ先に伝えていた。帝都通信社で長年経済部記者を務めたあと、フリーに転じた書き手で、丸顔で団子鼻、無精髭がトレードマークである。

〈打ち合わせで竹橋まで来ているけど、昼飯でもどう？〉

通話ボタンを押した途端、河田の嗄れた声が響く。腕時計に目をやると、午前一一時をわずかに過ぎたタイミングだ。

「神保町交差点の太平洋飯店はいかがですか？」

〈さてはネタに困っているな？〉

「ご明察の通りです。ご馳走しますから、アイディアをください」

池内が軽口を叩くと、電話口で河田が笑った。

神保町交差点近くにある太平洋飯店二階の個室で、河田が鶏の汁そばと炒飯を平らげた。年齢は還暦近いはずだが、旺盛な食欲は以前と変わりがない。

池内は、割り振られた仕事のほかに、広大な〝経済〟という取材範囲でなにが取っ掛かりとなるか悩んでいると打ち明けた。

「身近なところがいいんじゃないのかな」

言ってすぐ河田が口元を歪め、不気味な笑いを発した。

「じれったいから答えを教えるよ。日本だ」

「日本？」

「世界中に火種があるが、俺の見るところ一番ヤバいのは紛れもなく日本だ」

河田の口元から笑いが消えた。

「四〇年近く経済でメシを食ってきたが、こんな状況に直面するのは初めてだ」

「リーマン・ショックが起こって、日本も世界的な大不況に巻き込まれました。当時より現在の方が危うい、そういうことですか？」

河田の視線がそうだと答える。池内が首を傾げたとき、テーブルに置いたスマホが鈍い音を立てた。取材を依頼したエコノミストかもしれない。河田に断り、通話ボタンをタップした。

〈突然すみません、千葉です〉

聞き覚えのある女の声だった。池内は個室から廊下に出た。

〈叔母様から番号をお聞きしました〉

「こちらから連絡しようと思っていたんだ」

〈明後日まで東京にいます。池内先輩、お時間ありますか？〉

耳元で響いた先輩という言葉が池内の胸のひだに触った。夜の八時以降ならいつでもと答えると、千葉が改めて連絡すると言い、電話を切った。

個室に戻ると、河田はジャスミン茶をすすっていた。非礼を詫びたあと切り出した。

「高校時代の後輩が上京していまして」

「女か？」

河田がおどけた口調で言う。先ほどまでの厳しい目つきは消えていた。

「ええ、でも向こうは仕事ですから」

叔母にマンション経営について、地銀に勤める行員が熱心に説明を続けている、そんな風に明かすと再び河田の表情が強張った。

「どこの銀行だ？」

「仙台あけぼのです」

たちまち河田の眉根が寄った。

「仙台の田舎銀行ですよ」

「日本の危機を体現している企業だ。それ、絶対に取材しろ。日本の膿が凝縮されている」

河田が言い放った。

「叔母と私の個人的な事柄ですけど」

「いいから、取材してみろ」

河田の声は地を這うように低い。池内は両肩がガチガチに固まっていくのを感じた。

9

〈取材してみろ〉

薄めのコーヒーに口をつけると、河田の言葉が耳の奥でなんども反響した。

これから食事に赴く外国人観光客、商談相手と待ち合わせをするサラリーマンたち、日給の交渉を始めた水商売風の女とオーナーらしき恰幅（かっぷく）の良い中年男性……午後八時半、国道二四六号沿いにある渋谷の高級ホテルのラウンジは混み合っている。

〈取材中に異変や違和感を覚えなければセンスがない証拠、きっぱり記者は諦めろ〉

ぶっきら棒に言うと、河田は老舗中華料理店の個室を後にした。

改めて周囲を見回す。海外からの観光客は増え続け、背広姿のサラリーマンたちにも悲壮な雰囲気はない。

「お久しぶりです」

突然、通りの良い女の声が響いた。顔を上げると、叔母のスマホにいた女が笑みを浮かべている。

「久しぶり。まあ、座って」

千葉朱美はハンドバッグから名刺入れを取り出した。慌てて池内も名刺を取り出し、ぎこちなく手渡した。その際、互いの指先が微かに触れた。

グレーのスーツを纏い、濃い目のブラウンに染めた髪、控えめな化粧……目の前の千葉の顔と、仙台の繁華街で嬉々としてひょうたん揚げを食べていた少女の顔がようやく一つになった。

「月刊言論構想は会社の看板雑誌ですね。一流の雑誌だって、叔母様が喜んでいらっしゃいました」

千葉が笑みを浮かべた。ひょうたん揚げを喜ぶ顔とはどこか違う。

「なんとか、叔母様の案件をいただけないでしょうか。お力添え、お願いします」

千葉が上目遣いで言った。部活帰りで空腹だ、ひょうたん揚げが欲しい。高校時代と同じ角度だが、千葉はプロの営業として仕事をしている。

「決めるのは叔父と叔母で俺にはなんの権限もない」

「叔母様はなんども先輩のことを話されました。信頼されているからだと思います」

そう言った直後、千葉がハンドバッグから手帳を取り出し、ページをめくり始めた。

「昨今、一部の開発業者がアパート経営のノウハウを……」

「欠陥アパートの件なら知っている。仙台あけぼの銀行がそんないい加減な業者と手を組むことはないはずだ」

千葉が安堵の息を吐いたとき、店員がアイスコーヒーを千葉の目の前に置いた。

「失礼します」

千葉が額にかかった前髪を右手でかき上げた。そのとき、人差し指と中指の爪の付け根に小さなささくれが見えた。千葉がもう一口、コーヒーを飲む。小さなささくれだけでなく、手の甲全体がかさかさに乾き、頰や首筋など肌も荒れている。

「吉祥寺のあの土地、ぜひマンションをお建てになることをお勧めしております。賃貸マンションにすることで月間三〇〇万円以上の収入が見込めます」

醒めた目の河田が近くにいるような気がした。取材しろ……池内の意識の奥底で低い声が響いた。

「なぜ東京に？」

「金融自由化の時代です。地元だけでは生き残れないので、商機があれば全国どこにでも出かけます」

「営業で飛び回るから、手荒れを放っておいたの？」

池内が尋ねると、千葉が慌てて両手をテーブルの下に隠した。千葉はデートの際になんどもハンドクリームを塗り、ケアに余念がなかった。

「手が荒れちゃうんです」

手は書類を触り続けると、手が荒れちゃうんです」


「仕事が忙しいので」

「髪やメイクは隙がないのに」

「出張が続いていましたから。それに書類を触り続けると、手が荒れちゃうんです」

千葉は目を合わせない。

「仙台でも営業する先はあるだろう」

青葉区や泉区の高級住宅街の名をいくつか挙げながら、池内は質問を繰り出した。

「あの辺りは……」

千葉は地元でトップのシェアを持つ大手の地銀の名を出した。

「若林区はどう？　震災のあとの復興で新規需要があるんじゃないの？」

肩を強張らせ、千葉が黙り込んだ。

「なにか事情があるの？　相談に乗る。話してみなよ」

千葉がハンドバッグからハンカチを取り出し、目元を拭った。

「叔母を騙(だま)すようなことだけはしないでくれよ」

池内が言うと、千葉の肩がさらに強張った。

「図星ということか？」

「私は最善の方法をご提案しただけです」

「大学の同期でメガバンクに就職した奴がいる。君の資料のコピーを見てもらっても構わないか？」

千葉が目を見開いた。

「医師の診断でもセカンドオピニオンを取る時代だ。構わないよな？」

「ええ……」

消え入りそうな声で千葉が答えた。

10

〈ちょっと失礼します〉

セカンドオピニオンと告げた直後から、千葉の態度に明らかな異変が生じた。肩を強張らせ、忙しなくハンドバッグの中身を確認し、額に浮かんだ汗を拭う。最後にはスマホを手にソファから立ち上がった。

〈緊急の連絡です〉

二、三分後に戻ってきた千葉の顔面は蒼白だった。仙台の顧客との間で問題が起きたと消え入りそうな声で告げた。

〈仙台に戻らないといけなくなりました。本当にごめんなさい〉

テーブルの上の伝票をひったくるように取り上げると、千葉は足早にレジへと向かい、振り向くことなくホテルを後にした。

「おい、カルビが焦げるぞ」

煙の向こう側で野太い声が響き、池内は我に返った。

「悪い、ちょっと考えごとをしていた」

焦げ始めたカルビを箸でつまむと、黒崎智(くろさきさとし)が大盛りの白米の上にタレをたっぷりと染み込ませ、肉と一緒にかき込んだ。

「クロ、相変わらずよく食うな。よかったらビールはどうだ？」

「さすがにランチではまずい。時代遅れのバカな組織なんで、酒には厳しい」

同期で経済学部だった黒崎は四年前に結婚し、すっかり嫁の尻に敷かれていると自嘲気味に言った。

丸の内の商業ビルの高層階、イタリアンや中華料理の有名テナントが並ぶフロアで焼肉屋に入った。カルビとレバーを相次いで焼き、テールスープとともに口へ流し込んだ黒崎がようやく箸を置いた。

黒崎はいなほフィナンシャルグループ傘下のいなほ銀行に就職した。新人研修を経て三鷹支店に勤務したのち、主要官庁や有力企業を担当する虎ノ門支店を経て、二年前に本店のエリート部門である総合企画部に配属された。

「この商売、先々どうなることやら。若くて優秀なやつから辞めていく」

　黒崎が嘆息した。

「バブルの頃は無茶苦茶な融資が不良債権化して世間に迷惑をかけた。今や俺たち無能な銀行マンそのものが不良債権だよ」

　振り込みや住宅ローンなど簡易な業務にインターネットを使うようになり、主要な駅前にある支店、街角にあるＡＴＭ（現金自動預払機）の固定費がかさむようになったという。

「主要なメガバンクは人員削減の真っ只中だ。ウチの二万人を筆頭に一万だの五〇〇〇人だの、今度は過激なリストラ競争が始まった。横並び体質の権化みたいな業界だよ」

　黒崎が渋い顔で茶をすすった。

「ところで、本題はなんだ？」

　おしぼりで額の汗を拭い、黒崎が言った。

「実はな、叔母の家のことで相談がある」

「吉祥寺の叔母さん、元気か？」

　曇っていた黒崎の表情が一変した。池内が下宿していた頃、同じように地方出身の貧乏学生だった黒崎をなんどか吉祥寺の家に連れていった。

「叔母の家の隣に土地がある」

「古い平屋がある場所だな」

誰も住まなくなった平屋を取り壊し、駐車場にしているのだと説明する。

「融資するからマンションを建てないかと、高校時代の後輩が熱心にセールスをかけている」

「どこの銀行だ？」

「仙台あけぼの銀行」

行名を告げた途端、黒崎が舌打ちした。

「やめておけ。もし建てるなら、吉祥寺支店の優秀なスタッフを紹介する」

「仙台あけぼのはなぜ、わざわざ吉祥寺に？」

「ハイエナだからな」

「なぜハイエナなんだ？」

「屍肉（しにく）を貪り食うからだ」

黒崎の声はこの上なく低い。眉根が寄り、口元が歪んでいた。目の前の茶碗（ちゃわん）を避（よ）け、池内は身を乗り出した。

11

午後二時半過ぎ、神保町の事務所で古賀がコンビニのサンドイッチで昼食を済ませた直後だった。事務所の木製のドアをノックする音が響いた。

来客の予定はない。古賀は身構えた。

「どなたでしょうか？」

曇りガラスの小窓越しに声をかけると、くぐもった声が聞こえた。

「竹岡（たけおか）さんのご紹介で参りました」

来訪者は男性で、ドア越しに磯田副総理の私設秘書の名を告げた。古賀がドアを開けると、地味なネイビーのスーツ姿の青年が立っていた。

「突然押しかけて申し訳ありません」

青年は殊勝に頭を下げた。

「なにか事情がおありのようですね。さあ、どうぞ」

古賀は執務机の前にある簡素な応接セットに青年を通した。

青年が名刺を差し出す。霞が関の主要官庁の名前、大臣官房付参事官の肩書きとともに、江沢丈（えざわたける）の名が刷られている。対面の席に座った江沢は肩を強張らせ、落ち着きのない様子だ。

「そちらのお役所は、私の仕事とあまり接点がないように思えますが」

名刺にある官庁名に目をやり、古賀は努めて穏やかに告げた。

「実はイレギュラーな人事異動の途中でして、ここの肩書きは腰掛けと言いますか、二カ月間限定です」

江沢は俯きながら言った。

「二週間前まで某国の大使館に勤務しておりました。元々は金融庁の人間です」

目の前の青年の横に、葉巻の煙を燻らす磯田の顔が浮かんだ。豪放磊落な態度とは対照的に、磯田は周囲の人間に対し細かく気を回す老練な政治家だ。

銀座の会員制バーで古賀が伝えた事柄に関し、現役の担当者ではなく、次なる人材を派遣してきたのだ。

「金融庁監督局、銀行第二課に戻られるのですね？」

古賀の言葉に江沢が頷く。

「私が復帰後、所管を予定する業界に色々と問題があると伝え聞きました」

「少々お待ちください」

ソファを離れ、仕事机の引き出しを開け、手帳を取り出した。急ぎページをめくる。

〈保有行別ＣＬＯ残高、内訳一覧〉

銀座のバーで磯田に情報提供した際のページを開き、再び江沢の前に座る。

「大臣にお伝えいただいたのは、CLOについてでしたね」

江沢が低い声で切り出す。古賀はゆっくり頷いたあと、口を開いた。

「日本の金融機関の保有残高はつかんでいらっしゃいますね？」

「急ぎ予習して参りました。農業系中央金融機関が七兆円弱、メガバンクの一角が約二兆五〇〇〇億円、ジャパンメール銀行が約一兆円……」

江沢の来訪の目的はローン担保証券（CLO）にある。欧米の金融機関が貸出債権を証券化した金融商品だ。

「かつてのサブプライムローンのような危険性はないようですが……」

古賀は頷く。全世界の金融市場をパニックに陥れ、その後もグローバルな不況の遠因となったのは、日雇いの低所得者向けまで急速に手を広げた曰く付きのローンで、こちらも証券化商品だった。

「大臣に囁かれたという、個別行についてですが……」

江沢が身を乗り出した。古賀は地銀と第二地銀の名を複数挙げた。

「監督局では、まだ問題の本質を探りだせておりません」

「彼らが購入したCLOには、カラクリが潜んでいます」

江沢が首を傾げた。金融庁でさえ把握していない事柄がある。金融市場という巨大な賭場には、いくらでも抜け道が存在する。

「彼らが購入したＣＬＯは、もちろん格付けが低い代わりに利回りが魅力的な劣後債です」

目の前の江沢がなんども頷く。

「銀行が期末に益出しを行うのはご存知ですね？」

「ええ、これだけ業務を取り巻く環境が悪くなっているので、取引先の株式の一部やらを売り、なんとか凌いでいます」

江沢の答えに、古賀は首を振った。

「株式を売却すれば有価証券売却益として計上されます」

古賀が言うと、江沢が膝を打った。

「そうか、ＣＬＯは……」

「おわかりいただけたようですね」

「ＣＬＯは非上場投信扱い、つまり途中解約しようが第三者に売却しようが、有価証券売却益ではなく、資金利益に化けるわけですね」

古賀が頷くと、江沢が腕を組み天井を見上げた。

「本業で得た利益に見せかけ、劣後債の売却益を付け替える……」

「そんな手口が流行っている、裏稼業の人間にはそういった噂が届いております」

手帳を閉じ、古賀は答えた。

「監督局とも相談の上、ご指摘のあった個別行の台所を洗い直します。ありがとうございます」

江沢がテーブルに手をつき、深く頭を下げた。

「磯田大臣には大変お世話になっております。せめてもの恩返しです」

江沢が顔を上げた。

「噂では、古賀さんが様々な企業の掃除をされたとうかがっております」

「守秘義務契約を交わしておりますので、個別の案件に関わるお話はできません」

「三田電機やその他の財テク企業……」

「私はコンサルタントです。助けを乞われれば、適正なフィーをいただき、ご助言申し上げるだけです」

「あの、なぜ私や役所にこんな重要な話を？」

「私はなんども稼業から足を洗おうと考えてきました。しかし、その度にご依頼をいただく」

「断ればいいじゃないですか？」

古賀は強く首を振った。

「断った途端、これです」

古賀は両手首を膝の上で触れ合わせた。

12

「シンデレラアパートの一件は知っているか？」

「シェアハウスだよな」

黒崎は箸立ての横にある紙ナプキンを取り上げ、テーブルに広げた。

〈東遠州銀行〉↓〈シンデレラアパート〉

手にしたボールペンで太い文字を刻むと、黒崎が顔を上げた。

「東遠州銀行は静岡の地銀で、早い段階から個人向け取引に特化した」

黒崎は銀行名の横に個人向けと加えた。

「だが、住宅ローン市場は飽和状態で、メガバンクや地域のナンバーワン地銀に歯が立たない。そこで新規でマーケットを作り出した」

「それがシェアハウスだな」

黒崎はシンデレラの文字の横にインチキと書き加えた。

「シェアハウスを展開するデベロッパーが個人から金を巻き上げ、儲(もう)かるからとシェアハウスを建てさせた。だが内実は悪質な詐欺だ。そこに積極的に融資の形で加担したのが東遠州だ」

　若い男女が集うシェアハウスのドラマがヒットしたこともあり、女性専用を売りにしたシンデレラアパートは個人投資家の金を集めやすかったという。

「蓋を開けてみれば、極小部屋で安普請、駅から遠い物件ばかりが出来上がった。当然入居者は増えず、空室だらけになったオーナーたちは大赤字だ」

　週刊新時代の特集記事を斜め読みした記憶が蘇る。頭金ゼロ、手軽な資産運用と銘打ったビジネスモデルは、結局個人が食い物にされるお決まりのパターンで行き詰まった。

「それで、なぜ仙台の銀行が東京に？」

「東遠州は詐欺同然と知りながらシンデレラの運営会社に融資をつけた。いや、行員自身が預金残高証明書の改ざんまでやってのけた。これが金融庁から大目玉をくらい、経営破綻間際、つまり取り付け寸前の騒動になった」

　取り付けという言葉を聞き、ようやく話がつながった。

「借り換えの需要が出たからわざわざ乗り込んできた、そういうわけだな」

「まあな。でも、叔母さんのところに新規でマンション建てろ、融資するっていうセールスはかなり強引だな」

　顔をしかめたまま、黒崎が言った。

「なぜだ？」

「あのエリアは大学がたくさんあり、人気の街だから元々賃貸物件が多い。そりゃ新築だったら人気が出て一時的に満室になるかもしれない。だが、今の駐車場で十分暮らしていけるんだろう？」

「万が一に備えてと、叔母はそんなことを言っていた」

「そういう不安につけ込むのが奴らの商売だ。詐欺師とかわらない」

唾棄（だき）するような口調を聞いた途端、一昨日（おととい）、肩を強張らせ、俯いた千葉の姿が浮かんだ。

「周囲の賃貸物件の状況説明を担当者はしたのか？」

黒崎によれば、シンデレラアパートのような悪質なケースはレアだとしても、相続税対策と称して地主や富裕層にアパートやマンションを建てさせる動きが広がり、首都圏の市場は飽和状態だという。

「つまり、空室が出始めた途端にオーナーの首を絞めるようなことが始まる。吉祥寺の場合、土地が自分名義だったらまだ良い方で、頭金なしで投資を始めた連中なんて、にっちもさっちもいかなくなり、自己破産している」

たしかに、池内が住む高田馬場エリアでも新築のアパートやマンションが増えている。私立の西北大学のほか専門学校がたくさんあり、賃貸物件の需要が常に多いエリアだが、駅に向かう道筋には〈空室〉の札がかかった物件がいくつもある。要するに建てすぎの反動だ。

「仙台でもマンションの需要はあると思う、そう言ったら完全に様子がおかしくなった」

「あそこは地元地銀の一強だからな」

池内の同級生たちがたくさん就職した老舗地銀の名を黒崎が告げる。

「東遠州のビジネスモデルが行き詰まって以降、屍肉を漁る地銀や第二地銀が首都圏に攻勢をかけている。その一環として、叔母さんの土地が狙われた。あの手この手でセールスをかけ、融資の実績を作りたい営業マンはたくさんいる」

「助かったよ」

テーブルに両手をつき、池内は頭を下げた。

「甥として面目ない。クロがいて助かった。どうして銀行がそんな詐欺まがいの商売を？」

池内が尋ねると、黒崎が強く首を振った。

「今まで安楽椅子で気楽な商売をしてきたからだ」

銀行は個人や企業から預金を集め、これを資金需要のある企業に融資という形で融通する。その際、預金には利子を付け、融資にはそれよりも高い利子を付けることで、サヤという収益を得ている。

「投網を使うように預金を集められたら苦労しない。日本の銀行のほぼ全てがこれを使って収益を叩き出していたんだよ」

黒崎がスマホを取り出し、なんどか画面に触れた。池内の目の前に差し出された液晶には、折れ線グラフが表示されている。

「株式のチャートか？」

「違う、ＪＧＢだ」

池内が首を傾げていると、黒崎が先ほどの紙ナプキンを取り上げ、再びボールペンでなにか書き始めた。

〈Japanese Government Bond〉

「日本国債、債券、略してＪＧＢ。これが長年銀行界の収益を下支えし、濡れ手に粟で儲けさせてくれていた」

「国債がなくなったわけじゃないだろう？」

「もちろん今も国債は発行され、市場で取引されている。ただし、なくなったものがある」

池内は黒崎の顔を凝視したが、仙台あけぼののをハイエナと言ったときと同様、表情はさえない。

「なくなったのは金利だ。いや、金利という概念が根こそぎなくなろうとしている」

黒崎が暗い声で告げたとき、池内のバッグのスマホが鈍い音を立てた。

自分のスマホに022で始まる市外局番と知らない番号が表示された。局番が示すのは地元仙台だ。首を傾げながら通話ボタンをタップすると、低い男の声が聞こえた。

〈池内貴弘さんですか？〉

そうだと答えると、電話口の男が言葉を継いだ。全く予想していなかった言葉を電話の男が告げた。池内は喉の奥がからからに乾いていく感覚に襲われた。

13

午後六時半、九段下の言論構想社三階の応接室で、池内は正面に座る背広姿の男二人と向き合った。

「わざわざ仙台からご苦労さまです」

池内が緑茶を勧めると、阿部と名乗った四〇代半ばの巡査部長がゆっくりと茶碗を手に取った。隣には佐藤という二〇代後半の目つきの鋭い巡査長が座り、ずっと池内を睨んでいる。

「なぜ千葉さんは自殺を？」

池内が切り出すと、阿部が口を開いた。

「まだ自殺と断定したわけではありません。事件、自殺の両面で調べています」

五時間前、仙台中央署刑事課の阿部から電話が入った。

今朝の午前九時過ぎ、仙台駅西口にある商業ビル八階の非常階段から仙台あけぼの銀行の千葉朱美が落下し、命を落としたと知らされた。

穏やかな語り口の阿部とは対照的に、佐藤という若い巡査長は好戦的な目つきで池内を観察している。

「一昨日、ホテルのラウンジで千葉さんに会った理由はなんでしょうか？」

小さなメモ帳のページをめくりながら阿部が尋ね始めた。

「吉祥寺にある叔母の土地への融資に関して、話し合いをしていました」

池内が答えると、阿部と佐藤が無言で視線を交わし、互いに頷いた。

「千葉さんとの間になにかトラブルがあったのでしょうか？　かつての交際相手だとご遺族からうかがっています」

「いえ、ありません」

池内の言葉の直後、佐藤が咳払い（せきばら）した。

「ホテルの防犯カメラ映像を確認した。会った直後から千葉さんは緊張し、しまいには席を立った。あんたら揉めてたんじゃないのか？」

「ばかなことを言わないでください。彼女が叔母のところに融資のセールスに来た。私は叔母に頼まれて千葉さんに会ったんです」

池内は傍らに置いたファイルを開けた。中には仙台あけぼの銀行の資料のコピーがあり、これを佐藤に差し出した。

「ホテルのスタッフが証言したのです。一度席を離れた際、千葉さんが思いつめたように誰かと話をしていたと」

阿部がゆっくりと切り出す。

「仙台から電話が入った、そう言っていました」

池内の言葉に、再度二人の刑事が頷き合った。

「私を疑っているんですか？」

「まあ、落ち着いて」

阿部が言ったとき、佐藤がスマホの振動に反応して立ち上がった。通話ボタンを押した佐藤は窓際に行き、小声で誰かと言葉を交わし始めた。

「そうですか……わかりました」

電話を切った佐藤が阿部の傍らに駆け寄り、耳元で報告を始めた。阿部の顔が次第に安堵の表情に変わる。

「池内さん、失礼しました」

阿部が両手を膝に添え、頭を下げた。

「銀行の上司、ご両親に宛てた遺書がスポーツジムのロッカーから見つかりました。ビル周辺の防犯カメラ映像の解析からも彼女が単独で八階に向かったことが確認されました」

「仕事でストレスが溜まって、発作的にということでしょう。遺書にはその旨が綴られていたそうです」

不意に、千葉が上目遣いで池内を見たときの光景が蘇る。叔母の家へのセールスを口実に、かつての恋人に助けを求めたのではないか。ホテルで会ったとき、千葉が見せた怯え、恐れのような表情と態度は、助けを求めるシグナルだったかもしれない。

「あの、お葬式は?」

たまらず尋ねると、阿部が力なく首を振った。

「ご両親の強い意向で、家族のみの密葬だそうです。死因が死因ですから」

そうですかと答え、池内は首を垂れた。

「それでは、気を悪くしないでください」

阿部が腰を上げた。

「これで今日中に戻れますね」

佐藤が言った。

「どこか他にも回る予定があったのですか？」

「池内さんの前に、彼女はもう一箇所回っていました」

「うかがっても構いませんか？　彼女の友人たちに最期の姿を伝えたいんです」

「自殺と断定されたので、構わんでしょう。かつて親しくされていたということですしね」

阿部が目で合図すると、佐藤が手帳のページをめくり始めた。

「渋谷のホテルの前、千葉さんは神田神保町にあるコールプランニングという金融コンサルティング会社を訪れていたと思われます」

昼間、同期の黒崎と話す間、外資系の大手コンサルティング事務所の名前がいくつも挙がった。

「仙台あけぼの銀行の経営改善に向けたコンサルティングを行ってもらえるよう、事前折衝に行っていたと上司は証言しています」

ハイエナ……東遠州銀行の経営難に伴い、全国各地から個人向け取引の獲得を狙う地銀や第二地銀が東京に集まっていると黒崎が教えてくれた。

仙台あけぼののは、経営基盤の弱い地元の地銀と第二地銀二行が合併して生まれた新しい銀行だ。金融コンサルタントに業務効率化に関する依頼をしてもおかしくない。

「銀行関係者の証言によれば、古賀という男が一人で営む小さな事務所のようです」

佐藤がメモに目をやりながら告げた。

「コールプランニング、古賀ですね」

記憶に刻み込むように、佐藤の言葉を復唱した。

14

週末でも、古賀は日課の地方ニュースのチェックは欠かさない。パソコンのキーボードを叩き、ニュースサイトへ飛ぶ。

〈奥津軽建設、主力銀行に緊急融資要請　想定外の受注急減で〉

青森の地方紙ネット版に最新ニュースが掲載されている。もう一つ、別の画面を立ち上げる。信用調査会社の専用フォームにＩＤを打ち込み、経営難に直面した建設会社の業容を一瞥する。

〈北海道新幹線関連の工事で一時的に収益環境が持ち直したものの、地元経済の冷え込みに加え、公共工事の漸減傾向に抗（あらが）えず……〉

調査会社の専門記者は、先行きが厳しい、倒産確率が極めて高いと分析している。

今度はメーンバンクである北東北の第二地銀のＩＲ情報をチェックする。

直近の四半期決算を見ると、本業の儲けを示す業務純益が赤字に転じている。最終損益もわずかな黒字額にすぎない。

　古賀は注目した数値を手帳のメモ欄にボールペンで書き加えたあと、他の地方紙のネット版をチェックし始めた。

　仙台地盤のブロック紙、河北日報の最新ニュースに目を向ける。

　トップ記事は、地元プロ野球の来季構想についてインタビューが載っていた。そのほかに県議会の紛糾、行楽情報など身近な話題が並ぶ。興味を惹くトピックがない。そう感じて別のタブを開こうとしたときだった。河北日報のロゴ下に〈速報〉の文字が点灯した。

〈県警、自殺と断定＝女性銀行員、人間関係の苦悩原因か〉

　古賀が見出しをクリックすると、短い記事が現れた。

〈昨日午前、仙台市青葉区の商業ビル八階から落下した女性銀行員の死因が自殺と断定された。県警関係者によると……〉

　古賀は関連記事の見出しをクリックした。仙台あけぼの銀行で営業を担当していた三〇代の女性行員が商業ビルから落下し、即死したという。今の速報は、県警が自殺と断定したことを伝えたものだ。

　デスクの上にあるホルダーをめくり、名刺を探し出した。細かい字で印刷された番号を睨み、固定電話の受話器を取り上げる。

しかし、日曜日だから、誰も出ない。そこでスマホの電話帳をスクロールし、かつて世話をしたことのある同行の人間を探し出した。

コールしながら古賀は一昨日のやり取りを記したメモに目を向ける。

〈私募債の解約後、売却益を本業の利益に付け替えるのはもはや危険な行為と助言〉

経営難に直面する他の弱小地銀と同様、仙台あけぼの銀行も苦しんでいた。含み益があった株式の大半を売り払い、本業の不振を補った。だが、幹部の目論見(もくろみ)よりずっと早く経営難の気配が迫った。事前に送られた資料を分析し、千葉には手助けが難しい旨を伝え、引き取ってもらった。今はバレなくとも、見せかけの決算は必ず禍根を残す。千葉にはまっとうな手段で経営を立て直すよう助言した。

〈ご無沙汰しています。三浦です〉

男の声が電話口に響いた。千葉の名を告げると、寺島の声が低くなった。

〈ニュースでご存知かと。千葉は……〉

「失礼ですが、なにかお疲れだったのでしょうか？　弊社においでいただいた際はそんな様子は一切ありませんでした」

〈原因をはかりかねております。女子行員らによれば、友人関係で悩みがあったとか〉

「そうですか。せめてご遺族にお悔やみをお伝えください」

古賀がそう言って電話を切ろうとしたとき、寺島が口を開いた。

〈古賀さん、いただいたお電話で恐縮ですが〉

「なんでしょう？」

〈千葉が御社にうかがったことは、どうかご内密に〉

「心得ております」

古賀は受話器を置き、黙禱した。目を開けると、応接セットで殊勝に助言を待つ千葉がいるような錯覚にとらわれた。

金融市場という巨大で薄汚い賭場に関わってキャリアを積んできた。大きな危機が近づくタイミングでは、必ず死人が出る。野放図に戦線を拡大し、危機を招いた当事者ではなく、末端の人間ばかりだ。

古賀はこめかみを強く押さえた。

15

午後八時、仙台市勾当台公園近くでタクシーを降りると、池内は定禅寺通から国分町通に左折し、集合場所の居酒屋を目指して早足で歩いた。

仙台中央署の刑事二人が言論構想社を訪れた翌日、池内は午前中に編集長の小松に事情を打ち明けた。千葉の自殺の背後に隠された事実があるかもしれない。確固たる情報はないが、自ら死を選ぶような後輩ではない……そう説明すると、小松は出張を認めてくれた。

酔客が増え始めた東北一番の歓楽街をスマホの地図アプリを頼りに歩く。一つ目の交差点脇に「金兵衛」の看板が見えた。キャバクラやスナックが入る雑居ビルがいくつもある。店の周囲を何人ものサラリーマンや水商売の女たちが行き交う。

通行人を避けながら暖簾(のれん)をくぐると、左側奥の座敷席から自分の名を呼ぶ声が聞こえた。池内は革靴を下駄箱に入れ、懐かしい面々が集う方向へ急いだ。

「急に呼び出して悪かったな」

池内は隣に座る無精髭の同級生、勝木真一(かつきしんいち)のグラスにビールを注(つ)ぎ、他のメンバーを見回した。池内の向かいには千葉と演劇部で一緒だった菅原文代(すがわらふみよ)が座り、隣には初対面の地味な印象の女性がいる。ビールが四人全員に行き渡ったことを確認すると、池内はグラスを掲げた。

「千葉に献杯」

短く言うと、四人がグラスを合わせた。

「朱美があんなことになるなんて」

菅原がハンカチで目元を拭った。

「くよくよしても朱美がかえってくるわけじゃない」

ビールを一気に飲み干し、勝木が言った。勝木は県立高校の同級生で、二、三年は同じクラスで部活終わりに頻繁につるんだ。高校のOBが経営する国分町のバーに行き、隠れて飲酒もした仲だ。東京の私大卒業後は地元に戻り、家業の酒問屋を継いだ。金兵衛という居酒屋も勝木の紹介で、新鮮な魚介や山菜、釜飯が名物だと聞かされた。

「全くそんな気配はなかったわ」

菅原が言った。菅原は千葉と同じ女子校演劇部に所属し、衣装や美術を担当した。なんどか池内と千葉のデートに合流することもあった。菅原は仙台の短大を卒業し、市内の老舗百貨店でバイヤーを務めている。

「つい半月前、この近くのメキシコ料理屋で食事したばかりだったのに」

菅原が強く洟をすすったあと、隣の女に目を向けた。

「ごめんなさい、彼女を紹介するのが先よね」

ハンカチで目元を拭い、菅原が言った。隣の女がこくりと頷き、口を開いた。

「仙台あけぼの銀行の後輩で、高橋恭子（たかはしきょうこ）です」

高橋はセミロングの髪をかき上げたあと、池内と勝木に名刺を渡した。

〈仙台あけぼの銀行総務部お客様相談室副主査〉

名刺の文字を読んだ直後、池内は顔を上げた。

「千葉とはどんな関係でした？」

「二期下の後輩で、帰りの電車が同じ方向でした。なんどか一緒になるうち、舞台好きという共通点が見つかり、行内でも一番仲良くしていただきました」

ネイビーのカーディガンと白いブラウスを纏い、化粧気のない高橋は淡々と話し始めた。

「先輩と国分町のバー、いろは横丁の小さなスナック、演劇好きが集まる店に行きました」

「高橋さんも異変を感じていなかった？」

池内が尋ねると、高橋が一瞬眉根を寄せた。下唇を嚙み、テーブルの上にある酢の物の小鉢を凝視している。

「男関係とか、友達とのトラブルはなかったはずよ」

高橋の沈黙を埋めるように、菅原が言った。

「あいつ、誰かと付き合っていたのか？」

勝木が口を挟むと、菅原が池内の顔を見たあとで言葉を継いだ。

「銀行の先輩とか、演劇サークルつながりで県庁の人とか、そりゃ二、三人はいましたよ。でも、この一年は誰もいなかった。そうだよね」

菅原が顔を向けると、高橋が小さく頷いた。

「男関係でトラブルがあったとかは絶対にないから」

ビールを一気に飲み干し、菅原が断言した。

「誰か遺書の中身を確認したの？」

池内が尋ねると、三人が揃って首を横に振った。

「警察がジムのロッカーから回収し、ご両親と上司に渡したらしい。もちろん、俺らは中身を一切知らない」

勝木が肩をすくめた。

「細かいことでもいいから、教えてくれないかな」

池内が身を乗り出すと、高橋が眉根を寄せた。

「一応、私は銀行員です。お客様の情報を外部に漏らせないので……」

高橋が肩を強張らせた。

「千葉と顧客の間にトラブルでもあったのかい？」

勝木が訊(き)くと、高橋が頷いた。

「今は記事にするつもりはないし、情報提供者(ソース)を漏らすことは絶対にない」

「千葉先輩だけではないですが、私たちお客様相談室に何件か営業部絡みのクレームやトラブルの報告や照会がありました」

「どんなトラブル？」

「マンションやアパート向け融資で、営業部がプッシュした案件でした。千葉先輩の分、それから別の担当者が扱った物件です」

高橋の口からこぼれ出たマンション融資という言葉に、池内は鋭く反応した。

「何件くらいかな？」

「おそらく、二〇件、いやもっと多かったかもしれません」

高橋が探るような目つきで池内を見た。

「自殺の原因は仕事だった？」

勝木が怪訝な顔で訊いた。

「わからんが、思い当たるフシはある」

池内は黒崎のことを口にした。無論、話のすべては伝えられない。しかし勝木は神妙な顔で俯いていた。

丸の内の焼肉屋で大学同期の黒崎が、首都圏に攻勢をかける地銀・第二地銀勢に対し、ハイエナと侮蔑的な言い方をした。千葉やその同僚たちもハイエナだったのか。

池内は不安げな高橋を凝視した。

第二章　侵蝕

1

「先日の人事異動で別の銀行出身の審査担当役員が就任したことを機に、融資の実態調査を行いました。そうしたら……」

高橋が言葉を濁した。

「でも行内で牽制（けんせい）が利いてよかったじゃないか」

ビールを日本酒に替えたばかりの勝木が言った。

「自浄機能が残っていたことは幸いでした。私も知らなかったのですが、色々と悪質な手口があったようです」

高橋がグラスのビールを口に含み、言葉を継いだ。

「ウチだけでなく、全国の地銀や第二地銀はアパートやマンション向け融資を積極的に出していました」

「吉祥寺の叔母の土地にマンションを建てないかって、千葉がわざわざ出てきた」

池内が言うと、高橋がこくりと頷いた。

「仙台は老舗地銀の独壇場なので、ウチのような二番手は他の地域に出ていかざるを得ませんでした」

高橋が声を潜め、周囲を見回した。

池内が考え込んでいると、菅原が口を開いた。

「あの朱美が悪いことをしたの？」

高校時代から千葉は朗らかで人当たりが良かった。しかし、曲がったことが大嫌いで、勝木らと隠れて飲酒していた池内は、度々責められた。

「投信のノルマがきつくて、自腹で四〇〇万円以上も購入していました」

高橋が告げた数字に、池内や勝木、菅原が絶句した。

「我々のような安月給に四〇〇万円は大変な額です」

「内規に違反していたの？」

「ええ、名義人を親戚やらにしていたようですが、新しい審査担当者が厳密に調べたら、自分で買ってノルマをなんとかクリアしていたようです。審査部に突かれたのは、その投信のノルマくらいです。でも、先輩は東京や横浜、鎌倉などにも出張してアパートやマンション向け融資のセールスをしていたようで、疲労困憊でした」

池内は肩を強張らせた。千葉の美しい指は荒れていた。叔母への営業は、やはり千葉なりに発したSOSだったのではないか。テーブルのグラスをつかむと、池内は残っていたビールを一気に喉へ流し込んだ。普段よりもずっと強い苦味が口中に広がった。

2

「スティーブは抵抗を続けると断言しましたが、現下の状況を総合的に勘案すると、FEDの置かれている状況は極めて厳しいと言わざるを得ません」

古賀が顔を上げると、額の後退した小太りの男がスクリーンに表示された写真を指した。

〈スティーブ・ウォーターズFRB議長と南雲壮吉（なぐもそうきち）〉

セルフレームのメガネをかけた白髪の白人男性と、壇上にいる南雲がにこやかに握手を交わしている。日付は一週間前、場所はワシントンDC郊外のレストランと注釈が添えられている。

「米国史上、これほど金融政策の独立性が脅かされたことはありません。スペンサー大統領に国際的なマネーの仕組みを説いても無駄で、ゴルフの実況中継があるから説明を終わらせろ、そうせっつかれたとスティーブは嘆いていました」

南雲が軽口を叩くと、高層ビルの会議室に集まった二〇名ほどの参加者が笑った。

「これから話す内容について、リポートや各種SNSで発信することは絶対にやめてください。万が一、情報がこのメンバー以外に漏れた瞬間、私はスティーブと会う権利を失くします」

南雲が眉根を寄せた。

「それでは彼と約一時間話した詳しい内容を、皆さんにお伝えします」

南雲は演台にあるパソコンを操作し、スクリーンの画面を切り替えた。

「日米欧三極で、正常な形で金融政策を運営しているのはアメリカだけとなりました」

南雲がレーザーポインターで米国の政策金利のグラフを指した。縦軸に政策金利、横軸はここ二〇年の推移だ。緑色のポインターは、縦軸の二%と〇%近辺をなんども行き来する。巧みなプレゼンを聞きながら、古賀はノートに要点を書き加えた。

南雲は日銀OBで、現在は大手電機メーカー系列のシンクタンクに在籍中だ。日銀時代は、政策決定や金融市場のモニタリング、経済統計の取りまとめなど主要部門を渡り歩き、一年前に局長ポストで退任した。

将来の理事、総裁候補との観測もあったが、芦原首相に乞われてトップを二期連続で務めている赤間総裁とソリが合わず、さっさと辞職した。公家集団と揶揄される日銀にあって、物怖じしない発言が現役時代に物議を醸した経緯がある。

南雲は転職してからも海外金融当局者との太いパイプを活かし、二カ月に一度のペースで懇談会と称した金融関係者向けのプレゼンを行う。

「それでFEDは次回会合で利下げする？　幅はどの程度ですか？」

いなほアセットマネジメントのファンドマネージャーが尋ねた。

「スティーブは絶対利下げしたくないが、ホワイトハウス幹部スタッフは、連邦公開市場委員会で投票権を持つ各地連銀総裁の首を挿げ替えてでもと息巻いています。スティーブは落とし所を探って……」

南雲の在籍する電機メーカーだけでなく、証券会社系シンクタンクは有力日銀OBを三顧の礼で迎え入れる。みなし公務員とされる日銀マンの有力な天下り先の一つだ。しかも南雲の場合、日銀復帰の可能性も残っている。

現総裁の赤間は七四歳と高齢だ。万が一、健康面で職務遂行への不安が高まれば、途中退任もあり得る。そうなれば、民間金融機関の経営の機微を知り尽くし、かつ金融市場の隅々までカバーできる即戦力が必要となる。仮に現総裁が退任した場合、順当にいけば後任は二人いる副総裁の一人となるが、そうしてできるもう一つの空きポストが焦点となる。

南雲自身はまだ五七歳と他の有力OBに比べ若年だが、総裁や副総裁の人事は、政治や実業界の思惑が複雑に絡み合い、常に流動的だ。もし南雲が抜擢され、副総裁から総裁に昇進すれば、退職後に面倒をみた電機メーカーの対外的な評判は格段に上がる。

「米国が〇・五%、あるいは〇・七五%の利下げに動いたとして、日本にはどのようなリスクがあるとウォーターズ議長はお考えでしたか？」

ファンドマネージャーの右隣に座っていたスーツ姿の女性が挙手し、尋ねた。銀行系証券会社の気鋭のエコノミストだ。

南雲は日銀時代、海外中央銀行とのパイプ役になる国際局に審議役として勤務した経験を持つほか、米国を統括するニューヨーク駐在参事も務めた。米国の中央銀行トップを気安くファーストネームで呼ぶのは、参事や審議役時代にジャクソンホール会議という世界中の中銀幹部、エコノミスト、政治家らが集うシンポジウムで日銀のロジ担当を務め、日本の陶器好きのウォーターズの知遇を得たことに起因する。

「スティーブは個別の事例について、予想は一切口にしません。ここからは、彼と会話した私なりの解釈が加わることをご了承ください」

南雲がスクリーンの画面を切り替え、言った。先ほどまで三極の金利データが表示されていたが、今度はドル、ユーロ、円のチャートに変わった。

「金利の高い国の通貨が買われ、その逆は売られるという教科書的な動きは、昨今の複雑な市場の中では一概に通用しません」

南雲が画面を切り替える。〈円キャリートレード〉〈巻き戻し〉。画面には外為市場で起きている最近の事象がグラフ化されている。

「日銀や財務省はキャリートレードの実態をおおむねつかんでいるようですが、FEDはいかがですか？」

エコノミストが矢継ぎ早に質問を繰り出す。その度に南雲がすらすらと回答する。

「大統領選挙が迫っています。スティーブは最悪のシナリオを前提にしていると……」

南雲の発言に、参加者一同が頷いた。古賀はノートに目を落とし、南雲の発言要旨を読み返す。

〈これほど金融政策の独立性が脅かされたことはない〉

自分で書き加えた細かい文字が目に入る。

スペンサー大統領の横暴さ、社会の分断を誘引する物言いは、米国だけでなく世界中の投資家が注目する。大統領といえども一国の中央銀行の政策には口出しできないという近代経済史の常識を、スペンサーはいともたやすく打ち砕いた。

周囲のスタッフが苦言を呈していると南雲が教えてくれたが、自分の存在こそがルールと決めている以上、政治家としての最低限のエチケットなどお構いなしだ。スペンサー大統領の思いつきや支持者への露骨な利益誘導政策の乱発こそが世界中の賭場を混乱させている最大の要因だ。

〈独立性〉

　自分の文字をもう一度睨むと、数年前の光景が古賀の胸の中で蘇った。

3

〈民政党の復帰が決まった以上、進歩党時代の一連の経済・金融の諸施策が全て間違いだったことを強く国民に訴える必要があります〉

　政権与党へ復活することが決まった二〇一二年末、芦原恒三民政党総裁は古賀ら民間の限られた金融関係者のほか、私設ブレーンの学者らとの極秘懇談で打ち明けた。

　河口湖畔にある別荘で、寒中バーベキューが催された。特上のラムチョップを備長炭で炙り、ホットワインで頬を赤らめた芦原が古賀ら特別ゲストに向け、言った。

〈欧米中銀に比べ、日銀の政策はトゥー・リトル、トゥー・レイトという他ありません〉

　芦原はなんども語気を強め、痛烈に緑川総裁を非難した。

〈総裁を筆頭に自らの政策に責任を取らない傲慢な組織です。かつて独立性を担保し

た日銀法を勝ち取ったことに胡座をかいている。再度、法改正する必要があるでしょう〉

元財務官僚で芦原の懐刀を自任する本条達郎も次期首相に同調した。

〈古賀さんのお考えはどうですか？〉

ホットワインのデカンタを差し出し、芦原が赤ら顔で尋ねてきた。

〈私のような者には難しいお話です。しかし、次期総理の強い意気込みと行動力は必ずやアシノミクスの起爆剤となるでしょう〉

〈優秀な金融コンサルタントからお墨付きをいただいた。ならば前進あるのみです〉

酒臭い息を吐きながら、芦原が高らかに笑った。

〈緑川総裁の困り顔をもっと醜くひん曲げてやりましょう〉

本条がワインを一気に飲み干した。緑川総裁は有名パペット劇のへそ曲がりのモンスターに似ていると、バーベキューの火を囲みながらブレーンたちが揶揄する。

政治家を煙に巻き、寝技も辞さない財務官僚と違い、堅物揃いの日銀でも、緑川はとりわけ研究熱心で、学者肌の幹部として知られる。

永田町の有力議員にへつらう日銀幹部がいる一方で、緑川は一切愛想笑いをしなかった。時間ができると大量の海外論文を読破し、政策運営のために備えた。有段者向けの高度な詰将棋が唯一の娯楽と公言する。

〈年明けに政権復帰後最初の経済財政諮問会議を開催し、その場で日銀を俎上に載せます〉

取り巻きたちの同調に気を良くしたのか、芦原がグラスを掲げ、声高に告げた。

周囲が笑い声に覆われる中、古賀は空いた皿やグラスを片付けた。小ぶりなワゴンに使用済みのナイフやフォークを置いたとき、大きなバーベキューグリルの炭火が消えかかっているのを見つけた。

古賀はトングを取り上げ、備長炭を追加した。湿気っていたのか、炭から白い煙が立ち上り、パチパチと水分が弾ける音が響き始めた。

金融政策もバーベキューの火起こしも同じだ……薄いオレンジ色に発色した底部の炭を持ち上げ、新たに入れた数本を動かした。

〈公定歩合は金利の王様だ。日銀の箸の上げ下げ一つで、株価はジェットコースターのように上下する〉

今から四〇年近く昔のことだが、東京証券取引所の場立ちを束ねていたベテラン証券マンの言葉を今も鮮明に覚えている。

日銀が政策金利の指標である公定歩合を決め、これを世間に通知する。民間銀行がこれに連動する形で企業や個人向け金利の上げ下げを決めていた。

〈衆院の解散と公定歩合の操作は嘘をついても構わない〉

古い言葉がある。衆院解散の決定は内閣総理大臣の専権事項だ。公定歩合については日銀の専管で、何人(なんぴと)たりともその権限を侵してはならないのが決まり事だと、末端の証券マンだった古賀も叩き込まれた。

だが、ほんの数分前に芦原に意見を求められた。金融に携わる者として、絶対に侵してはならぬ不文律について、芦原は日銀法の再改正という掟破り(おきてやぶ)の方策さえ持ち出し、粉々にすると宣言した。

〈金融の世界では、掟を破った瞬間から破滅へのカウントダウンが始まる〉

古賀は喉元まで這い上がってきた言葉を無理やり腹の底へ流し込んだ。

次第にトングを握る右手から熱気が伝わり始めた。湿っていた備長炭の水分が飛び、焔(ほのお)が見え始めた。炭に火を点け、熱量を操る行為は、金融政策に似ている……騒がしい一団から離れた場所で、古賀は冷静に焔を見つめた。湿った炭を大量に積み上げても、たとえそれが一キロ数万円する高級品であろうが、絶対に火は点かない。

炭の一つ一つは、この国の企業であり、個人と同じだ。一九九〇年代のバブル崩壊を経て、企業や個人は暗く長いトンネル生活を強いられた。過剰債務や新規投資に恐れをなし、企業は極めて臆病な生き物となった。

給与を得る個人も同様で、倹約生活を心がける。真冬の日本海を覆う暗く湿った雲のような経済状態は、総じてデフレと呼ばれるようになった。

〈デフレはあくまで貨幣的な現象にすぎない。量の拡張によって抜本的な解決が可能だ〉

ウッドデッキで、本条が持論を展開している。芦原もこれに同調し、そうだとなんども叫ぶ。

古賀はもう一度、バーベキューコンロに目を向けた。追加で投入した炭の水分が飛び、底にある炭がようやく赤みを帯びてきた。古賀は傍らの段ボール箱からさらに一〇本ほど炭を取り出し、一気にコンロに並べた。

先ほどと同じように、大量の湿気を吸った炭が薄い煙を上げ、パチパチと音が鳴り始めた。デフレの長期化とともに、日本の種火は微かな灯りを放つだけで、これがコンロ全体に波及することはない。だからこそ、団扇（うちわ）で扇（あお）ぎ、酸素を送り込む。これが効果を上げなければ、固形燃料という異質な添加物を投入し、種火を絶やさぬようにする。

芦原や本条がこき下ろし続けている日銀の緑川総裁は、まさしくこのバーベキューコンロの番をする専門家であり、タイミングを計りつつ、固形燃料や他の補助材を投入した。しかし、プロが幾度となく試みても、デフレという魔物が消え去ることはなかった。

手元で新たに投入した湿った炭が燻（くすぶ）り続ける。同時に、種火は次第に弱々しくなる。

湿った炭を大量に入れたところで、日本経済は復活しない。団扇で扇ぎながら、古賀は冷静に焔を観察し続けた。

〈追加の肉をどんどん焼きましょう〉

芦原が声高に言い、周囲がこれを囃(はや)している。

〈少々お待ちください。もうすぐ火が起きます〉

古賀は控えめに言い、コンロの脇にあった固形燃料を四、五個まとめて投入した。化学物質が反応し、青白い火が起き始めた。コンロの周囲に集まった芦原とその取り巻きが新たに発生した焔を見て手を叩く。

〈レーザーみたいですな〉

〈アシノミクスのレーザービーム政策、どうですか？〉

芦原の言葉に本条が合いの手を入れ、一同は再度高らかに笑った。

〈大量投下してしまった炭は、制御が極めて難しい〉

古賀は胸の中に湧いた言葉を再度呑み込んだ。

「古賀さん、今回のプレゼンは役にたったでしょうか？」

古賀が顔を上げると、丸顔の南雲が笑みを浮かべていた。慌てて周囲を見回すと、他の参加者が帰り支度を終え、次々と出口のドアに向かっていた。

「もちろんです。日本で議長と一対一で意見交換できるのは南雲さんだけです。ゴルフのくだりは失礼ながら笑ってしまいました」

古賀の言葉に、南雲が首を振る。

「体調でも悪かったのですか？　途中からずっとノートばかり見ておられたので」

「少し考えごとをしていました」

「話が面白くなかったという意味ですか？」

南雲がおどけた調子で言った。

「とんでもない。顧客の企業で不幸があったばかりでしてね」

「それは、大変でしたね」

空いた椅子を引き寄せると、南雲が古賀の隣に腰を下ろした。周囲を見回し、古賀以外に人がいないことを確認すると、南雲が小声で切り出した。

「磯田大臣はお元気ですか？」

「ええ。先日は大変美味しいカツサンドを頂戴しました」

古賀も声のトーンを落とす。

「スティーブから大臣にメッセージを預かってきました。お伝えいただけますか？」

南雲は上着のポケットから親指ほどの大きさのＵＳＢメモリを取り出し、古賀の掌に置いた。

「承りました。このあと事務所に戻る途中で秘書官に渡します」

古賀は書類鞄のポケットにメモリを入れると、南雲に笑顔を返し立ち上がった。

4

「それでは、それぞれの持ち場で確実に締め切りを守ってください。年末年始は進行がタイトです。締め切りの糊代(のりしろ)はないと筆の遅い書き手に発破をかけるように」

編集長の小松がメンバー一同を見回した。

「池内君、経済関係の取材はものになりそう？　出張はどうでした？」

会議用の書類を手元でまとめながら、小松が言った。

「いくつか話を聞けましたが、まだ企画を起こすほどのデータが集まっていません」

「丁寧に取材を続けてください。ただし、丁寧と悠長とは意味合いが違いますよ」

さらりときつい言葉を発したあと、小松が腰を上げた。副編集長の布施や他の編集者、記者やライター陣も席を立ち、会議室から出て行った。

仙台から新幹線で戻り、その足で編集部の全体会議に出席した。超長期政権となった芦原内閣について、支持派とアンチの対決をメインに据えた新年号は、すでに編集作業が走り出している。異動直後とはいえ、一つも大型企画に関わっていない自分が歯がゆかった。

布施から配られた資料を鞄に入れると、池内はスマホを見つめた。仙台で記者の真似事のようなことをしたが、まだ全体像が見えない。

郷里の仙台行きは、千葉が叔母宅に営業に来たことが発端となった。その千葉がにわかに自死を遂げ、思わぬ形で地元銀行が苦境に喘いでいることを知った。

〈それ、絶対に取材しろ〉

スマホの黒い画面から、嗄れた声が聞こえた気がした。新米記者をいきなり現場に放り込んだ人物がいた。スマホの画面をタップして、通話履歴を探す。一週間前の履歴を見つけると、池内はすぐさま通話ボタンを押した。

「おう、こっちだ」

〈じゃっどん〉と染め抜かれた藍の暖簾をくぐって引き戸を開けると、右手にある小上がり席で河田が手を挙げた。

「お待たせしました」

「駆けつけ三杯だ。ビールお願い」

河田が嗄れた声でオーダーすると、入り口左側のカウンターで若い男性店主が愛想よく返答した。

会議が終わった直後、池内は河田に電話を入れた。取材に行った旨を伝えると、恵比寿駅の西口から代官山方向に歩いた路地裏にある薩摩料理屋に来いと指示された。

恵比寿駅前は、流行りのレストランやバーが沢山あり、若い世代のサラリーマンや着飾った女性が闊歩しているが、少し外れると雰囲気ががらりと変わった。

居酒屋は会員制の焼肉屋やフレンチレストランが入るビルの二階にあり、カウンター席では老若男女が気さくに杯を重ねている。

女性店員が小上がりに駆け寄り、手際よくビアジョッキを二つ、池内のお通しをテーブルに並べる。

「じゃっどんとは薩摩弁で〈だけど〉という意味だ。仕事は仕事、だけど飲むときは飲む、そんなニュアンスかな」

通信社時代、河田は鹿児島支局で記者のイロハを学んだという。東京生まれのため、初任地の鹿児島が第二の故郷だと明かした。

「本物のさつま揚げや黒豚の角煮を食わせてやるよ。じゃっどん、その前に成果を聞いておこうか」

新しいジョッキを半分ほど空けると、河田が切り出した。面倒見の良い親分の顔が、生き馬の目を抜く記者の表情に変わった。池内はジャケットからスマホを取り出し、メモアプリを起こす。

「実は、仙台あけぼの銀行の営業担当者が自殺しました」

池内が明かすと、河田の眦(まなじり)が切れ上がった。大ベテラン記者は無言で顎をしゃくり、先を続けろと指示した。

「後輩の件は残念だったな」

一通り事情を話すと、河田のきつい視線が一瞬和らいだ。

「それで、成果は？」

「仙台あけぼの銀行は三つの組織が一つになったため、内部で激しい主導権争いが起こっていました」

「そうだろうな」

河田がまた顎をしゃくった。

「顧客が求めてもいない投資信託を押し売りし、金利引き下げで客を奪い取るようなことまでしていました」

スマホのメモに記した事柄を、池内は一つ一つ話した。この間、河田はビールを芋焼酎に替え、地鶏の刺し身を黙って食べていた。

「あの……」

心配になった池内が切り出すと、河田が睨んだ。

「ほかに成果は？」

河田の眉間に深い皺ができていた。

「やっぱりセンスねえな。俺から小松さんに話してやるから、営業でも広告宣伝でも、他の部署に異動した方がいい」

予想以上にきつい答えが返ってきた。

「このままでは引き下がれません。中途半端というか、手応えがないというか」

池内が口籠もると、河田が身を乗り出した。眼光鋭く池内を睨んだあと、耳元で唸り声が聞こえた。

「木を見て森を見ずという言葉を知っているか？」

「はい」

「今のおまえが、まさしくそれだ」

「仙台あけぼのが木という意味ですか？」

「なぜそこまで追い込まれた？　森はどうなっている？」

河田の問いかけに、池内は黙り込んだ。

5

午後七時三二分、約束の時刻を二分過ぎた。左手のデジタル時計に目をやったあと、古賀は一〇〇メートル先にある薄明かりを見つめた。

先ほどから三、四台のミニバンや軽自動車が日比谷公園下の駐車場に滑り降りてきたが、肝心の車両は来ない。

古賀がもう一度腕時計を見やったとき、入場ゲートのバーが開いた。黒い大型セダンが加速し、あっという間に古賀の傍らに停車した。黒いセダンの後方には、グレーのセダンがぴったりと張り付いている。大型セダンの後部窓が音もなく降りると、嗄れた声が聞こえた。

「待たせたな、乗れよ」

古賀がセダンに歩み寄ると、助手席から顔なじみの秘書が降り立ち、後部座席のドアを開けた。

「失礼します」

古賀が革張りのシートに座ると、ゆっくり大型セダンが走り出す。内堀通りに出た。お堀端の巨大なビル群のライトがセダンの漆黒のボディに反射する。

「おい、銀座に着くまで適当に二、三〇分流してくれ」

ルームミラー越しに磯田が指示すると、運転手がはいと応じた。

「この前のウォーターズ議長のメッセージ、たしかに受け取った。仲介者には、磯田が恩義を感じていると礼を言ってくれ」

「承りました」

昨日、南雲からFRBのウォーターズ議長のメッセージを託された。

「議長には別ルートで返信する。悪く思わんでくれよ、こういうのは様々なチャンネルを使った方がリスク管理上好ましいからな」

渡米した南雲は、旧知の個人的なつながりから、一対一でウォーターズと意見交換を行った。先日の顧客向けプレゼンはあくまで表向きの話で、肝心のメッセージは古賀経由で磯田に届けられた。

「あの大統領が強硬に利下げを求めると、総理がまたぞろ同じことを日銀に言い出す恐れがある」

丸の内の新しいビジネス街の灯りに目をやり、磯田がため息を吐いた。

「古賀はウォーターズのメモを読んだのか？」

「とんでもありません」

「少しだけ教えてやるよ」

後部座席の窓をわずかに開けると、磯田が葉巻に火を点けた。愛おしむように煙を吐き出し、磯田が言葉を継いだ。

「この前のFOMCで、利下げ提案に強硬に反発し、ノーの票を入れたのはボストン連銀のシモンズ総裁だ」

「アメリカの新聞でもそのようなことが触れられていました」

「総裁はこんな啖呵(たんか)を切ったらしいぞ。労働市場が好調なときに、追加緩和は一切必要なし。リスク資産の価格を煽(あお)る上に、家計や企業の過剰債務を一層拡大させるとな」

「利下げの名目はたしか……」

「米中貿易戦争激化に伴う先行き不透明感を払拭するため、予防的に利下げするというのがお題目だ。だがシモンズはこうも言った。リスクは存在するが、そのためだけに金利を下げるのは無償ではすまないとな。俺も正論だと思う」

大型セダンは丸の内のビジネス街を抜け、有楽町駅方面へ向かう。磯田の吐いた紫煙が街灯とネオンに溶け込んでいく。

「こんなメモも追加されていたぞ」

運転席の後ろに設(しつら)えられた灰皿に葉巻の燃え殻を落とすと、磯田は口元を歪め笑った。

「ウォーターズ議長は委員会開催直前、トイレでシモンズと会ったそうだ。その際シモンズは、こう言ったそうだ。野生の熊に餌をやるなとさ」

「熊はスペンサー大統領のことですね」

「ジョーク好きのシモンズ総裁は、趣味の釣りに行ったとき、国立公園で見つけた看板の写真を見せたそうだ。そこにはまさしく熊への餌やり厳禁の文字があったそうだ」

　ニュース映像を見る限り、ウォーターズ議長はいつもしかめっ面で、メディアに余計な発言は一切しない。生真面目な実務家という印象の男に、そうしたやり取りを付記するユーモアのセンスがあるとは新鮮な驚きだった。

「知床で野生のヒグマに餌をやる馬鹿な観光客が増えているのと一緒で、アメリカの国立公園でも餌付けする連中がいる。そんなことをしたら、生態系のバランスが崩れる。その先にあるのは、深刻な環境破壊だ」

　野生の熊が人の手から安易に食べ物をもらうことを覚えれば、捕食対象としていた小動物や植物の生体数が増える。それにも増して、人馴(ひとな)れした熊の一部が町に現れ、人間を襲うリスクも高まるだろう。

「アメリカにはまだ餌が残っている。一%ちょっとだがな」

　前回会ったときと同様、磯田は米国の政策金利がわずかではあるが、水面より上にあることを羨んでいる。

「知っての通り、日本にもはや餌は残っちゃいねえんだ」

　磯田が吐き捨てるように言った。

　餌とはすなわち利下げなど金融緩和策のことだ。熊はスペンサーや芦原のような政治家であり、株や為替で一銭でも安く仕入れ、一銭でも高く売ろうと待ち構えている市場を指す。

本来なら磯田のカウンターパートは、米国の財務長官だ。しかし、スペンサー政権誕生後、二人が更迭された。現在の長官はスペンサーにイエスしか言わない元投資銀行マンが就いている。

大統領命令を盾に、敵国とみなした国々の資産を凍結し、金融のパイプを締め上げる。基軸通貨ドルを握っているだけに、大統領と長官はいつも強気だ。

ウォーターズ議長の本来の連携相手は、赤間日銀総裁だ。だが、芦原の肝いりでポストに就き、本来なら距離を置くべき政府と二人三脚で政策運営に当たる人物だけに、金融と財政の機微に通じた磯田に近づき、極秘に連絡を取り合っているのだ。

公的なメールアドレスは、互いの政府や諜報機関によって確実に内容が把握されてしまう。ウォーターズが南雲を使うのは、日本側に直接メッセージを託せる相手が磯田であり、かつ電磁的に傍受されないアナログな方法を選んでいるからだ。

「アメリカの中銀マンは、まだまだ抵抗するということですね」

「それが正常な姿だからな。大昔、選挙目当てで利下げを強行させた大統領がいたが、その後始末に一〇年かかった。同じ轍を踏んだら、次回の調整はもっと長引くかもしれない」

眉根を寄せた磯田が、史上初めて任期途中で職を辞した大統領の名を挙げた。現在のスペンサー大統領は同じ共和党だ。ましてスペンサーが票につながる誘導策導入に一切躊躇わないことは、過去三年の任期を振り返れば明らかだ。

一分後、セダンが停車し、助手席の秘書が降車してドアを開けた。

「スペンサーが変な気を起こさないように、祈っていてくれ」

磯田が肩をすくめると、秘書がドアを閉めた。

6

「どうだ、答えは見つかったか？　おまえは富士の樹海並みの大きな森を見落としている。いや、見ようともしていない」

小上がりの壁にもたれかかり、河田が言い放った。

手元のスマホのメモ欄をスクロールし続ける。

「ちょっと待て！」

突然、河田が声を張った。顔を上げると、いつの間にか河田が画面を覗き込んでいた。

「ちゃんと森を取材していたじゃないか」

河田が太い人差し指で画面を指した。勝木、菅原、高橋、……短期間で様々な人間に会い、話を聞いた。

だが、河田が指しているのは、池内が全く意識していなかった取材の一コマだった。

〈Japanese Government Bond〉

丸の内の高級焼肉ランチで、大学の同期生黒崎が触れた事柄だった。

〈日本国債、債券、略してＪＧＢ。これが長年銀行界の収益を下支えし、濡れ手に粟で儲けさせてくれていた〉

〈なくなったのは金利だ。いや、金利という概念が根こそぎなくなろうとしている〉

「この話をしてくれたのは誰だ？」

「大学の同期で、今はいなほ銀行本店に勤務しています」

「身近にいいネタ元がいるじゃないか。日本国債は、池内が調べた事柄の根本にある。広大な森、樹海だ」

池内は自ら記した言葉を見比べた。日本国債、濡れ手に粟、金利という概念が消える……。

「金利がなくなるというのはどういうことだ？」

問いかけられ、池内はここ数年の新聞の見出しやニュース映像を思い起こす。

「日銀が金融緩和をしているからですよね」

「なぜ緩和している？」

「景気が悪いから」

「その通りだ。日銀が日々のオペレーションを通じて金利を調節している。いや、正確に言えば、調節機能があった時代の話だがな」

日銀が金利を調節している……段々話が難しくなってきた。そう感じたとき、河田が口を開いた。

「俺が通信社で日銀記者クラブにいたとき、日銀の公定歩合操作は最大の関心事で、各社がしのぎを削ってスクープを取りにいった」

「公定歩合？」

「今どきの記者は知らないよな。金利の王様だ。日銀が公定歩合を上げれば、民間の銀行は揃って個人や企業向け融資の金利を上げた。下げればその逆ということだ」

「公定歩合の水準に国債の金利が連動するわけですね？」

「そうだ」

池内はスマホのメモ欄に新たに公定歩合、金利の王様と書き加えた。

「今から三〇年近く前、日本はバブル景気に沸いた。今よりは随分上の水準だったが、当時としては記録的な低金利だったからな。銀行に金を預けて得る利息収入より、リスクは高くとも値上がり確実と言われた株式や、土地へとあぶく銭が流れ込んだ」

「鬼平と呼ばれた総裁が、バブル退治をしたと副読本で読んだ覚えがあります」

「俺が番記者として張り付いた頑固な総裁だった。枯れ草の上に胡座をかいているようだと市場に警告を発し、公定歩合を引き上げた」

「金利が上がれば、銀行の預金金利も上がり……そうか、金が戻ってきたわけですね」

「その頃、銀行の不動産向け融資も総量規制という枠をはめられ、急速にあぶく銭が萎(しぼ)んだ。その結果、逃げ遅れた銀行や個人が評価損を計上し、深刻な不良債権問題が世間に知られるようになった」

「失われた一〇年、二〇年というやつですね」

「そうだ。その後は大手銀行の破綻などで経済が混乱、景気の低迷が長引き、海外ではリーマン・ショックなど特大の問題も弾けた。その結果、日銀は公定歩合という指標を捨て、異例の金融緩和に踏み切った」

苦々しい表情で河田が言った。池内は身を乗り出し、話に聞き入った。

7

「今どきの記者さんは、すぐにスマホで検索するんだろ?」

河田が皮肉めいた調子で言った直後、池内はスマホを慌ててテーブル下に隠す。

「別に怒ってないよ。日本、政策金利、推移で検索かけてみな」

言われた通り、検索ワードを入れる。

「……こんなものが出てきました」

証券会社が日銀の資料を基に作ったグラフがトップに表示された。

折れ線グラフの横軸左端には一九七〇年の文字が刻まれている。右側へ視線を動かすと八〇年代、九〇年代、二〇〇〇年代、現在へと年が記されている。グラフの縦軸はマイナス二％の目盛りを一番下に、〇％、二％から一〇％まで数字が上方向に伸びる。

「昔は金利という概念があった。さっき言っただろ」

河田が言った直後、池内はグラフを凝視した。左側にある一九七三年に〈第一次石油危機〉とメモが添えられ、公定歩合を示す線は四％の辺りにある。その後一九七四年にかけて〈列島改造ブーム〉のメモがあり、公定歩合は八％を超える水準まで急激な右肩上がりのカーブを描いている。

視線を右側に動かす。八〇年代の頭に公定歩合は八％を超えたあと、八六年の〈円高不況〉のメモの辺りで二・五％付近まで落ち込み、一旦底を打った。その後は九〇年代初頭にかけ六％まで上昇していた。池内がグラフの折れ線を指で辿っていると、河田が眉根を寄せた。

「円高不況の後、政府と日銀は一体的に景気対策に邁進（まいしん）した。日銀は景気底割れを回避するため公定歩合を低位で安定させた。しかし、結果的にこれがバブル経済の病根になった」

河田の言葉を頭の中で反芻（はんすう）した。

金利が高ければ、世の中のカネは利率の高い金融商品に集まる。逆に、公定歩合が低ければ、民間銀行の預金金利も連動して下がるため、旨みが減る。多少リスクが高くても、より高いリターンの得られる株式などリスク性の金融商品にカネが向かう。円高不況の文字が、具体的に頭の中でつながっていく。

公定歩合が銀行の貸出金利の下げに連動することで、企業は融資を受けやすくなる。経営者は工場を建設し、新規事業向けの投資を増やす。増産された製品や新商品が企業に収益という形で返ってくれば、従業員の給与アップにも貢献し、個人消費も上向く。景気の好循環という形だ。

さらに視線をグラフの右方向に移した。

九〇年の六％から公定歩合は急激な右肩下がりのカーブを描いている。円高不況後の景気対策、低金利政策でバブル経済が発生し、八九年に平均株価が四万円目前の史上最高値をつけたことを頂点に、日本は急な坂道を転げ落ちたと経済関連の新書で書かれていた。

　グラフの右端に近づくにつれ、二％を下回り、〈リーマン・ショック〉〈欧州経済危機〉……池内が社会人となって以降のトピックのメモとともに、一段と〇％に近づく。

「二〇一六年にはマイナス圏に沈んでいます」

　右端の一点を指し、池内は言った。金利が水面下に沈んだということは、銀行からカネを借りる際、頼むから使ってくれと上乗せ分をもらってもおかしくないということだ。

　新聞の見出しやテレビニュースでなんども耳にした事柄だが、今一つ関心がなかった。たしかに政策金利がマイナスになれば、一大事だ。しかし、池内の給与が半分になったわけではなく、怒った預金者が大規模なデモ行進をすることもなかった。

「長引く不況、デフレの常態化で日本人の経済観念が麻痺したのかもしれない」

　河田がぽつりと言った。グラフを一瞥すれば、日本が異様な状況にあることは理解できる。しかし、皮膚感覚として、大きな影響が出ている実感がないのだ。

「それで、銀行の件です。濡れ手に粟と同期が言いましたけど、どういうことでしょうか？」

「ちょっと待て。まずは日銀と政策金利の関係をもう少し説明する。そうでないと、先に進めない」

池内はスマホの画面をメモアプリに切り替えた。

「正確を期すと公定歩合という呼び名は二〇〇六年になくなった。金利自由化の措置を経て、市中銀行の預金や貸出金利が公定歩合に連動する仕組みが消えたからだ」

河田の言葉を手早くメモアプリに落とし込む。

「公定歩合の変更は経済記者にとって最大の関心事で、政治記者の解散報道と同等の価値があった。スクープを出せば社長賞がもらえた。一般には地味なニュースだが、川下への影響力がとんでもなくデカいからだ」

「なるほど」

「政策金利の変更については、大手マスコミ各社の取材合戦が苛烈を極めた。同時に、情報管理の面からも問題が多かった」

取材が熱を帯びるのはどの分野でも共通だ。半年とはいえ週刊誌の編集部にいただけに、事件事故の類いのほか、芸能やプロスポーツでも特定のテーマがあれば取材合戦になるのはわかる。

「金利の王様が変更される。他人より一分でも早く情報が欲しいディーラーたちにネタが漏れれば、広義のインサイダー取引に当たる。株式市場と違って明確な罰則はないが、不透明なことは間違いない」

池内はメモアプリに言葉を植え続ける。

「実際、利下げが報じられた直後は、銀行や郵便局の窓口に人が押し寄せることもあった。少しでも高い利率でカネを預けたい庶民が多かったからな。これが巨額の資金を動かすディーラーなら尚更だ」

「今はどうなんですか？」

「昔は、日銀は午前中に緊急会議を開いて即日実施なんてこともした。今は定期的に開かれる金融政策決定会合で政策金利の変更が議論される。この会合の前はブラックアウトといって会合のメンバーとなる審議委員たちはメディアとの接触が一切禁止になる」

そう言ったあと、河田がため息を吐いた。

「どうしました？」

「日本中の基準となる金利について、メディアが抜いた抜かれたの取材をしなくなった。口を開けて待っていればネタが降ってくる。すなわち特落ちの心配がなくなった。その副作用として、熱のこもった記事が少なくなった」

昔気質の記者が顔をしかめた。特落ちとは、一社だけ大きなネタを落とすことで、大手メディアの記者が蛇蝎の如く嫌う業界用語だ。

「公定歩合は〈基準割引率および基準貸付利率〉という名称になった」

次第に難しい単語が出てきた。スマホの入力を続けながら、河田に漢字の間違いがないか画面を向ける。

「基準貸付利率は、日銀が民間銀行に資金を出す際に適用される。それと同時に、短期の市場金利の事実上の上限となっている」

池内は顔をしかめた。メディアの取材に絡めた用語解説はわかりやすかったが、民間銀行だの市場金利だのと専門の語句が並ぶと偏頭痛が起きそうだ。

「今、俺は大事なことを言ったぞ」

慌ててメモ欄に目を戻す。

大急ぎで綴った文言が目の前に並ぶ。大事と言えば大事だが、河田がわざわざ話を止めるような事柄があるとは思えない。

「鈍い奴だな」

渋面のまま、河田が言った。もう一度メモ欄に目を凝らすが、重要なヒントがあったとは思えない。痺(しび)れを切らしたように河田がため息を吐き、言った。

「俺はこう言ったはずだ。短期の市場金利だとな」

液晶画面の中には、たしかに河田が告げた事柄がある。この一文がどう重要なのか。

「短期の市場金利、具体的に期間、つまりスパンはどのくらいか知っているか？」

「はあ？」

「ここの理屈がわからんと、濡れ手で粟の話ができないんだよ」

不貞腐(ふてくさ)れたように言うと、河田が空っぽになったグラスを顎でしゃくってみせた。

「それでも気配りが命の元営業マンか？」

河田が苦笑いしながら言ったあと、池内は慌ててお代わりをオーダーしようとメニューを開いた。

8

支援を続けているNPOメンバーとの会食を終え、古賀は神保町の事務所に戻った。ガランとした部屋で蛍光灯を点け、簡素な事務机にポストから抜き取った夕刊を置く。ネクタイを緩め、息を吐き出す。短い時間だったが、賭場と一切関わりのない若いスタッフたちと話をするのは心底楽しかった。

今夜は秩父の伝統的な織物である銘仙のデザイナーや、老舗である南部鉄器の若い専務らと会食した。海外からの富裕な観光客にどう売り込むかを二時間ほど話し合い、その後は神保町交差点近くの老舗中華料理屋で円卓を囲んだ。

数年前、何も告げずに去った内縁の妻の笑顔が脳裏に浮かぶ。長年、賭場の掃除を続けたことで身の丈をはるかに超えるカネが貯(た)まった。豪奢(ごうしゃ)な住まいや食事、高級車の類いには一切の興味がなく、使い道がなかった。退場すべき企業が生き残ることに疑問を感じ、仕事のやりがいを見出(みいだ)せなくなったとき、元妻が関わっていたNPOの存在を知った。

後継者不足に直面した漆塗りや染色、伝統工芸品の若手職人を世に出すプロジェクトを担う団体だ。贖罪(しょくざい)の意味合いから寄付を続けるうち工芸品の魅力に惹かれ、熱心に支援するようになった。だが突然、元妻は古賀との関係を絶ち、姿を消した。古賀を狙う捜査当局が接触し、掃除屋の素性、表に出せない汚れた実績を明かしたのだ。

一切の連絡を絶った元妻は、以降団体に接触していない。いつか再会できるのではないかと年間二、三億円を寄付し続けた。さりげなくNPOのスタッフに消息を尋ねたが、ベトナムかタイに渡って以降、連絡が途絶えたというのがいつもの返答だった。

机上の固定電話に伝言はない。誰もいない古い自宅マンションに帰る前、仕事の区切りをつける。エリート官僚の江沢に告げた通り、掃除屋からの足抜けを図った途端、間違いなく恨みを持ったかつての客たちに刺される。いや、首相の芦原だけでなく、副総理の磯田にまで頼りにされた以上、仕事から逃れることはできない。古賀は夕刊一面下にある記事に目をやった。

〈国際金融市場、ポピュリズム政権の政策運営注視〉

海外紙の著名コラムニストの記事の翻訳版だ。古賀は紙面に目を凝らす。

〈荒波が世界中にどの程度広がるか。米欧や日本の金融市場にも被害が及ぶ可能性が

ある〉

国際金融市場にとって、アルゼンチンは鬼っ子だ。ラテン系の楽観的な国民性からか、放漫財政の挙句なんども対外的に債務不履行（デフォルト）を起こし、その度に国際通貨基金（ＩＭＦ）の支援を受けた。

ＩＭＦが金融支援に着手すると、真っ先に財政の立て直しを迫る。緩み切った財布の紐（ひも）を締める行為は、国民に我慢を強いる。そうなると、数年間で一般庶民の不満が溜まり、これが均衡点を超えると政情不安に直結する構図だ。

経済は人体に似ていると常々思う。甘くて脂肪をたっぷり含んだケーキばかり食べていれば体が膨れ上がる。同時に血圧が上がり、血管や内臓を圧迫する。急激に膨らんだ体は常に甘みを欲し、更なる糖分を求めて過食に走る。

バラマキ型の財政措置を取れば、一時的に国民の支持を集めることができる。しかし、国民の欲求は止（とど）まるところを知らず、もう一段の保障をもとめ、政治家の笑顔はひきつる。しかし選挙が近付けば抗することはできず、財政を肥大させていく。

〈アルゼンチンペソ、対ドルで一時三〇％下落　株式、債券市場も急落〉

古賀はさらにページをめくる。日本実業新聞のまとめ記事の見出しが目に入る。一月（ひとつき）前に行われた大統領選挙では、過去と同じで反緊縮路線を訴える急進左派野党の候補が当選した。古賀と同じ懸念を抱く投資家たちは、アルゼンチンから猛烈な速さでカネを引き揚げ始めた。

〈大統領選で野党候補の優勢が伝えられ始めた頃から、首都ブエノスアイレスなどではペソを米ドルに替える動きが顕在化した。銀行だけでなく、街頭の両替所にはペソの価値急落を予見する市民たちが長い列を作り……〉

生き馬の目を抜く賭場の猛者(もさ)たちと同様、アルゼンチンの市民たちも動き始めた。繰り返される肥満と高血圧。その先にある動脈硬化や心筋梗塞など深刻な病を市民たちはなんども肌身で感じ、ときに死に至るほどの痛みを強いられた。

地球の反対側で生じている異変はゆっくりと金融というパイプをつたって極東の島国まで押し寄せる。古賀は背筋に冷水が流れ落ちるような不快さを感じた。

9

河田は黒豚の角煮や自家製さつま揚げなど肴(さかな)をいくつも追加し、姿勢を正した。

「短期の話だったな」

「どの程度の期間かというところでした」

「金融の世界で短期とは一年未満の期間を指す」

「決まっているのですか?」

「そうだ。元来、日銀がコントロールしてきたのが短期の金融市場だ」

「コントロールとは？」

「日銀が銀行の銀行だということは知っているか？」

「民間銀行に資金を融通するのが中央銀行だと学校で習った覚えがあります」

池内が答えると、河田が頷いた。

「大まかに日銀と民間銀行の立ち位置、それに短期金融市場の仕組みを教えてやる」

河田がそう告げたとき、店員が大振りのロックグラスを河田の前に置いた。

ロックグラスの下には小皿が添えられている。なみなみと注がれた焼酎に口をつけると、河田が満面の笑みを浮かべた。

「これで口が滑らかになる。さて、いなほ銀行のようなメガバンク、それに仙台あけぼののような中小銀行に共通しているものがある。なんだかわかるか？」

「銀行の免許を持っている、預金を集めて企業に融資する、そんなところでしょうか」

「正解だが、今回の本題と少し違う」

もう一口、河田が前割りを飲んで言葉を継いだ。

「民間銀行とはいえ、一企業だ。日々、資金繰りをしている」

「それは顧客から回収し、業者に支払うとか、カネが足りない云々という意味ですか？」

「そうだ。銀行といえども決済に一円でも足りなければ破綻する」

子供の頃に見た大手銀行破綻のニュース映像が脳裏をよぎった。髪をポマードで固めた頭取らが目に涙を浮かべ、謝罪会見を行った。銀行の窓口に多数の預金者が押しかける報道写真も目にした。

「金持ちの知り合いがいてな、衝動買いでクルーザーを契約した。現金主義のおっさんだから取引銀行の支店に行き、五億円をキャッシュで用意しろって言ったことがある」

突然、河田が話を変えた。

「豪勢というか、お金持ちのお知り合いですね」

池内が合いの手を入れると、河田が睨んだ。

「わかりやすく説明するためだ。別に落語を聞かせているわけじゃない」

河田が咳払いした。

「メガバンクでも普通の支店、例えば高田馬場や目白あたりでいきなり来店して五億出せと言っても、対応できる店はないに等しい」

「なぜですか？　大手なら支店の金庫に堆く札束が積まれているはずでは？」

河田が強く首を振った。

「支店の金庫に五億積んでいても一銭の得にもならんし、なにも生み出さない。いくら低金利の時代とはいえ、カネを遊ばせている。これは銀行マンが一番嫌う行為だ」

「では、遊ばせない状態とは？」

「融資で金利を稼ぐほかは、短期金融市場で運用する。さっきも言ったが、短期市場は銀行や証券、保険会社など大手の金融機関が日々のカネをやりとりする。つまり資金繰りだ」

河田が箸立ての横から紙ナプキンを取り出し、ボールペンでなにか描き始めた。

〈メガバンク〉〈大手地銀〉〈証券会社〉〈大手生保〉

それぞれの名前を四隅に置き、河田はボールペンを走らせる。銀行や証券の間に対角線が引かれた。

「いなほ銀行は大企業の給与支払いが集中して一時的に資金繰りがきついときがある。例えば月末だ。そんなとき、三日間の期限で生保から資金を借りることがある」

メガバンクと大手生保の間の線に河田は矢印を加えた。

「逆の流れももちろんある。こういう取引が無数に走っているのが短期金融市場で、基本的に日銀の決済システム、通称・日銀ネットの中で決済される」

四つの業態の中心に、河田は〈日銀〉と加えた。

「各金融機関は各々でカネを貸したり借りたりして、小刻みに運用する」

「だから支店の金庫に積んでおくことはしないわけですね」

前割りを口に含みながら、河田がゆっくり頷いた。

「日銀の担当者は日銀ネットを通るカネの流れを常にウォッチしている。例えば月初、巨額資金を借りたい金融機関ばかりだと短期市場はどうなる？」

「みんながカネを必要としたら……金利が上がるということですか？」

需要と供給の話だ。冬場の白菜が不作ならば、市場に出回る物の数が減る。しかし忘年会に鍋用の白菜は欠かせない。料理人が絶対欲しいと注文を出せば、仲買人は高値でも買い付けにいく。白菜がカネに置き換わっただけで話はシンプルだ。

「その逆もしかり。日銀は市場金利が一定のレベルに収斂(しゅうれん)するよう資金を短期市場に供給したり、引き揚げたりする。これがオペレーションだ。先ほど言った公定歩合、今の基準貸付利率に近い水準に持っていくのが役目だ」

池内は紙ナプキンのイラストにスマホのカメラを向けた。

「カメラの次はもう一度テキスト入力の出番だ」

顔を上げると、生真面目な表情で河田が言った。

「このほかに、国債発行、期限到来による要因でも短期金利は動く。つまり、国が国債を発行すれば多額の資金を投資家から吸い上げることになって、需給が歪になる」

国際……国債、機嫌、紀元、期限と順次変換しながら懸命に河田の言葉をスマホに打ち込む。

「また、国税や社会保険料の歳入金、年金や公共事業費等の歳出金、つまり、国庫金の収支動向、日銀券の発行と還収によっても短期市場の需給関係は変わる」

ぐっと専門用語が増えた。掌の中で目まぐるしく変わる変換候補を注視しつつ、池内は河田の話に耳を傾けた。

「日銀は担当者が一月、一週間、毎日と三段階で細かく、膨大な量の資金需要変動要因を調べ、突発的な市場金利の乱高下を防ぐよう監視している」

なんとか専門用語を打ち込み、顔を上げた。眉根を寄せた河田が睨んでいる。

「わかったのか？」

「難しい用語はあとで調べますが、大枠は理解しました。日銀は期間一年以内の市場金利を細かくモニターして、不測の事態に備えているということですね」

「他の先進国でも同じ仕組みになっている。ただし、ヒヤリとするケースが最近起こったばかりだ」

河田が眉根を寄せた。

「日本の出来事ですか？」

「いや、アメリカだ。マズかった。怖い事件だった」

いきなり飛び出した物騒な単語に、池内は身構えた。

10

主要紙の記事スクラップを終え、古賀が鋏を机に置いたときだった。ランプの下にあるスマホが鈍い音を立てて振動した。液晶画面に発信主の名が点灯する。

「古賀です」

〈夜分に失礼します。おやすみでしたか？〉

磯田副総理の紹介で面会した江沢だ。

「まだ事務所で雑務をしておりました。どうかされましたか？」

〈来週、古巣に正式復帰することになりました〉

「おめでとうございます。存分にお仕事をなさってください」

〈もしよろしければですが、これから軽く飲みませんか？〉

江沢の申し出に、古賀は腕時計に目をやった。午後九時五分、まだ宵の口だ。

「いいですね。どちらへ行けばよろしいですか？」

〈腕の良いバーテンダーがいるのですが〉

江沢が住所と店の名前を告げた。

「塒（ねぐら）に近いエリアです。これから出ますよ」

短く告げると、古賀は机の上のスクラップブックを引き出しにしまった。

地下鉄の高田馬場駅近くでタクシーを降り、古賀は表通りから神田川の方向に細い路地を行く。

深夜営業の博多ラーメン店から豚骨を炊く独特の匂いが小路に流れてくる。駅方向に向かう学生や若いサラリーマンの流れに逆らい、古賀はさらに北に向かい、コンビニの角で左に逸れる。記憶した地図によれば、神田川に沿って少し歩くと目的のバーがある。

「古賀さん、こちらです」

酔った学生が群れている居酒屋の向こう側で、見覚えのあるスーツ姿の男が手を挙げている。

「いきなり連絡してすみませんでした」

江沢は大きなガラス窓のあるバーに招き入れる。腕の良いバーテンダーと聞いていたため、重厚なオークの扉とオーセンティックな内装を勝手にイメージしてきたが、実際は全く違った。

コの字のカウンターには世界各地の蒸留酒のボトルが並び、カフェイン飲料の大きなボトルまで置かれている。カウンターの中には、体格の良いバーテンダーがテンガロンハットを被(かぶ)り、他の客たちにビールを注いでいた。

「びっくりされましたか？」

「ええ」

古賀はバーテンダーの背後にある巨大な牛の頭骨のオブジェを見た。今までのバーのイメージはニューヨークで何軒か行った会員制のオーセンティックなものだ。一方、目の前に広がる景色は、テキサスのような南部のテイストが濃い。

「苦手な飲み物はありますか？」

スツールに座った途端、江沢が切り出した。

「特にありません」

江沢がバーテンダーにマティーニと告げた。

「かしこまりました」

見てくれとは裏腹に、バーテンダーが落ち着いた口調で返す。

「古賀さんが言い当てられたポストで復帰です」

真新しい名刺をカウンターに置き、江沢が言った。

〈金融庁監督局銀行第二課課長補佐〉

「改めて、ご栄転おめでとうございます」

古賀が言うと、江沢が顔をしかめた。

「ウォームアップをしないまま、マウンドに上がるような感じです」

江沢はスマホをカウンターに載せ、なんどか画面をタップした。この間、古賀はカウンターの向こう側のバーテンダーに目をやった。デニムシャツの袖口からタトゥーが見える。アメリカの南部男のような風貌だが、ジンのボトル、ミキシンググラスを操る手つきは優雅かつ繊細で、古風な日本舞踊のような趣きさえある。

「お話の前にいかがですか？」

カクテルグラスを古賀、江沢の前に置き、バーテンダーがミキシンググラスからマティーニを注ぎ、レモンピールを振りかけた。

「いただきます」

古賀はグラスを目の高さに上げ、江沢に言った。

「ごゆっくり」

テンガロンハットを脱ぎ、バーテンダーが頭を下げる。古賀がグラスに口をつけると、爽やかなレモンの香りが鼻に抜けた。同時にキリリと冷えたマティーニが喉に落ちる。辛口で後味のさっぱりしたタイプだ。

「うまい」

「彼は将来を嘱望されたチーフだったのです」

江沢が都心にある老舗ホテルのバーの名を口にした。

「融通の利かない老舗の落ちこぼれですよ」

バーテンダーが自嘲気味に言い、他の客のドリンクを作り始めた。

「こんなうまいマティーニは久しぶりです」

「入庁したばかりの頃、ホテルのバーで知り合いになりましてね。彼の独立後は内緒話をするのに使っています」

もう一口マティーニを口に含むと、江沢がスマホに目をやった。手の中の液晶画面には表計算アプリが現れ、その細かなマス目にびっしりと文字が詰まっている。目を凝らすと、最近再編が発表された地銀や第二地銀の名前がずらりと並んでいる。九州、山陰、近畿、関東、北陸、東北……全国の地域金融機関が同じエリアの競合他社と経営統合する、あるいは異業種企業の出資を仰ぐ等々、一覧表には再編の波が全国規模に及んでいることが記されている。

「優秀な江沢さんなら、適切に仕事を完遂されますよ」

古賀の言葉に江沢が首を振る。

「彼らは危機感と当事者意識が決定的に希薄です」

江沢が鋭い視線を画面に向けた。

「地銀や第二地銀の行員は、地元では名士面をしています。変なプライドが邪魔をして、統廃合が進みません」

「ご苦労、お察しいたします」

プライドばかり高く、自分の金庫が空になりかけていることを恐れながら、退職金を持ち逃げすることしか考えない。そんな無責任な輩と江沢は対峙せねばならない。緩やかな回復基調を示す政府の公式統計より、古賀の皮膚感覚では足元の景況感ははるかに悪い。経営の糊代が極端に減っている中、監督する行政官が気の毒だ。

「着任後は、彼らの尻叩きですか？」

古賀が尋ねると、江沢が頷いた。

「来週から各行の企画担当者が挨拶に来ます。また、場合によっては私が直接地方に出向き、小言を言わねばなりません」

江沢がスマホの一覧表を別のアプリに切り替えた。画面には、キャッシュレス決済の航空機、新幹線のチケット予約が表示された。

「例のＣＬＯを、我々に隠していた地銀や第二地銀を問い詰めにいく嫌な役回りです」

磯田に秘かに伝えた地銀がある地域へと赴くチケットを予約済みのようだ。

「適正なリスク管理を迫り、万が一の際の最大損失額の見積もりを出させます」

「大丈夫ですか？」

「今日明日に自己資本比率がヤバくなるようなことはないと思いますが、再編に向け、半ば強引にでも背中を押さねばなりません」

眉根を寄せ、江沢がマティーニを飲み干し、バーテンダーに二杯目をオーダーした。

「公取委は大丈夫ですか？」

「ええ、大臣の尽力でなんとか矛を収めてもらったようです」

先日、事務所を訪ねてきた女子行員が自殺した。彼女は業界の歪みに押し潰されたのかもしれない。古賀はもう一口、マティーニを飲んだ。すっきりした後味だったはずが、わずかに苦味を含んでいた。

11

三杯目の前割りを飲み、河田が言葉を継いだ。どの程度の強さの酒かわからないが、酔った様子はない。むしろ両目が醒め、形相が凄みを増している。

「アメリカで突発的なことが起きた。いや、今後、恒常的になるかもしれない」

池内が突発的とメモしたとき、対面する河田が咳払いした。

「米国、短期金利、急騰で検索してみな」

言われるままメモアプリをネットブラウザに切り替え、キーワードを打ち込む。

「出てきました……」

〈米国短期市場で金利急上昇、一時一〇%に〉

海外通信社の市況記事だ。異動して経済担当を命じられて以降、通勤中やランチ時に主要なメディアの見出しには目を通している。現在、日本だけでなく世界的な低金利が続いているという解説記事を読んだが、このニュースは見落としていた。

「世界的な低金利のご時世に一〇%ですか……」

「アメリカの短期金利の誘導目標はおおよそ二%だ。それが一〇%にまで跳ね上がるなんて、どうかしている。世界的な大事件が起こった直後なら理解できるが、平時に起こった。ある意味で事件だ」

「事件？」

「アメリカの短期市場をウォッチしているのは、連邦準備制度理事会だ。日銀と同じように、担当者が逐一市場をチェックしていたのに、急上昇を抑えることができなかった」

池内はスマホの中の記事に目を向けた。

〈米国短期金利は、法人税支払いのほか国債関連決済のため資金需要が一気に強まり、FRBの誘導目標上限を大きく超え急上昇した。このため、FRBは約一一年ぶりに緊急資金として約七五〇億ドル（約八兆円）を注入した〉

「もっともらしい解説がついているが、どうも腑に落ちない」

スマホから顔を上げると、河田が眉根を寄せていた。

「日銀もFRBも、ポカミスを犯すようなことは絶対にしない」

「国債とか法人税が要因というのはありえない、と」

「そんなもんはずっと前から把握している。教科書や宿題を忘れる悪ガキとは違う。中央銀行のエリートに隙はない」

「ならばなぜ金利が？」

「スペンサー大統領がメキシコ国境に壁を作ったり、公共事業を増大させたりしているのは知っているか？」

「ええ、有権者受けのする政策を相次いで発表しています」

「大盤振る舞いするのは結構だが、財源はどうなっている？」

「税金で賄うとして……」

自ら発したあと池内は手を打った。

「国債を大量に発行する、つまりアメリカという国の借金です」

「国債発行の量が増えれば、当然市場から資金を吸い上げる」

「その点をFRBの担当者が見落としていた？」

池内が言うと、河田が強く首を振った。

「米財務省は発行する前に公式発表する。そんなことを見落とすことは絶対にない」

河田の顔がさらに険しくなる。

「では、どうして一〇%に？」

「これは俺と数人のネタ元による見立てだ」

事件の構図を後輩に説くベテラン刑事のような言い回しに、池内は面食らった。

「信用リスクだ」

新たに登場した用語を池内は素早くメモアプリに記録した。

「取引相手を信じられなくなること、これが信用リスクだ」

河田の言葉を漏れなく入力する。

「言論構想社の同僚でギャンブルにハマっている奴はいるか？」

「何人かいます。週刊新時代の競馬コーナーを担当したことをきっかけに給料の大半を注ぎ込んでしまった先輩とか、全国の競艇場をくまなく回るためにフリーになった人とか」

「そいつらが金を貸してくれって言ってきたら、どうする？」

「とんでもない、絶対に応じません」

「なぜだ？」

「貸した金が返ってくる見込みがないからです」

「それが信用リスクだ」

間髪容れずに河田が答えたとき、池内は思わず膝を叩いた。

「そうか、金融のプロが取引相手を信用しなくなれば……」

「金を遊ばせることを蛇蝎の如く嫌う連中が、市場に金を出さず、手元資金を厚めに貯め込み始めた。そうなれば、資金が必要な他の金融機関が資金繰りに困る。高い金利でもいいので用立てて欲しい銀行や証券会社が増えれば、自ずと金利は急上昇する」

言い終えると、河田が前割りを一気に喉へと流し込み、お代わりとスタッフに告げた。

「誰かチョンボしたのですか？」

「新興企業の超注目銘柄だったシェアオフィスの会社、他にも何社かある。ニューヨーク証券取引所に株式公開間近だったのに財務や経営陣の資質に疑問符がつき、延期になった」

シェアオフィスと聞き、池内は数週間前の新聞の見出しを思い起こした。日本の大手投資会社が創業当時から目をつけ、支援してきたアメリカの新興企業だ。

「ここ二、三年、アメリカはスペンサーの大盤振る舞い政策のおかげで空前の好況だった。しかし、内実はいい加減な企業まで株式公開できるほど緩んでいた。かつてリーマン・ショックを経験した連中はいつか来た道が近づいていることにビビった」

河田の話をメモしながら、池内は首を傾げた。

「短期金利が動くのは、プロだけの金融市場ですよね。新興企業が直接資金をやりとりする場ではないのに、そこまでプロ中のプロ、ニューヨークのウォール街のエリートたちがビビりますか？」

池内が尋ねた途端、河田が口元に笑みを浮かべた。

「なぜ過度にニューヨークのプロたちがカネを出さなくなったのですか？」

「ニューヨーク証取に株式を上場するには、厳しい監査を受け、多くの投資家が納得しなければならない。それなのに、実際は調べがユルユルだった」

「未然に防いだわけですから、安心しないのですか？」

河田が首を振った。

「ウォール街の連中は、足元にあるヤバい商品群が心配になってきた」

「ヤバい商品とは？」

池内が身を乗り出したとき、新しい前割りのグラスがテーブルに置かれた。喉が渇いたと言い、河田がごくりと焼酎を飲み込む。

「リーマン・ショックの遠因となったのは、サブプライムローンが弾けたことだ」

池内は記憶のページを懸命にめくった。

「たしか、低所得者向けの住宅ローンが大量に焦げ付いた一件でしたね」

「ざっくり言うと、その通りだ」

河田はもう一枚紙ナプキンを取り上げると、ペンを走らせ始めた。

〈証券化〉

ナプキンの中心に河田が太い文字を刻んだ。証券という言葉は、株式や債券を扱う証券会社につながる。しかし、〈化〉はなにを意味するのか。池内が考え込んでいると、河田がさらにペンを走らせた。

〈貧乏人向け住宅ローン〉〈貧乏人ローン〉……先ほどの〈証券化〉の文字の下に、河田はいくつも小さな項目を書き続けた。

「博打（ばくち）好きの人間に金を貸すのと同じで、低所得者にローンを組ませたらどうなる？」

「病気や怪我をすればたちまち返済が滞りますよね」

「しかし、貧乏人一人ではなく、一万人分のローンを束ねたらどうだ？」

「一人が返済不能になっても、残りが正常ならば……」

「それが証券化の大まかな仕組みだ。何人分が焦げ付くか、どの程度なら貸せるかなど専門家が格付けをして、大量のローンを束ねて証券という紙切れに変え、金融商品にした」

「その金融商品が大量に出回り過ぎて、問題になったわけですね」

「そうだ。アメリカに不法入国した移民にまで金を貸し、それを組み込んだ証券化商品が大量に流通した。ババ抜きと一緒で、最後は行き詰まる」

「今も同じような商品が？」

「ＣＬＯといういかがわしい金融商品が大量に出回っている。世界的な低金利の時代だから、日本の金融機関もこぞって買った」

反射的に、河田が発したＣＬＯという言葉をネット検索した。信用度の低い米国の新興企業や地方の中堅中小企業の債権を証券化した金融市場の有望商品との記述が現れた。世界的な低金利で、比較的高い利回りが投資家の人気を集めているという。

「例えば、地方銀行も買っている？」

池内の問いかけに、河田が大きく頷いた。

「赤信号みんなで渡れば怖くない、と同じ理屈だ」

河田の両目は醒め切っていた。

12

「大臣の私設秘書から伝言があります」

古賀がマティーニを飲んでいると突然、江沢が話題を変えた。

「なんでしょうか？」

磯田と会う際に必ず連絡を寄越す男の名を口にし、江沢が姿勢を正した。

「表に出ない情報を取る際、必ず古賀さんにお力を借りるようにとのことでした」

「現にこうしてお相手させていただいています」

古賀は肩をすくめてみせたが、江沢の表情は真剣だった。

「一つ、アドバイスをいただけますか?」

古賀が頷くと、江沢は背広のポケットから折りたたんだ書類を取り出し、カウンターの上に広げた。

〈大手金融グループ向けストレステスト実施要項(案)〉

数日前、海外通信社が独自記事を出し、その後は主要紙の経済面で概要が伝えられていた。大手金融グループは、数兆円規模の資産を持つ。外為や債券取引、保有株式や内外の貸し出し等だ。リーマン・ショックのような世界的な金融の混乱が起こった際、自社の資産がどの程度影響を受けるか、自主的にシミュレーションするのがストレステストだ。

「たしか金融庁と日銀が共通のフォーマットを作って各社の強度をチェックするとか」

古賀の言葉に江沢が頷く。

「国内の超低金利政策の長期化で、各社は海外に活路を見出していて、実際に融資の残高が急増しています。それにＣＬＯの類いもあります」

「大手のストレステストは保守的だと聞いておりますが？」

「その通りです」

大手銀行は、バブル期に暴飲暴食の限りを尽くし、今や成人病のデパートと化した中年男だ。動脈硬化や心筋梗塞で死にかけた男が一念発起してジムに通い出し、主治医の指導のもとで食事療法を続けている。インフルエンザの流行前にワクチンを接種し、手洗いやうがいを欠かさないようなものだ。リーマン・ショックのあと、瀕死の重傷を負った海外大手に比べて邦銀の傷が浅かったのは、日頃から健康を強く意識してきたからだ。

古賀はマティーニの横に添えられたミネラルウォーターのグラスに手をかけた。江沢がわざわざ磯田の名代として連絡してきた真意はなにか。主要紙に載り、世間に知れ渡った話をなぞるだけではないはずだ。

バーテンダーの肩越し、対面する客が紫煙を天井に向け吐いたとき、銀座のバーの重厚なソファの影が脳裏をよぎった。同時に葉巻が醸し出す甘い香りが鼻腔の奥に蘇る。

「拝見してもよろしいですか？」

「もちろんです」

〈株安〉〈円高〉〈米中貿易対立の先鋭化〉〈英国の欧州連合離脱を巡る混乱〉

金融庁と日銀が主要な市場リスクを掲げ、これに対して各社がどう対応しているのか、横串を刺して問題を洗い直す、そんなメモが添えられている。

「ごくごく当たり前の中身かと思います」

「それはポジティブな意味ですか、それともネガティブ？」

「両方です」

体質改善を図った邦銀グループだが、その後の立ち直りの中身は微妙に違う。

「ポジティブな点は、当局の横串が刺さったことです」

ここ一〇年ほど世界的な金融危機がなかった。このため、寝際に夜食を摂り始め、秘かに喫煙を再開した向きもあるはずだ。そうした細かな不摂生の積み重ねは、かつてのように暴飲暴食に至りかねない。そこを当局がしっかりフォローすることで、経営陣の襟を正す。その旨を告げると、江沢が安堵の息を吐いた。

「ここの部分があまりにも当たり前過ぎませんか？」

文書のサマリーにある株安など主要なリスクファクターの項目を指し、古賀は告げた。

「リーマン・ショックもサブプライムローン問題を過小評価した結果ではありませんでしたか？」

「たしかに……我々が思いつくファクターばかりをピックアップしています」

江沢が眉根を寄せた。

「例えば、アルゼンチンです」

古賀はアルゼンチンの大統領選挙の結果に注目していたと告げた。江沢も見出しは追っていたようで、深く頷いた。

「緊縮財政に反発するポピュリズム左派の大統領が誕生しました。その結果、またもやＩＭＦとの公約は反故(ほご)にされ、アルゼンチンの対外債務は債務不履行(デフォルト)の危機に直面するでしょう」

「その通りかもしれません」

「大手グループや地銀が保有するＣＬＯに、アルゼンチンの民間企業債権や、アルゼンチンペソとリンクした仕組債的な物が含まれているか、確認した当局の方はいらっしゃいますか？」

江沢が強く首を振る。

「前回の世界的金融危機から一〇年、世界は緩み切っています。かつて、私が証券会社の法人営業をしていた頃、こんな馬鹿な話を聞いたことがあります」

古賀が言葉を区切ると、江沢が身を乗り出した。

「バブルの清算はバブルを使え、そんな話です」

株式や地価バブルが膨らみ切って弾けたあと、日本ではITバブルが発生した。パソコンが急速に普及し始め、インターネットサービスも広がったタイミングだ。

「システムやハードを供給する大企業、ネット回線の必需品であるケーブル素材を扱う会社の株価が軒並み急騰しました。その挙句、携帯電話や回線を卸売するだけの怪しげな会社の株価まで急伸した時期がありました」

古賀は自分のスマホを取り出し、典型的だった携帯販売会社の株価チャートを表示し、江沢に見せた。

「金融市場については、日銀が日本だけでなく世界中のあらゆるチャートをチェックし、常に目を光らせています」

「日銀で私のカウンターパートになるスタッフたちがそうです」

「それだけで十分でしょうか?」

「どういう意味です?」

「日銀や金融庁のエリートの皆さんの想像を超えた事態が起こったら、という意味です」

江沢が眉根を寄せた。

「江沢さんを責めているわけではありません。例えばの話ですが……」

古賀はスマホの画面をメモアプリに切り替え、素早くテキストを打ち込んだ。

「スペンサー大統領は、再選のためならばなんでもやります。例えば、中国と断交するとか」

「まさか……」

「スペンサー大統領がどう動くかはわかりません。しかし、過去三年以上、世界は彼の暴挙に振り回された。そのリスクは、この想定に載っていません」

「たしかにそうです」

「大統領の対中強硬路線はエスカレートするばかりです。その他、自然災害もあるでしょう」

古賀の言葉に江沢が腕を組んだ。

13

「ここだ」

地下一階の壁の前で、河田が告げた。

「なにがあるんですか?」

薄暗い地下スペースで池内は目を凝らし、周囲を見回した。看板も電飾もない場所で、河田は壁に設置されたステンレスの蓋を開けた。

スマホの液晶の灯りを頼りに目を凝らすと、蓋の内側に電卓ほどのキーボードがある。手慣れた様子で河田が五回ほど別々のキーを押すと、機械音が周囲に響いた。河田は蓋を閉めたあと、壁の奥にある小さなドアノブを回した。

「行くぞ」

河田がドアを開けると、紫色の薄明かりが内部から漏れてきた。足早に進む河田の背を追い、池内は後に続いた。

一〇分ほど前に恵比寿の居酒屋をタクシーで発ち、中目黒駅前で降りた。駅から祐天寺の住宅街の方向に五分ほど進んだところに、坂の起伏を利用したマンションがあった。地下に続く階段は、高級車を収納する車庫のように見えた。

紫の照明のスペースを抜けると、照度が上がった。目の前に一枚板の長いカウンターが見える。黒革のスツールが二〇脚ほど並び、カウンターの向こう側には大量のウイスキーやブランデー、シャンパンが整然と並ぶ。カウンターの左隅に二組のカップルが並んで座っている。

「いらっしゃいませ」

ロングの黒髪、ニットが体に張り付いた女性が河田に笑みを見せた。モデルのように背は高いが、体付きは全く違う。ざっくりと開いた胸元はボリュームがあり、張りのある腰回りで、ラテン系ダンサーを思わせる肉感的な女性だ。年齢は二〇代後半か三〇代前半といったところか。

「ママ、邪魔するよ」

「なんですか、この店？」

「見ての通り、ありふれたバーだ」

「看板もないし、入り口のセキュリティーは厳重です。普通の店とは……」

河田が顎を動かした。カップルたちとは反対側、カウンターの右方向を見ろという。

店に入った直後は気づかなかったが、ロング、ボブ、セミロングの女性三人と恰幅の良い老人が談笑している。池内が口を開きかけると、河田が人差し指を立てた。髪の長い女性は若手でモデル出身、ボブとセミロングの二人は演技派として様々な映画やドラマに出演している女優たちだ。間に挟まれている老人は著名な映画監督だった。

「素人はびっくりするし、客も迷惑だから会員制。大学のジャズ研の先輩がオーナーだ」

河田のスマホには、強面（こわもて）社長が率いる大手芸能事務所のホームページが表示されていた。

「こいつに水とバーボンのロックを。銘柄は適当でいいよ」

河田の指示に、ママと呼ばれた女が頷いた。

「変な気を起こすなよ。ママは先輩の娘だ。下手打ったら、言論構想社は先輩に睨まれて永遠に芸能ネタを書けなくなる」

河田がいたずらっ子のように笑った。

「物騒なこと言わないでください」

背中越しで聞いていたのか、ママが振り向き、苦笑した。

「それで、レクの続きだ」

「地銀もＣＬＯを買っている、というところです。例の仙台あけぼのも？」

「個別の売買実績まで知らん。ただ、なぜ、そんな怪しげな物を購入している銀行が多いのか。その答えはなんだと思う？」

河田の目つきが一気に険しくなった。

「地方は人口減少が加速中です。企業も元気がありません。当然、融資残高は増えない」

恵比寿の居酒屋で話した中身を反芻（はんすう）し、告げる。

「住宅ローンも需要がないから仙台の銀行が東京に営業をかけるようなことになった」

ローン、仙台と言った直後、頭の奥に肩を強張らせた千葉が映った。

「低金利ということですか？」

「そう、恵比寿では短期の話をした。今度は一年超、長期の金融市場の話だ」

池内はカウンターにスマホを置いた。先ほど懸命に記した箇条書きのメモがずらりと並ぶ。長期と題したページを新たに作り、画面に指を添えた。

「先ほどの政策金利の推移、グラフの形を覚えているか？」

「グラフの左側、昭和の頃は金利が高く、平成から現代に近づく右側ほど折れ線が急降下、今はゼロからマイナスに沈んでいました」

自らの言葉で我に返った。同時に丸の内の焼肉店で聞いた黒崎の声が耳の奥で響いた。

〈今も国債は発行され、市場で取引されている。ただし、なくなったものがある。なくなったのは金利だ。いや、金利という概念が根こそぎなくなろうとしている〉

〈Japanese Government Bond、日本国債、債券、略してＪＧＢ。これが長年銀行界の収益を下支えし、濡れ手に粟で儲けさせてくれていた〉

黒崎が詳しい話を始めようとしたとき、仙台の刑事から千葉の死を伝える電話が入った。

「長期とは、国債の市場を指すのですか？」

「民間企業が発行する償還期間の長い社債もあるが、話を簡単にするために国債で教えてやるよ」

そう言うと、河田がウイスキーを口に含んだ。

「おはようございます」

スマホの画面を睨んでいるとき、突然女の声が響いた。顔を上げると、先ほどのママよりも若い女性が河田に笑みを向けていた。一重の切れ長の両目、ロングでストレートの黒髪がライトに照らされている。ほとんどメイクをしていないように見える。年齢は二〇歳前後か。

「おはよう。レッスンはちゃんと行っているのか？」

「もちろん、ショーが近いので」

「頑張れよ」

河田の言葉に女性が頷き、ママの後ろを通り抜け、映画監督と女優たちの接客に向かった。ママよりも背が高い。身長一七五センチの池内と同程度で、細いピンヒールを含むと一八〇センチを超えている。細い体躯、とりわけ脚が長い。

「なぜ河田さんがあんな綺麗な子を知っているのですか？」

「この店の常連だからな。彼女は売り出し間近のモデルだ。夜遅くなると、ダンサーや女優の卵が続々出勤する。俺の先輩は厳しい人でな、売れない間は変な虫がつかない場所で下積みをさせている」

「納得しました」

何年営業を続けているバーか知らないが、週刊誌時代に取材で芸能人を追いかけ回した池内が存在すら知らない店だ。おそらく今の張り番担当者も把握していない。

「芸能班に教えたら、絶交だからな」

池内の心を見透かしたように河田が言った。

「情報源（ソース）の命令は絶対です」

池内は渋々答えた。

14

二杯目のウイスキーグラスをカウンターに置き、河田が口を開いた。

「目の保養が済んだところで、お勉強の続きだ。国債の特徴を知っているか？」

「国が長期の資金を投資家から集め、公共事業等々に使うということでしょうか」

「建前はそうだな。まずは国債の基本的な仕組みを知る必要がある」

河田が池内のスマホに視線を向けた。検索してみろ、との合図だ。国債、仕組みと検索欄に打ち込み、結果を待つ。すると、証券会社が顧客向けに記したページが現れた。

〈内外の政府が発行し、償還期限も様々。長期の運用が可能〉

日本だけでなく、米国や欧州でも各国政府が発行している。償還期限とはなにか。

池内は素早く次の項目に目を凝らす。

〈償還期限まで利息を受け取ることが可能で、満期時には額面金額が戻る〉

「例えば額面一〇〇万円、利率三％、一年物の国債が発行されたとする。満期まで保有していれば一〇〇万円がそのまま戻る上に、三万円の利息を受け取ることができる。これが国債の基本的な姿だ。二年物、五年物、一〇年物と期間はさまざまで、利率も違ってくる」

　スマホを睨んでいると、河田が口を開いた。

「ギャンブル依存症の編集者と一緒だ。政情が不安定な国の債券は信用リスクが高い。つまり、借金を踏み倒されるリスクがあるってわけだ」

　競艇マニアの先輩編集者ではなく、一国の信用に関わる問題だ。国債が国の借金という意味が、河田の話で容易に頭の中に染み込んでいく。国という本来信用度の高い主体が債券を発行すれば、国内だけでなく海外からも投資を呼び込む。

「信用のほかにも、償還期限、つまり期間によって利率が変わってくる。期間一年の利率が三％なら、一〇年物はどの程度になると思う？」

　唐突に河田が質問を振ってきた。

「同じ一〇〇万円を貸すなら、期間の短い方が貸し倒れリスクは低いですよね。だから三％より高い五％とか、八％などと上がっていくはずです」

「理屈ではそうだ。ギャンブル依存症の先輩より、彼女を例にするとわかりやすい」

カウンターを挟んで、和やかに話すモデルに視線を向け、河田が言った。

「彼女は二一歳、秋田美人だ。素材が良いからごくごく薄いメイクだ」

「そのようですね」

池内もこっそり右側のカウンターに視線を向けた。

「これが赤羽とか北千住のカラオケスナックだったら？」

「赤羽ですか？」

唐突に城北の下町エリアの名が飛び出した。

「週刊新時代にいたとき、グルメライターのお供で赤羽のスナックに行きましたけど、ほとんど特殊メイクのような……」

こぼれ出た自分の言葉で、池内は秘かに膝を叩いた。

「そうか、超ベテランのママさんは素材がアレだから……」

「それ以上言うな。国債の価格と利率の理屈がわかっただろ」

得意げな顔で河田が言った。

「つまり、若くて綺麗なモデルさんはノーメイクでもたくさん仕事の引き合いが来る。一方で、下町のママさんは……そうか、厚化粧しないと客が来ないわけだ」

「こんな喩え話は誌面で使うなよ、フェミニスト団体から強硬なクレームが来る」

河田が苦笑した。

〈中目黒モデル↓低利率、赤羽スナック↓高利率〉

池内はスマホにメモを打ち込んだ。

「メイクと利率の関係をよく覚えておけよ。国債は発行されたあと、市場で取引される。当然、買い手と売り手の需給バランスによって刻々と値段が変わる。そのほかにも、短期市場の動向にも左右される」

河田の声を聞き、池内はカウンターの下でメモ入力を続けた。

「仮定の話として、短期の指標金利がアメリカのように五%まで急上昇したとする。一年物国債の利率はどうなる？」

「当然、期間が長い債券ですから、短期金利より高い水準まで上昇しますね。例えば、七%とか、八%でしょうか」

「そのとき、市場で取引されている国債の価格はどうなる？」

入力を中断して池内が考えを巡らせたとき、先ほどの若いモデルがグラスを取りに現れた。同時に、かつて取材で入った赤羽のスナックを思い出す。

「利率が高くなるということは、本体に魅力がない。つまり厚化粧の上にさらに白粉を塗ることですよね」

池内が呟くと、隣で河田が苦笑した。

「当然、国債の価格は下がります。赤羽のママですから」

「正解だ」

河田が吹き出すと、モデルが不思議そうな顔で池内を見た。

「なんでもないよ」

河田が告げると、モデルが会釈して監督のもとへ戻った。

「テレビの経済ニュースで銀行や証券会社のディーリングルームが映っているだろう」

「ええ、円高になったときとか、記者が立ちリポをやっています」

「国債は一九八五年にディーリングが解禁された。そこで銀行や証券会社が大きな額を動かすようになった」

「具体的にはどの程度を？」

「一回の売買で数百億とか、大物ディーラーになると一千億円単位で売り買いしていた」

せいぜいで数億程度と予想していたため、メモ入力の手が止まった。

「出来高制で億単位のサラリーを稼ぐディーラーも少なくなかった」

「そうか、銀行は債券、つまり日本国債のディーリングで儲けていたわけですね」

河田がゆっくりと頷いた。

「濡れ手に粟と言い出したよな？」

「ええ、同期の銀行マンが債券のことで」

「スーパースターのようなディーラーを抱えた銀行もあったが、そうでなくともコツコツ潮目を読んでディーリングすれば、結構な儲けになった」

なった、の部分に河田が力を込めたとき、池内は気づいた。先ほどから債券、つまり日本国債の話はずっと過去形だった。同期の黒崎も同じだ。

〈なくなったのは金利だ。いや、金利という概念が根こそぎなくなろうとしている〉

「こういうことですよね」

スマホをカウンターに置き、池内は河田を見た。

「デフレだ、リーマン・ショックだと様々な景気悪化要因が重なり、日銀は金利を引き下げ続け、ついにはマイナスになりました。この間、融資で稼いでいた銀行は儲けが減った」

河田がゆっくりと頷き、顎を動かした。

「日銀の利下げ、金融緩和の連続で短期金利が下がった。当然、期間一年超の国債市場も金利が下がり、ディーリングの旨みも激減した。結果、銀行はリスクの高い投資案件に傾いた」

池内の頭の中で再度千葉の困惑した表情が浮かぶ。

「シンデレラアパートしかり。仙台あけぼのがわざわざ吉祥寺まで来て営業をかけてきたのは、低金利の弊害が出ている、そういうことですね？」

「その通りだ」

河田が自分のスマホの画面をタップした。

「あるエコノミストのリポートだ」

池内は画面を凝視する。

〈全国銀行協会によると、ここ数年で加盟行全体の純利益は二〇％を超える幅で減少し、虎の子だった国債の保有残高も五年間で半減した〉

「民間銀行が減らした国債はどこに行った？」

突然、河田が低い声を発した。

「いきなり消えるなんてことはあり得ない。民間が減らした分はどうなったと尋ねている」

河田の声に凄みが増した。黒崎が言ったように、多くの銀行の虎の子が半減した……河田が言ったように消えることなどあるはずがない。

池内が首を傾げると、河田が胸のポケットから財布を出した。

「帰られるのですか？」

「バカ、ちょっと待ってろ」

所々革が擦り切れた財布から、河田が一万円札を取り出してカウンターに置いた。

「会計はウチがやりますから」

池内が言うと、河田が強く首を振り、なんども人差し指で札を叩いた。

「俺はどこを叩いている？」

河田が苛立った声で言った。池内は目を凝らす。札の左上、〈10000〉の下に太い指がある。

「こんなに鈍い記者は初めてだ。どこに消えた？」

「日本銀行券……日銀です」

答えた瞬間、河田が大きなため息を吐いた。

「発行された国債の約四割、約五〇〇兆円分を日銀が買っている。こんなことになったら、金利がなくなるのは当たり前だ」

唾棄するような口調だ。今まで、鈍感な記者見習いに焦れ、呆れた顔をしてきた河田だったが、眉根を寄せ、真剣に怒った顔を見せるのは初めてだった。

「君ではなく、こんな野放図な状態を作った政府と日銀に腹を立てているんだ」

河田の声音は唸りに近かった。河田が発した野放図という言葉が頭蓋の奥で響く。

「この状態は……出版社で絶対にタブーとされていることと一緒です」

いがぐり頭の文芸編集者、秋元の顔が浮かぶ。人気の落ちた作家のタイトルを大量に発行すれば、一時的に取次から入金があり、会社の懐は潤う。しかし、書店に新作が並んでも売れ残り、結局は返本されて言論構想社の倉庫送りとなる。取次から一時的に受け取った代金は、返本と引き換えに戻さねばならない。大量の書籍を発行することは金を刷るに等しいが、業界の信用を失うという強い副作用を持っている。

「モラルハザードじゃないですか」

「一企業の話ではなく、国家がモラルを破ったんだ」

池内は背中に冷水をかけられたような寒気を感じた。

「まさか……」

「そのまさかが日本で起きている」

「日本はどうなりますか？」

「誰にもわからん」

河田が言い放った。

15

「ゲラのチェック、早くしてくれよ。普段より締め切りが早いからな」

編集部で副編集長の布施が電話の相手に怒鳴り始めた。池内は顔をしかめた。昨夜、中目黒で河田と未明まで話し込んだ。痛飲したわけではないが、偏頭痛がひどい。もっと調べたい、書きたいと思う事柄が次々に目の前に現れたが、まとめるスキルが圧倒的に足りない。もどかしさ、焦り、不甲斐（ふがい）なさが精神的な痛みにつながっている。

池内はデスク上のノートパソコンに目を転じる。周囲が忙しくなるほど、自分は居心地が悪い。異動直後の新人記者がなんの戦力にもなっていないことを痛感する。

〈モラルハザード〉

池内はテキスト画面に向かい、昨夜唐突に口を衝いて出た言葉を打ち込んだ。次いで、画面をインターネットの辞書に切り替え、モラルハザードの意味を改めて確認する。

〈規律が喪失し、倫理観が無くなった状態〉

長引く不況、デフレ脱却の掛け声の下、日本の政策金利は超がつくほどの低位に切り下げられ、ついには史上初となるマイナス圏に沈んだ。日銀の施策により、世の中から金利という概念がごっそり消えたことで、企業や個人に金を融通する民間銀行の経営が苦しくなった。

〈政策金利下げの直後、個人の預金金利はすぐに低くなるが、銀行が企業に貸した分の金利は次の満期までは下がらない。この間、銀行は利鞘（りざや）を稼ぐことができた。しかし、ここまで金利が下がり切ってしまうと、旨みが全くない状態に陥った〉

〈利鞘が極端に薄くなる間、メガバンクも地銀も体質改善を怠った。その結果が金融仲介機能の消失だ〉

モラルハザード、仲介機能の消失……肌で感じた事柄があった。信用第一の銀行員が顧客を騙してリスクの高い投資信託を売りつけ、不動産融資へと誘導する事態が頻発していた。

亡くなった千葉もその延長線上で命を落とした。規律も倫理も、金利と一緒に消えてしまったともいえる。

〈行政機関と民間企業の癒着、政府と民間をつなぐ政治家の利権漁りが顕在化する〉

〈金融の分野では、金融機関経営者や株主、預金者が経営や資産運用等の機会で自己規律を喪失する〉

超低金利政策の長期化とともに、国債という日本の借金がどのような状態にあるか、その一端から日本という国が危ういバランスの上に立っていることを思い知らされた。

〈財政ファイナンスを知っているか？　政府のマネーを中央銀行がファイナンスするから、財政ファイナンスだ〉

政府が福祉の充実や減税という国民受けのする施策を打つには、財源が必要だ。そのために、借金を国債という形に変え、投資家に買ってもらう。だが、国債という借金は永遠に続けられるわけではなく、どこかで解消せねばならない。

〈もちろん日本には財政ファイナンスを禁じる法律がある。財政法第五条で日銀による巨額国債買い入れを禁止している〉

そう河田は告げた。金融緩和策の一環として、日銀が市場で流通する国債の約四〇%、約五〇〇兆円分を買い入れているとの説明と相反する。

〈二〇一五年二月の閣議で、日銀による巨額の国債買い入れは財政ファイナンスではない、つまり財政法第五条には抵触しないとの答弁書を作っている〉

〈芦原首相が二回目の政権を作ったとき、鳴り物入りでアシノミクスだの、赤間レーザービームだの大げさな見出しが躍っただろう？〉

主要紙の大見出しで株価が暴騰した、あるいはテレビのニュース番組で芦原首相が自らの経済政策をアシノミクスと称し、海外の投資家の前で自信満々に日本への投資を呼びかけた映像が蘇った。

〈政府と日銀が一体となってデフレを克服し、景気を底上げする。その後は日本を新しい成長のフェーズに導くと大見得を切ったが、結果はなに一つ出ていない。芦原に乞われて日銀総裁になった赤間氏は物価上昇率が二%になるまで超緩和策を続けると言ったが、現状はどうだ？〉

政府の言いなりとなって日銀が借金を肩代わりし、金利という概念が消えた国。その先行きがどうなるか。池内が河田に尋ねると、ベテラン記者の表情が一段と厳しくなった。

〈誰にもわからん。ノー・イグジットだ〉

　直訳すれば出口なし、となる。政府と日銀が一体となって過去に例をみないような大胆な経済政策を打ち出したが、目に見える効果は出ていない。池内のような素人記者が短期間で取材しただけでも、副作用ばかりが目立つ。

〈アメリカの中央銀行が足元の短期金利を抑制できず、金利が跳ね上がったと教えたよな。短期市場がコントロール不能になったんだ。長期市場、つまり国債市場が暴走したらどうなる？〉

〈短期はピッチャーとキャッチャーの距離、長期はライトやセンターの奥と考えるとわかりやすい〉

　日米の名投手の顔が何人も浮かんだ。目も眩むような直球を投げ、ときに大きく曲がる変化球を放る投手たち。政策金利の誘導目標はキャッチャーミットであり、投手たる日本や米国の中銀担当者たちはストライクゾーンに球を投げ込むのが任務であり、一国の経済の基盤を守る責任がある。

〈短期のピッチャーがノーコンなのに、政治家はライトやセンターからストライクゾーンに返球しろと要求している。あのイチローでさえ、無理だ〉

　苦そうにウイスキーを喉に流し込み、河田が言った。長期市場、すなわち長めの金利の指標となる国債は、外野手の領分だ。イチローでさえ無理……河田が放った言葉がじわりと下腹に重い痛みとなって響く。

〈先進国の金融政策運営は苦しい局面にある。とりわけ厄介なのが日本だ。イチローでも、センターからストライクゾーンに日々正確に返球し続けられるか？〉

河田の問いかけに、池内は絶句した。無理、いや絶対に不可能だ。河田はバーを出る直前、印象的なことを告げた。

〈正常性バイアスという言葉を知っているか？〉

心理学に由来する用語だといい、金融にも当てはまると河田が言った。

〈誰がどう考えても危機的状況なのに、自分は絶対に助かると思い込むことだ。過去なんども金融危機やバブル崩壊があったのに、日本は国全体でこの状態に陥っている〉

池内は大きく息を吐いた。日本という国が、危機に直面している。どうやって読者に警鐘を鳴らせばよいのか。

〈危険水域！　日本の金融があぶない〉

仮見出しを自社の記事制作ソフトに落とし込んだとき、唐突に肩を叩かれた。

「随分悩んでいるようですね」

振り返ると、穏やかな笑みを浮かべた編集長の小松が立っていた。

「取材を始めて、色々とわかりました」

池内は、郷里の銀行員が銀行の過酷なノルマで自殺したこと、大学の同期から聞いた話や河田からレクを受けた等々、ここ数日の出来事、成果をかいつまんで話した。

小松は空いた隣席に腰を下ろし、腕組みした。

「取材に駆け回ったことは理解しました。ご苦労さまでした」

小松がゆっくりと話し始めた。穏やかな口調はいつもの通りだが、眼鏡の奥にある両目は醒めている。

「異例の長期間に及んでいる日本の低金利政策、そしてモラルハザード状態の政府と日銀の関係を世間に知らしめたいと思います」

池内は姿勢を正し、言った。

「見出しは企画記事の顔です。池内君の思いがダイレクトに込められている、良い見出しだと思います」

池内が安堵の息を吐き出そうとした瞬間、小松が言葉を継いだ。

「ただし、あなたは言論構想という媒体の記者兼編集者です。このようなセンセーショナルな見出しは週刊新時代向けです」

「なるほど……」

「日本の金融がおかしいと感じたなら、おかしくした張本人たちの話を聞き出さねばなりません」

「おっしゃる通りです」

口調が穏やかな分だけ、ずしりと心に響く。

「言論構想はウチの会社の看板です。もっと大きな視点で問題を俯瞰しつつ、抗議やクレームに耐えうるだけのファクトを集めねば、誌面に掲載することはできません」

小松の笑わない両目が池内を見据える。

「記者の仕事は、ネタを集めて集めて、嫌というほど取材して、その後は削いでいく作業です。私でもいいし、布施さんに助言を仰いでも結構です。その調子で進めてください」

「はい」

「池内君にとって初めての仕事です。きちんと成果を出してください」

小松はゆっくりと編集長席に戻った。

遠ざかる大きな背中を見たあと、池内はパソコン脇に置いたスマホに目をやった。メモアプリを開き、次なる取材の手立てを考え始める。河田に頼り切りになるわけにはいかない。大量のメモをスクロールしつつ、大切な事柄を見落としていないか目を皿のようにして小さな画面を凝視する。

〈コールプランニング↓千葉が東京で訪れたコンサルティング会社〉

宮城県警の刑事が残したメッセージだった。銀行員の千葉が訪れたコンサルタントであれば、きっと金融にも詳しいはず。生前の千葉の様子を尋ねつつ、金融全般、そして緩み切ってしまった日本の現状を聞けるかもしれない。

池内はパソコンのキーボードを叩き、インターネットの検索窓に小さなコンサルティング会社の名を打ち込んだ。

第三章　瓦解

1

自宅マンションのある江戸川橋駅から東京メトロ有楽町線に乗り、古賀は市ケ谷駅で都営地下鉄新宿線に乗り換えた。電車が市ケ谷を発った直後、背広の中でスマホが振動した。

〈昨晩は遅くまでお付き合いいただき、ありがとうございました。今後ともご指導のほどよろしくお願いします〉

金融庁復帰が決まった江沢からＳＭＳでメッセージが入った。

〈ご健闘を祈念いたします。いつでもお声がけください〉

短く返信すると、サムズアップのイラストスタンプが着信した。穏やかな笑みを見せた江沢の顔が浮かぶ。古巣に復帰する優秀な官僚は、世界的な金融緩和が生んだ様々な徒花（あだばな）、そして緩み切ったモラルの持ち主たちと待ったなしで対峙することになる。

神保町駅で電車を降り、古賀は足早に駅の階段を駆け上がり、古びた事務所へと向かう。

老舗映画館の脇を通り抜け、古本屋街の一本奥の路地へと進む。宅配便のバンや食料品輸送の軽トラックが数台走っているほかは、人通りが少ない。中古レコード屋やエスニック料理店が入居するビルの裏側、煤けた煉瓦壁の建物の三階にコールプランニングがある。一階の郵便受けでチラシや郵便物を取り出し、急ぎ階段を上る。

踊り場から最後の数段を上り切ったとき、事務所のドアノブに小さな紙切れが貼り付けてあるのが見えた。宅配便の不在通知にしては小さく、色も地味だ。古賀はドア前に進み出て、紙を取り上げた。飾り気のないフォントで細かい字が印刷された名刺だ。セロハンテープを慎重に剝がし、手に取る。

〈(株)言論構想社　月刊言論構想編集部　記者　池内貴弘〉

目を細めて文字を追うが、名前に心当たりはない。裏返すと手書きの文字があった。

〈アポなしの訪問、失礼いたします。地方銀行の経営環境についてお話をうかがいたく。また連絡いたします〉

右肩上がりで金釘流の文字だ。日本実業新聞など経済全般や金融に長けた専門紙誌の記者やデスクとは何人か面識がある。同じ出版社の週刊新時代にもかつて気心の知れた記者が在籍していたが、現在、言論構想社とは誰とも付き合いがない。

それにもまして、古賀の特殊なコンサルティング業務を知るメディア関係者はごくごくわずかだ。

地銀の経営環境を調べている……取材意図が漠然としている。旧知のメディア関係者は、たとえ同僚であろうと古賀の存在を教えることは絶対にない。池内という記者はどうやって事務所の存在を知り得たのか。鍵を開け、古賀は事務机へ向かう。次いで固定電話に目をやる。幸い、留守番電話のランプは灯っていない。

記者の名刺をホルダーに入れると、古賀はパソコンを起動した。メルマガの類いばかりで切迫したメールは皆無だ。鞄から朝刊を取り出し、机の上に広げる。

〈低格付け債の世界規模での発行額は、直近一年で四四〇〇億ドル（約四八兆円）を超え、過去最高水準に近づきつつある〉

新聞を閉じ、備忘録ノートを机の引き出しから取り出す。米国をはじめ、日本や欧州の主要株式指数は緩やかな上昇基調にあり、市場に高値への警戒感はない。しかし、各国の国債や社債市場は企画記事が示すように着実に警告ランプを灯し始めた。

ここ二、三年、日本を含めた主要国や新興国の金融市場は弛緩し切っている。大手紙の名物コラムニストがこの状態を〝ぬるま湯相場〟〝適温相場〟と皮肉ったが、そんな状態で万が一スペンサーが奇策をぶち上げれば、負のインパクトは絶大なものになる。江沢に告げたように、世界規模の自然災害が発生したら、主要国の市場はパニックに陥る。

古賀はさらにメモのページを遡る。日々手書きで記している大手企業の株価や主要な株価指数、そして外為、債券の市場に異変はない。だが、低格付け債の値崩れが目前に迫る。世界中の金融市場が一斉に瓦解するのは、ほんの小さな綻びがきっかけになる。

今はどの市場が一番危ういか。

手書きの数字をなぞる指が微かに震え始めた。そのとき、突然事務所のドアをノックする音が響き、古賀は我に返った。午前中に訪ねてくる顧客はいない。曇りガラスがはめられた古い木製のドアに古賀は目をやった。

2

目の前のドアが開き、池内の前に背の高い細身の男が現れた。切れ長の両目は鋭く、青白い顔だ。

「突然失礼します。言論構想の記者で池内と申します」

一礼して見返すと、目の前の男の眉間に薄（うっす）らと皺ができた。

「御用はなんでしょうか？」

「名刺に書いた通り、地銀全般を教えていただきたくて。失礼を承知で押し掛けました」

小さく息を吐いたあと、目の前の男が首を動かし、中に入るよう促した。

二時間前、編集部でメモを整理したときにコールプランニングの存在を思い出した。千葉が上京した際、池内と会う前に訪れていた小さな会社だ。

銀行員が訪れるのであれば、金融に詳しいはず。千葉についてもなにか教えてくれるかもしれない。ネットには情報がなく、編集部のアルバイトに依頼して事務所の登記を調べると、神保町の住所、そして代表取締役として古賀遼という男の名前が出てきた。編集部から徒歩で一五分ほどの場所であり、早速足を向けた。

がらんとした二〇畳ほどのスペースに、簡素な事務机と応接セットがあり、ビニールレザーのソファに座るよう促された。池内は慎重に室内の様子を観察した。窓際には辞書と、金融や会計に関する専門書が並ぶ書架があり、神保町の小さな印刷屋の名入りカレンダーがその横に貼られている。

商店街の一角にある煤けた税理士事務所のようで、一切の飾り気がない。身の回りの世話をする事務員さえいない。

「ご期待に添えるようなことは少ないと思いますよ」

小さな冷蔵庫から緑茶のペットボトルを取り出し、背の高い男が池内の前に置いた。

「恐縮です、どうかおかまいなく」

池内が言った直後、目の前に簡素な名刺が現れた。

〈(株)コールプランニング 代表 古賀遼〉

「なぜ私のところへ？」

ペットボトルの蓋を開けながら、古賀が言った。

「警察からお名前を聞いたのです。以前こちらに千葉という女性がうかがったかと思います」

古賀の目つきが険しくなったが、すぐに表情を変え、穏やかな口調で言った。

「たしかに千葉さんはおいでになりました。彼女についてなにか？」

「実は彼女は同郷仙台の人間で、高校時代に付き合っていました」

古賀が小さく息を吐いた。

「本来、顧客のことはお話ししないことにしていますが、事情が違うようですね」

「突然の自殺で驚きました。実は彼女はこちらを訪れたあと、私と会っていたのです」

「それで警察の方が？」

「宮城県警の刑事二人が私の会社に現れ、あれこれ調べられたというわけです」

「お気の毒なことです。改めてお悔やみ申し上げます」

古賀が膝に両手を添え、深々と頭を下げた。

「自殺の遠因となったのが、彼女が勤めていた仙台あけぼの銀行です。ご存知のように、全国の地銀や第二地銀など中堅中小の金融機関が著しく体力を低下させています。上からのノルマが彼女を苦しめたと考えています」

「千葉さんのお勤めだった銀行とは仕事をしておりませんし、詳しい内実は存じ上げません」

古賀がすらすらと告げた。口元には笑みが浮かぶが、切れ上がった両目は醒めている。

「実は記者としては新米で、編集部に異動してまだ一月も経っていません。そんな中、経済全般を担当するよう命じられ、手探りで取材していたら千葉さんの件がありました」

「ご友人の敵を討つために地銀の状況をお調べになっているということですね」

「はい」

思いのほか、強く答えていた。古賀が天井を見上げたあと、口を開いた。

「結論から申し上げましょう。地銀、第二地銀など日本の地域金融機関の半分以上が病んでいます。ガンならばステージ四、大半の医者が余命期間を宣告するフェーズです」

古賀がさらりと告げた。しかし、内容は極めて重い。池内はスマホを背広から取り出し、メモアプリを起動した。

「メモをとってもかまいませんか？」

古賀は先ほどと同じ穏やかな表情で頷く。

「仙台あけぼの銀行も該当する、そういう意味でしょうか？」

「あくまで一般論です」

「日銀による超低金利政策、またマイナス圏に金利が沈んだことが原因でしょうか？」

「もちろん、じゃぶじゃぶにマネーを溢れさせ、銀行が利鞘を稼げなくなったことも要因の一つです。しかし、健康診断を怠り、医師の指導を無視した結果と言った方が正確かもしれません」

「健康診断、医師とは、金融庁の検査や日銀考査のことですか？」

池内の言葉に古賀が頷く。

「金融庁や日銀のほか、政治家も含まれます。優秀な方々ばかりですが、どんな医師も誤診することはあります」

古賀の表情は変わらない。しかし、発せられる言葉は刺激に満ちている。メモアプリに誤診と打ち込んだあと、池内は顔を上げた。

「どのような記事や企画を進められるのか存じませんが、あまり世間で知られていない誤診の一つをお教えしましょう」

そう言ったあと、古賀は腕時計に目をやった。そろそろ潮時、帰れというサインだ。

「なんのことですか？」

「中小企業金融円滑化法という法律をご存知ですか？　別名モラトリアム法です」

首を振りつつ、池内は古賀の言葉をアプリに刻み込んだ。

「それが誤診？」

「私はそう考えています。誤診という段階を超え、重大な医療事故と言い換えることもできます」

古賀が短く答えたとき、古賀の後方、机の上で固定電話がベルを鳴らした。

3

「それでは、昼過ぎにお邪魔いたします」

電話を切ったあと、古賀はホルダーに入れた名刺に目をやった。

〈（株）言論構想社　月刊言論構想編集部　記者　池内貴弘〉

つい数分前まで、応接セットに池内という記者が座っていた。不思議と初対面という感じはしなかった。

先ほど会った池内という男は記者に特有のアク、押し出しの強さが皆無で、腰の低い若者だった。新米だと明かした通り、素直に尋ねてくる姿勢には好感が持てた。

再度応接セットに目をやると、突然三〇年以上前の光景が蘇った。吉祥寺の商店街の端にある喫茶店のボックス席と擦り切れた事務所のソファのシルエットがぼんやりと重なった。

証券会社で場立ちを卒業し、吉祥寺支店で新人のセールスマンになった。インターネット取引などない時代に、住宅街を一軒一軒訪ね歩き、株式投資を勧めた。苛烈なノルマ社会の中、一向に手数料収入が上がらず項垂（うなだ）れているとき、強面の支店次長に声をかけられた。

頭を使えば、ノルマなど軽くクリアできる。欲に目が眩んだ博打好きな客は、表札に賭け事が好きだとステッカーを貼っている、その他大勢のバカになりたくなければ、頭をフル稼働させろ……喫茶店で発破をかけられた。

古賀は強く首を振った。だが、目の前の景色は吉祥寺の喫茶店のままだ。三〇年前の店とは違い、項垂れているのは池内で、古賀自身はかつての次長のようにソファにふんぞり返っている。

〈ガンならばステージ四〉

初対面の記者に対して、なぜあんな事を言ったか。

池内は、若い女性行員の敵を討つのかとの問いに、強く応じた。両目は真剣だった。古賀は名刺ホルダーのページをめくった。ほんの数日前に訪ねてきた千葉という若い行員の名刺を見つけ、手にとってみる。

上司の命を受け、千葉は決算対策の裏技について助言をしてもらえないか、そんな趣旨で頼ってきた。だが、古賀は無下にこれを断った。バブル経済の崩壊、失われた二〇年……日本経済は長期の低迷から明白な下降局面をへて、急激な収縮段階に差し掛かっている。

若い千葉は傾いた銀行に就職し、代々の無能な経営者たちの後始末として、過酷なノルマに苦しんだ。

〈こんな業務まで任されるとは思ってもいませんでした〉

名刺にある千葉朱美という文字から、か細い声が響いた気がした。

〈中小企業金融円滑化法という法律をご存知ですか？　別名モラトリアム法です〉

新米記者は、意図を理解しただろうか。千葉の死の真相をさらに探れば、この国の仕組みがいかに傷み、腐臭を放っているか知ることになる。

千葉と池内。若い二人の名刺を机の上に並べ、見入った。池内は敵を討つと応えた。あの真摯な目つきを見る限り、決意は本物だろう。

情報を垂れ流すつもりはない。だが、敵討ちというテコを利かせることができれば、本当の意味での日本の掃除の一助になるのではないか。

古賀はスマホを取り出し、池内の携帯番号を連絡先アプリに入力した。あの真面目な記者は調べを進め、この場所に帰ってくる。そのとき、再度知恵を授ける。

贖罪という言葉が浮かんだ。

古賀が長年金融の掃除を続ける過程で、何人もの人間が命を落とした。千葉という若い女性もそのうちの一人となった。もうたくさんだ。不器用な若い記者がどこまでこの国の病根にたどり着くか。入力したばかりのスマホの画面を古賀は睨み続けた。

4

〈中小企業金融円滑化法〉

神保町から九段下の編集部に戻ると、池内は早速インターネットで古賀から教えられた法律を検索した。

〈別名モラトリアム法〉

文字を見た瞬間、大学を中退して海外を放浪した数人の同級生の顔が浮かんだ。池内ら三〇代半ばの世代にとって、モラトリアムという言葉は社会人や一人前になることを猶予されたどっちつかずの人間という意味合いだ。

しかし、ネット上の辞書では金融恐慌の後で手形決済や借金返済を一定期間猶予される状態を指すとも載っていた。

「なにか見つけたのか？」

新年号のゲラの束を抱えた副編集長の布施が隣席に座り、ノートパソコンの画面を覗き込んだ。池内は検索結果のトップを指し、取材先で教えてもらったと明かした。

「コールプランニング、古賀……どこかで聞いたことのある名前だな」

パソコン脇の名刺を手に取り、布施が首を傾げた。

「個人経営の小さな金融コンサルタント事務所です。例の仙台の……」

千葉が訪れていたことを明かすと、布施が頷いた。

「小さなきっかけで大ネタが見つかることは多々ある。それに、この法律は天下の悪法だ」

「ご存知でしたか？」

「モラトリアム法というより、平成の徳政令だった」

依然として布施が古賀の名刺を睨み、首を傾げている。

「いずれにせよ、面白い取っ掛かりをくれた人だ。大事にしなよ」

名刺を机に戻すと、布施が忙しなく自席へと戻った。

布施の後ろ姿を見送ったあと、パソコンの画面に目をやった。モラトリアム法、現代の徳政令と不名誉な俗称が与えられた法律の中身に視線を走らせる。

〈全国信用情報センター情報室長　長森益雄〉

目鼻立ちがくっきりした中年男の顔写真がサイトに現れた。大企業から中堅中小までの資金繰りを常に監視し、ときに地裁の民事部で破産申請に訪れる弁護士をつかまえて情報を取ってくるリサーチマンだ。

長森が記したリポートは一月前に顧客向けに配布されたものだった。

〈現代の徳政令、ゾンビ企業の延命をバックアップ〉

長年企業動向を追ってきた長森の筆致は鋭い。池内はリポートの文面に目を凝らした。

同法は、世界的な不況の煽りで経営難に陥った全国の中堅中小企業を念頭に置き、制定されたものだ。急激な受注減に苦しむ企業に対し、取引銀行が返済猶予や金利減免に応じることが柱となっていた。施行されてからの実行率は約九五％に達した。徳政令という言葉がぴたりと符合する中身だといえる。

延長措置を経て二〇一三年三月末に終了したが、銀行の監督官庁である金融庁が報告を二〇一九年三月末まで求めたことから、申し込みが五〇〇万件を超えた。

〈助けるべき企業はごく少数、悪法が新陳代謝を阻害し、ゾンビ企業が急増〉

長森の分析によれば、一〇年前の大不況の際、本来ならば退場すべき古い体質の企業が同法により救済された側面があるという。

要するに、時代や商圏を見極める能力を持たない企業は淘汰(とうた)されるべきであり、生き残るべく懸命に努力する企業を強力にバックアップすることが経済の底上げに寄与するはずだ。長森は幅広い業種を俯瞰的に見てリポートを書いていた。

リポートの中には、金融機関の実務担当者が語った生々しい言葉も綴(つづ)られていた。

〈金融庁の無言のプレッシャーの下、長年赤字続きの企業でも融資を承諾した／地銀幹部〉

〈金利減免や追加融資をしても五割は業績が改善しなかった／第二地銀〉

コメントを読む間、数人の書店経営者や地元仙台の商店、そして洋品店の社長の顔が浮かんだ。客足が遠のいたにも拘(かか)わらず、生き残っていた企業の背後にはこんなカラクリが潜んでいた。

〈二〇一九年三月末に実質的に報告義務が終了し、本来であれば淘汰されるべき企業が多数出てくるはずだが、実態は違う〉

長森のリポートのトーンが変わった。

〈監視の目がなくなった段階で、本来ならばゾンビ企業に退場を促すのが金融機関の任務だ。しかし、経営体力が著しく弱っている地銀業界は、自らも返り血を浴びる覚悟も余裕もない〉

不本意ながらも追加融資や返済猶予を受け入れてきた銀行界。悪名高き現代の徳政令が実質的になくなったのならば、取引先企業の選別に動くのが健全な経営だ。しかしそうなれば銀行本体の貸倒引当金の積み増しが必要となる。要するに、銀行自身に余力が残っていないため、切りたくとも切れない末期状態だということだ。

池内がそんな思いを強くした瞬間だった。パソコン脇に置いていたスマホが鈍い音を立てて振動し始めた。画面には取材で世話になった男の名前が点灯している。

「どうした、黒崎？」

〈おまえの同級生が突然訪ねてきた〉

「誰だよ？」

〈仙台の親友、勝木だと名乗った〉

唐突に聞かされたかつての悪友の名前に、池内は首を傾げた。

「なぜあいつが？」

〈なあ、ちょっとおかしいぞ〉

日頃快活な黒崎の声が思い切り低くなった。電話口で黒崎がキーボードを叩く音が響く。なにかメールが届いたのか、しばし沈黙が続いた。

〈おまえに知らせずに訪ねてきた理由がわかったよ〉

不機嫌な声で黒崎が話し始め、池内は肩を強張らせた。

5

「生ビール二つ、それからガメ煮と一口餃子（ギョーザ）をそれぞれ二人前ね」

前掛け姿の店員に向け、黒崎がぶっきら棒に言い放った。店内には豚骨スープを炊く香りが漂う。

「悪いな、いきなり誘って」

「平気だ。これから三鷹支店時代の飲み会だし、道すがらってやつだ」

「でも、支店長とか上役がいるだろう。飲んでも平気なのか？」

「今の支店長は超がつくほど嫌な奴だ。素面（しらふ）で会う度胸はない」

「減点されないか？」

「いっそのこと大減点してもらって、こんな商売から抜け出したいよ」

紙ナプキンで手を拭きながら、黒崎が吐き捨てるように言った。

高田馬場の裏通り、未明まで営業する九州居酒屋で池内は黒崎の顔を見つめた。普段は軽口を叩き続ける男だが、今日は表情が違う。

若い店員が小さなテーブルにジョッキとお通しの小鉢を置いた。

「奴がクロを訪ねた用件は？」

「大手町の本店で応接に通した。えらく顔色が悪かった。それに、気になることもあった」

黒崎が言葉尻を濁す。普段ズケズケと話す男だけに、先が気になる。

「結論を教えてくれよ」

「家業がかなりヤバいらしい」

届いたジョッキに口を付け、黒崎が苦々しそうに言った。

高校の親友、勝木の実家は仙台市で大正時代から続く酒問屋だ。仙台市の大町に本社がある。最近は宮城野区の工業団地に倉庫を兼ねた物流拠点も設け、忙しなく過ごしていると言っていた。

「おまえの親友は融資の相談に来た」

「なぜいなほに？」

「簡単だ。メーンバンクの仙台あけぼのが融資してくれないからだ。おまえから俺の名前を聞いたような口ぶりだったぞ」

予想外の答えに言葉が出ない。たしかに千葉が亡くなった後の飲み会で黒崎の名前を出したが、それだけの接点でわざわざ東京まで足を運ぶだろうか。

「げっそり痩せていたし、目の下のクマもひどかった。薄汚れたパーカとデイパックに底がすり減ったスニーカーだ。俺の名前を出さなかったら、警備員は絶対に通さない風体だった」

「しかし、この前会った時は……」

「中小企業の資金繰りは、ある日突然詰まる。身なりなんか気にしていられないはずだ」

銀行の経営方針が変われば、運転資金融資の停止、既存融資の回収は即座に実行されるケースが多いと黒崎は言った。

「これが証拠だ」

黒崎は背広の内ポケットから封筒を取り出し、ジョッキの横に置いた。いなほ銀行の名入り封筒で、黒崎が顎をしゃくる。

「なんだ?」

「全国信用情報センターの調査票だ」

〈危険度四〉

仙台支店の調査員が二日前に更新したリポートで、書類の左上にマル秘の印影がある。全国信用情報センターの格付けは五段階で、四は銀行融資が困難、手形ジャンプなど倒産の一歩手前のランクとある。

「様子がおかしかったから、面談中にメールを出して調べさせた。案の定だったよ。モラトリアム法が終わったんで、仙台あけぼのが通常の融資を断るだけでなく、既存の分を早急に返済するよう迫っていた」

危険度四……午前中に同じような言葉を聞いた。古賀というコンサルタントは、地銀業界全体を称してガンのステージ四だと言った。いずれにせよ、余命いくばくもないということだ。

〈株式会社ビクトリーウッド（旧商号・勝木酒類総合販売）〉

信用調査会社の調査票の文字を見た直後、高校の同級生の顔と大町にある古びた自社ビルの姿が重なった。

「いよいよゾンビ企業の一掃が始まった」

黒崎の予想が正しければ、仙台あけぼのは返り血を浴びてまでもゾンビ企業に死刑宣告を始めた、ということになる。

「主力取引先が密集する仙台国分町の衰退、それに先代が拡大路線に走って始めた自販機事業がネックになっていた」

数年前、勝木が自販機業務担当の従業員三〇名を雇ったと言った。駐車場脇や個人商店、雑居ビルのホールなどに設置するだけで収益が上がると得意げだった。

「東日本大震災以降、国分町やその周辺は一時的に復興景気で盛り上がった。しかし、今はキツいんだろう？」

黒崎の言うとおりだった。震災後一、二年は全国各地から復旧・復興に携わる労働者が仙台に集まり、国分町に金を落とした。居酒屋やキャバクラが乱立したが、ここ二、三年は空室が目立っていた。

「なあ、嫌なことを言ってもいいか？」

黒崎が生真面目な顔で言った。

「おまえからメールもらったよな、仙台あけぼのの行員が自殺したって」

池内は頷いた。丸の内で千葉のセールスについて、メガバンク行員のセカンドオピニオンを聞いた直後、宮城県警の刑事から千葉が死んだと連絡が入った。

「それがどうした？」

「仙台の親友の実家、担当者は亡くなったおまえの元カノだった」

「まさか……」

「蛇の道は蛇でな、調べはついている」

黒崎が銀行の名入りメモを取り出し、ページをめくった。

「総合資金為替部に同期のディーラーがいて、株式会社ビクトリーウッドのメーンバンク、担当者の名前を調べてもらった」

黒崎は、国債や短期資金の運用を担ういなほのディーラーが地銀や第二地銀のディーラーと懇意にしていると言った。

「亡くなった千葉朱美さんの名前があった。おまえ、今日、仙台の親友に連絡したのか？」

「もちろんだ」

黒崎から連絡をもらった直後、携帯を鳴らしたが、応答はなかった。

「支店にいたころ、なんども嫌なことがあった」

黒崎が顔を曇らせた。

「もしや……」

「融資先の建設会社の社長が首を吊った。事務用品販売の専務は中央線に飛び込んだ」

黒崎の話に接し、池内は絶句した。

「俺の予想では、おまえに会いたがっている」

池内はスマホを取り出し、通話履歴を開いた。勝木の名前をタップし、耳に当てるが、呼び出し音が響くのみで応答はない。

「立ち回り先に心当たりは？」

池内が上京して以降、勝木と東京で会った回数はわずかしかない。

「助けられるのはおまえだけだ」

黒崎が苛立った声を上げた時、頭の中にぼんやりとシルエットが浮かび上がった。

「あった……」

スマホの画面を別の通話履歴に変え、池内はよく知る名前をタップした。

6

「どうですか、この赤身？」

七輪で炙ったいわて短角牛の切り身をトングでつまみ、南雲が軽くレモンを絞る。

古賀はミディアムレアの切り身を口に放り込む。

「うまいですね。嚙めば嚙むほど口の中に旨みが広がります」

「気に入っていただけてなによりです。最近はサシが入った肉より、この手の赤身ばかり食べています」

南雲が他の切り身を金網に載せ、生絞りのレモンハイを飲み込む。

古賀は店の一番奥にあるカウンター席から周囲を見回した。ネクタイをしめているのは古賀と南雲だけで、他の一五名ほどの客たちはカジュアルないでたちで肉を焼き、野菜サラダを頬張っている。

恵比寿駅の路地裏の店には、煙が充満している。故郷大牟田で炭鉱マンたちが滋養補給のために立ち寄っていたホルモン焼き屋に雰囲気が似ている。

「最近のお仕事はいかがですか？」

南雲が赤身を小皿に取り分け、言った。

「のんびりやらせていただいています。このまま引退できたら幸せです」

古賀は本心から言った。

「それは無理でしょう。磯田大臣、いや芦原総理がそんなことをさせてくれるはずがない」

南雲が苦笑する。

「その通りです。嵐の前の静けさ、そんな気がしてなりません」

南雲は古賀の仕事の本質を知る数少ない知り合いの一人だ。

「大臣から金融庁の若きエースを紹介されました」

江沢という名は告げずに、古賀は切り出した。

「エースとなれば、地銀対策ですね」

朗らかだった南雲の表情が一変した。

「就任直後から将来的な収益懸念がある地銀をいくつか指導するようです」

「当然、再編を促すこともされるのでしょうね」

「そのようです」

江沢のスマホには、地方行きのエアチケットがセットされていた。地銀同士、あるいは地域を跨ぐ連携、最終的には異業種からの資本受け入れなど地銀改革は待ったなしの状態にある。

「私の目からも、地銀の疲弊ぶりが手に取るようにわかりますよ」

半分ほど残っていたレモンハイを一気に飲み干し、南雲が言った。

「無能な年寄りでも、かつての日銀の威光を背負って営業に出ます」

南雲が再就職したシンクタンクは大手総合電機メーカー系列だ。当然、金融機関向けのシステム関連のセールスは利鞘の大きな商品であり、有力OBが駆り出されるという仕組みだ。

「旧態依然というか、新しい金融の仕組みをシステム面から構築しようという気概がないばかりか、他行の情報ばかり欲しがります」

芋焼酎のロックをオーダーし、南雲が言った。江沢とは畑が違うが、南雲の言葉には地銀の問題意識と当事者意識の欠如という共通点がある。

もう一度南雲の表情が曇った。

「なにか気に障るようなことを申し上げましたか？」

古賀が尋ねると、南雲は慌てて首を振った。

「とんでもない。いや、気にかかることがありましてね」

南雲が周囲を見回し、声を潜めた。背広組は自分たち二人だけだ。金融の仕事に携わっていそうな客はいない。古賀が目で告げると、南雲が口を開いた。

「不穏な気配が漂っております」

「本石町(ほんごく)で、という意味ですか？」

日銀本店の所在地を告げると、南雲が頷いた。

「赤間総裁の政策運営に対して我々のような人間を中心に不満が高まっております」

赤間は芦原に乞われる形で二〇一三年、日銀総裁に就任した。

「審議委員の交代が近づいている中で、赤間色の強い人をなんとか排除できないかと知恵を絞っている連中がいます」

南雲がさらに声を絞り、数人の著名な日銀OB、そして国会議員の名を口にした。

「クーデターですか？」

「そこまで大袈裟ではありませんが、図式は一緒かもしれません」

南雲の顔が一気に曇った。古賀の脳裏に、数年前に接触した女性審議委員の顔が浮かんだ。

7

帰宅を急ぐ勤め人や学生たちで混み合う中央線の車両で黒崎と別れ、池内は吉祥寺駅の北口から私立学園近くにある叔母の家へと駆けた。

アーケード街から叔母に電話を入れたが、勝木が現れた様子はなかった。もちろん、仙台の親友は依然として電話に出ない。

今年も残りわずかとなり、商店街は買い物客や若いカップルでごった返している。人波を縫い、池内は先を急いだ。

五年ほど前、勝木を連れて叔母の家に行った。懐かしい仙台訛りが聞けると叔母はたいそう喜び、すき焼きを振る舞ってくれた。二〇代後半で身を固めた勝木は、妻と母親の折り合いが悪く、実家の居心地が悪いと愚痴を漏らした。世話好きな叔母はお節介な助言を繰り返した。

〈あなたが悪者になれば、母親と嫁は共同戦線を張る。これが一番の近道〉

なんども頷いた勝木は、以降も叔母と連絡を取り、ときに盆暮れの贈答品を送っていた。実家に寄り付かなくなった息子二人の代わりに、勝木は池内とともに可愛がられた。池内に連絡がないとすれば、向かう先は叔母のところが最有力だ。

池内はさらに足を速める。雑踏の中、商店の賑やかな呼び込みや笑みを交わす高校生の甲高い声が周囲に響きわたるが、池内の耳には別の音が聞こえた。

〈融資先の建設会社の社長が首を吊った。事務用品販売の専務は中央線に飛び込んだ〉

胸の中で悪い想像ばかりが膨らんでいく。

アーケード街を抜け、五日市街道をダッシュで渡る。叔母の家まではあとわずかだ。池内は人通りが極端に少なくなった住宅街の道を走り、白壁の一軒家の呼び鈴を鳴らした。

「彼に会えたの？」

直後にドアが開き、心配顔の叔母が言った。池内は首を振り、三和土(たたき)で靴を脱ぎ、リビングダイニングへと向かった。

「お水なら冷蔵庫にミネラルウォーターがあるわ」

叔母の声を聞き、冷蔵庫の扉を開ける。

「いきなりだからびっくりしちゃった。なにかあったの？」

ペットボトルの水を一気に半分ほど飲み、池内は口元を手の甲で拭う。

「家業がヤバいらしい」

池内が勝木の実家の屋号を告げると、叔母が顔をしかめた。ボトルをテーブルに置き、池内は木製の椅子に腰掛けた。

「複雑な事情がありそうね」

「いろいろあって、奴の会社は融資の返済を求められたんだってさ」

「いきなり言われても困るわよね」

「奴の会社の担当は亡くなった千葉さんだった」

叔母がさらに顔をしかめたときだった。冷蔵庫脇のカウンターにある固定電話がけたたましく鳴り出した。

「もしもし……」

コードレスの受話器を叔母が取り上げる。

「えっ！」

素っ頓狂な声を上げた叔母が、受話器を握ったまま池内を凝視した。

「ご迷惑をおかけしました」

五日市街道沿い、コンビニと学習塾の隣にある小さな交番。奥にある簡素な事務机の前で、池内は若い巡査に深く頭を下げた。池内が到着する直前まで勝木は酔って暴れ、若い巡査と揉み合いを続けたという。

第一報は、交番の隣のコンビニからだった。泥酔した勝木が入店し、缶チューハイをつかみ、レジで金を払う前に飲み始めた。これを注意した大学生のアルバイトを小突き、バックヤードにいた他のアルバイトも加わって勝木を羽交い締めにした。しかし、足をバタつかせ、勝木は抵抗を続けた。ちょうど塾の授業が終わったタイミングとも重なり、何人もの小学生がコンビニに入ってきた。このうちの一人が隣にある交番に駆け込み、柔道の心得のある白髪の巡査長によって勝木は組み伏せられ、連行された。しばらく黙秘を続けたが、観念したのか、これから訪ねようと思っていた先として叔母の名前を告げたという。

「塾に通う子供たちが驚いていました。騒ぎが大きくならなくてよかった」

「ご配慮、ありがとうございます」

若い巡査の隣で腕組みする白髪の巡査長にも頭を下げる。

「連れて帰ってもらってもかまいませんよ」

巡査長が机の上に突っ伏す勝木に目を向けた。勝木は薄汚れたパーカを羽織っていた。底の減ったスニーカーの脇には、泥で汚れたディパックが置いてある。

「年の瀬になると、酔っ払いが増えて困るんだけど、彼はなにか事情がありそうだね」

腕組みしたまま巡査長が言った。

交番に到着して五分間、池内は事情を聞いた。その後コンビニに赴き謝罪し、缶チューハイの代金と心ばかりの詫び金をレジに置いた。同時に会社の名刺を店長に差し出し、穏便に済ませてもらえるよう懇願し、ことなきを得た。

「それでは、失礼します」

机の上にある勝木の上体を抱き上げ、立たせる。鼻先に強烈なアルコール臭が漂う。池内はディパックを背負い、左側で勝木を支えて交番を出た。

「すまない……」

交通量の多い五日市街道の歩道に足を踏み出した直後、勝木が小声で言った。

「叔母の家に行こうとしたんだろう。ちょうどいるから少し寄っていけ」

「だめだ、合わせる顔がねえ」

「それじゃあ、公園にでも行くか。近くに児童公園がある」

池内に体を預けながら、勝木がゆっくりと足を踏み出した。

「なぜ真っ先に俺へ連絡しなかった？」

表通りから薄暗い住宅街に歩き出し、池内は尋ねた。

「大丈夫か？」

勝木の顔を覗き込むと、両目が潤み、鼻先から鼻水が垂れ下がっている。池内は黙ってハンカチを差し出す。

「あそこだ」

交番から五〇メートルほど住宅街に入ったところに、薄暗い街灯に照らされたベンチとブランコが見えた。勝木を座らせ、池内はブランコの周囲にある柵に腰掛けた。

「家業がまずいのか？」

「メガバンクの友人から聞いただろう」

「仙台あけぼの銀行の態度が変わった、そんな風に聞いた」

「その通りだ。それで、死刑宣告を下したのは千葉だ」

当事者から生々しい言葉を聞くと、耳を錐で刺されるような痛みを感じる。

「モラトリアム法が終わったから、融資を返せという意味だな？」

「そうだ。俺や家族、従業員たち全員に踏み台を蹴って死ねとさ」

勝木が発した切れ切れの声は、老人のように掠れている。

「おまえの家業と千葉の死は関係があるのか？」

項垂れたままの勝木の後頭部に、一番きつい言葉を落とす。

「ああ……全て俺が悪い」

もう一段、頭を地面に近づけて勝木が言った。

8

「これをご覧になってください」

南雲が周囲を見回し、スマホを古賀に向けた。小さな画面に薄暗いビル街のシルエット、そして二人の人影が映っていた。

「スワイプしていただくと、次の写真が表示されます」

南雲に言われた通り、古賀は人差し指を右から左へと動かす。先ほどより二人のシルエットが大きくなった。目を凝らすと、左側にいる人物がスカートにハイヒールを履いているのがわかった。右側は細身の男性だった。

「ボトルをそのまま持ってきてくれませんか？」

古賀が言うと、黒いベスト姿のバーテンダーが恭しく頭を下げ、目の前に置いた。アイラ島の希少なシングルモルトだ。

日銀でクーデターまがいのはかりごとが進んでいる……恵比寿の焼肉屋で南雲が切り出した。

古賀は南雲を六本木のバーへと案内した。六本木通りから一本路地に入り、かつ地下にあるため目立たない。しかも会員しか入れないため、メディア関係者が紛れ込む可能性はゼロだ。

「日銀副総裁の一人、瀬戸口さんですね」

南雲が頷き、古賀は画面をさらにスワイプした。今度は撮影者が二人の前側に移動した角度から撮影した一枚だった。瀬戸口は昨年、前任の民間出身副総裁の後任として、私立大学大学院の教授から就任した五〇代半ばの学者だ。

日銀の金融緩和のやり方が手緩い、一段と大胆な方法を採用すべしと声高に主張していたリフレ派の急先鋒が瀬戸口だ。人選に当たっては、赤間の後見人である芦原首相がリフレ派を起用するよう暗に求めたとの話も聞いた。

「もう一人は日銀秘書室に所属する女性です」

細身の瀬戸口に対し、女性は丸顔でセミロング、にこやかに笑っている。

「彼女は日銀の某局長の専属秘書です」

「それが副総裁と？」

南雲が苦々しげに眉根を寄せ、頷いた。

「これはホテルの高級フレンチレストランでの会食風景、その次は……」

南雲の指が画面に触れかけたとき、古賀は意図を察した。

「彼はリフレ派の急先鋒、その彼を快く思わない誰かがこれを撮影したのですか？」

「私や他のOBの多くが現在の政策を苦々しく思っているのは確かです。しかし、一旦職を離れた以上、現役の職員や執行部のやり方をとやかく言わんのがOBとしての最低限のマナーです」

「誰かが指示を出しているのですか？」

「この秘書の歳の離れたご亭主は某メガバンクの役員で、現在は北米に駐在中です。彼女は独身時代から奔放との噂が絶えなかった」

南雲によれば、秘書は大手自動車会社社長の姪で、有名女子大を卒業後に入行。家柄の良さと事務処理能力の高さを買われ、長年幹部の秘書として勤めているという。

「なぜ副総裁と懇意に？」

「大学時代の軽音サークルの先輩と後輩で、以前から年に数度程度、ライブなどで顔を合わせていた二人が、今度は毎日職場で会うようになった……」

古賀はため息を吐いた。

「現執行部のやり方に強い不満を持つ二、三名のOBが噂を聞きつけ、探偵を雇ったとの情報があります」

「この写真はどの程度拡散しているのですか?」

古賀が尋ねると、南雲が首を振った。

「未知数です。スマホがあればなんでもできるご時世です。相当数拡散しているかもしれません」

「日銀の広報や人事方面の後輩職員には知らせたのですか?」

「もちろん、担当者である後輩は何人もいます。しかし、私が直接教えたとなると、下手をすれば犯人扱いされてしまうリスクがあります」

「なるほど、それもそうですね」

古賀は懸命に舌打ちを堪えた。南雲ほど優秀な人間でも、スキャンダルの余波が己に及ぶことを恐れている。痛くもない腹を探られたくないのだ。

「あまり綺麗な手段ではありませんが……」

古賀は自分のスマホを取り出し、シングルモルトが注がれたグラスの横に置いた。

「メディアに情報が漏れ出す前に、リスクの芽を摘んでおいたほうが良いと思います」

「どうされるのですか？」

南雲が首を傾げた。古賀はメールソフトを起動し、送信欄にある男の名前を入れた。

「どなたですか？」

「有力政治家の私設秘書です。私が警告を送れば、全てを察して動いてくださる方です」

「なるほど……」

ＳＮＳの急速な普及に伴い、スキャンダル情報は猛烈な勢いで拡散し、潔癖な人間が日銀や政府を攻撃する。特に不祥事慣れしていない日銀は、蜂の巣を突(つつ)いたような騒ぎになる。ましてこの写真が週刊誌にでも持ち込まれれば、瀬戸口は退任に追い込まれる可能性がある。

古賀はメールに短いメッセージを添え、磯田の秘書に送った。

「あとはあのお方が動いてくださるはずです」

「古賀さんに相談してよかった」

笑みを浮かべた南雲が、ショットグラスのモルトを一気に飲み干した。古賀も同じようにスモークの香りが豊かな琥珀(こはく)色の液体を喉に流し込んだ。

9

「録音するぞ」

公園の中にある街灯の乏しい光を頼りに、池内はスマホのアプリを起動した。

「記事にするのか？」

ベンチの下の土を見つめたまま、勝木が小さな声で言った。

「事と次第による。それ以前に、千葉とおまえの間になにが起こったのかを知る必要があるし、彼女の両親にも伝える義務がある」

池内は冷静に言い放った。

「随分記者っぽくなったじゃないか」

洟をすすりながら勝木が言った。

「銀行から融資の返済を求められたのはいつだ？」

素早くスマホを勝木に向ける。

「おかしくなり始めたのは、二カ月前だ。自販機事業で設備の入れ替え時期が来たから、いつものように銀行の担当者に会いに行った」

「千葉だったのか？」

「いや、前任者だった」

　勝木によれば、年になんどか依頼する運転資金の借り入れ相談で、前任者は事務的に了解し、稟議に回すと言ったという。この段階では銀行は今まで通りのスタンスだった。

「ところが半月後、前任者が転勤すると千葉が後任として現れた。そのとき、運転資金の融資が難しくなるかもしれない、そう言われた」

「それは千葉の判断か？　それとも上司の意思だったのか？」

「詳しいことはわからない。ただ、組織の在り方を見直した結果で、他の取引先にも同じように説明すると千葉は言った」

「運転資金の借入額は？」

「一五〇〇万円だ。定期的な設備の入れ替え時には問題なく出ていたし、返済を滞らせたことは一度もない」

　勝木の言葉に力がこもり始めた。

「金融円滑化法が終了したから、施行時からの融資を回収すると言ってきたのか？」

「いや、彼女が言ったわけじゃない。税理士に相談したら、そう説明された。親父が死んで、俺は後を継いで社長になった。経理担当の役員やらも既存融資のことは楽観していた」

通称モラトリアム法がなくなってからも、銀行のスタンスは変わっておらず、他の地銀や信金と付き合いのある同業者たちも融資の返済を求められることはなかったと勝木が淡々と明かした。

「しかし、奴らは突然態度を変えた」

勝木の声のトーンが低くなった。勝木を睨んでいると、昼に編集部で読んだ調査会社のリポートの一節が頭をよぎった。

〈助けるべき企業はごく少数〉

「回収はきつかったのか？」

「問答無用だ。他所から借りてきてでも返せの一点張りだ。徳政令の期間中にうちが受けた融資はざっと一〇億円だ」

「千葉は銀行の命令で融資回収の交渉に来た。おまえは抵抗した。そういうことだよな」

「馬鹿な三代目だが、従業員とその家族を守らなきゃならない」

勝木はいきなりの回収は困る、協議を重ねた上で段階的に返済を実行するとなんども話したという。

「だが千葉は聞く耳を持たなかった。いや、あいつもきつかったんだと思う」

緊張した面持ちで渋谷のホテルのラウンジに現れた千葉。投信の販売ノルマ、そして遠隔地に出向いてのローンの営業……超低金利で利鞘商売が完全に行き詰まった地銀のビジネスモデルの犠牲者が千葉だった。

ごそごそとパーカのポケットを漁り、勝木がスマホを取り出した。

「俺だって経営者の端くれだ。銀行が無茶言ってきたら、対抗策くらい練るさ。死ぬわけにはいかない」

俯いたまま勝木がスマホの画面をタップする。

「対抗策ってなんのことだ？」

小刻みに動いていた勝木の人差し指が止まった。

「文字通り、窮鼠猫を嚙むだ」

勝木がスマホの画面を池内に向けた。薄暗い公園、乏しい街灯の光の下で池内は目を凝らした。勝木の手の中の液晶には写真ファイルがある。

「えっ……」

画面をさらに凝視した直後、池内は絶句した。

白熱灯の下、上半身裸の男女が笑みを浮かべていた。スマホの自撮り機能だ。右側にはピースサインの勝木、左には、はにかんだように笑う千葉の姿が写っている。

「おまえ……」

「もっと刺激的な写真が何枚もあるぜ」

池内は勝木の手にあるスマホを思い切り払い除けた。スマホが硬い土に落ち、鈍い音を立てた。言い様のない怒りが池内の背骨を貫いた。無意識のうちに勝木の胸ぐらをつかんだ。

「おまえ、なにやったんだ！」

「生き残るためだ。実はな、俺と千葉は秘かに付き合っていた。二年ほど前、地元の飲み会で会った際に関係を持ってしまってな。そう不倫だ。嫁と折り合いが悪かった時期だ」

奥歯を噛み締め、池内はさらに手に力を込めた。

「銀行の仕事がきついと。たびたび相談に乗っているうちにそういう関係になった。だからな、融資を巡っていざこざが起きたとき、俺たちの関係が銀行に知れたら、懲戒確実だぞって脅した」

池内の目を見据え、勝木が言い放った。

「脅したのは千葉が東京に来ていたときだな？」

「そうだ。まさか、おまえにセールスかけているとは思わなかった」

勝木の唇が醜く歪んだ。

「千葉は慌てて仙台に戻ってきたよ。上司に密告するのはやめてくれってな。会社を守るためだ。一〇年の返済プランを呑んでくれ、俺はそう強く迫った」

銀行の経営方針の転換と勝木による脅迫。千葉は裏切りという責め苦によって自ら死を選んだ。なにもしてやれなかった。そして目の前には千葉の命を奪った形の親友がいる。

「どうした、敵を取れよ。昔の彼女と不倫していたダメ男を絞め殺せよ」

「許さねえ」

池内は思い切り勝木の頬を張った。

「そんなんじゃ、死なねえぞ」

もう一度右腕を振り上げたものの、なんとか踏み止まった。

「記事にできそうか？」

足元に落ちたスマホを拾い上げ、勝木が言った。

「……するさ」

「千葉の両親に報告するか？」

「できるわけないだろ……」

事の顚末と真相を記事にする、遺族に説明すると力んだものの、どちらも実行に移す手立てはない。いや、亡くなった千葉の過去を暴いたところで、なにも得るものはない。

「会社を整理したら、俺は日雇い派遣かホームレスだ。落ちぶれる過程はルポになる」

勝木が淡々と言った。

「考えがある」

池内の頭の中に、鋭い目つきの長身の男が浮かんだ。

「会社と従業員を守れ。これ以上、身近な人間が死ぬのはごめんだ」

池内はスマホのアドレス帳をスクロールし始めた。

10

「酒類の卸売業としては、東北でも有数の企業です」

勝木と会った翌日の午後、池内は神保町に古賀を訪ねた。向かいに座る男は、池内が徹夜で作った資料を手に取り、ずっと黙っている。

勝木は池内の部屋に一泊させた。この間、家族と会社に連絡をとらせ、会社存続への方策を練ると確約させた。

酔いと精神的な疲労から一旦解放された勝木は、狭い部屋の床でいびきをかき、ずっと眠っていた。その横で、池内は古賀に説明するための資料を作り続けた。

「仙台あけぼのに融資回収の宣告をされたわけですね？」

資料に目を落としたまま、古賀が言った。

「段階的な返済プランの協議を続ける意向ですが、見込みは薄いようです。私の同期がいるいなほ銀行も無理でした」

「そうでしょうね。信用情報会社のデータベースで調べれば一発です」

「そこで古賀さんにご相談です。なんとか郷里の友人、そして会社と従業員を守る術を見出していただけませんか？」

池内は両膝に手をつけ、深く頭を下げた。

「どうか頭を上げてください」

「料金はどの程度必要になるのでしょうか？」

かつて弁護士の取材をした際、料金を前もってきくのは失礼に当たらない、むしろその方が互いにやりやすいと聞いた。

「それは勝木さんが支払うという意味ですか？」

「ええ、彼が払い切れなければ、私がなんとかします」

池内が打ち明けると、正面の古賀が資料をテーブルに置き、笑みを浮かべた。

「通常は取引額の五％、難易度によって一〇％程度を頂戴しています」

「今回のつなぎ融資は一五〇〇万円なので、一五〇万円ですね」

池内は頭の中で預金通帳のページをめくり始めた。営業マン時代から全国を飛び回る生活を送ってきた。贅沢に興味はなく、必然的に蓄えができた。勝木は最悪の事態に備え、切り詰めた生活を送っている。親友の窮地を救うためならば、出せない額ではない。

「私が払います。どうかご助言をお願いします」

もう一度頭を下げると、古賀が苦笑いした。

「池内さん、これもなにかのご縁です。一万円で引き受けましょう」

「一万円ですか？」

問い返すと、古賀が頷いた。

「私なりに考えがあります」

古賀が席を立ち、近くの事務机の上からファイルを取り上げた。

「コンサル業務はフェードアウト気味で、最近は副業に注力していましてね」

席に戻ると、古賀がファイルのページをめくり始めた。南部鉄器や帯、堺や関の和包丁など多種多様な物品の写真がある。

「伝統工芸品の支援事業です。後継者不足の解消、販路の開拓、海外顧客への紹介など多岐にわたります」

今まで感情に乏しかった古賀の顔が一気に晴れやかになった。

「こちらをご覧ください」

二、三枚ページをめくり、古賀がボトルの写真を指した。
「日本酒ですね」

「東日本大震災で被災し、内陸部に移転した浜の名酒蔵です」

目を凝らすと、純米や純米大吟醸の但し書き、そして若い女性杜氏と同世代の法被姿の男性が笑顔を見せている。

「私は九州出身で芋や麦焼酎が好きなのですが、この若い兄妹に会ってからすっかり日本酒ファンになりましてね」

声を弾ませる古賀だったが、真意が見えない。コンサルタント料金が一万円というのは助かるが、本当に勝木の実家を助けてもらえるだろうか。

「この蔵元だけでなく、全国各地に小規模でも非常に優れた日本酒を造る若手がいます」

古賀がさらにページを繰った。和歌山、宮崎……たしかに池内が知らない蔵元ばかりだ。

「話を逸らしているわけではありません」

古賀が顔を上げた。

「ビクトリーウッドさんは、不採算になっている自販機事業から撤退し、専門である酒類販売に特化すべきです」

古賀は池内の資料に目をやり、自販機事業の売上高がコンビニの増加とともに急減し、先行きも暗いと指摘した。

「後ろ向きではなく、本業に回帰するための措置です。日本酒と言っても多種多様です。コンビニで常温販売されるカップ酒から、グラス一杯で数千円する大吟醸まであります」

営業部時代、先輩社員が連れていってくれた居酒屋のカウンターを思い出した。江戸切子のグラスに注がれた純米酒は、フルーツのような香りと喉越しが良かった。

「支援する複数の蔵元は、醸造用アルコールや糖類を一切添加しない酒を造っています。添加物ゼロの日本酒は温度管理が難しい。それに、運搬にも気を遣わねばなりません」

「なるほど……」

「その点、ビクトリーウッド社には、何人もの利き酒師がいて、冷蔵に関する知識や設備もあるようです。有効活用すれば新たな経営戦略が作れるはず、いや、そうしてもらえれば、全国の若い杜氏や経営者が喜びます」

池内はスマホのメモアプリに要点を打ち込んだ。

「ご提案はすぐに勝木に伝えます。しかし、銀行の融資はどうしたらよいでしょうか？」

自販機事業から撤退するにしても資金が必要だ。つなぎ的に考えていた一五〇〇万円で足りそうもない。その旨を伝えると、古賀が首を振った。

「私の取引銀行をご紹介します。その際、私が保証をつけます。必ず融資はおりますよ」

古賀が背筋を伸ばし、言った。

「古賀さんは勝木と会ったこともないじゃありませんか。大丈夫ですか？」

「副業のためになんでもしたいと思っています。必要であれば、二、三億円の融資はすぐに可能です」

「本当ですか？」

「私としては、すぐに話を前に進めたいと考えます」

「すぐに勝木に伝えます」

「目先の手形でお困りでしたら、銀行ではなく、私個人が緊急融資しても構わない、そうお伝えください」

古賀が穏やかな口調で答えたときだった。掌の中でスマホが鈍い音を立てた。

「どうぞ、電話に出てください」

「いえ、メールでして……」

慌てて画面を切り替えた。副編集長の布施からだった。

〈週刊新時代が年末最後のスクープだ。こんなスキャンダルを扱えとは言わないが、経済ネタだ。少し見習ってほしい〉

短い本文のあとに、ゲラのファイルが添付されていた。タップしてファイルを開く。

〈前代未聞！　日銀副総裁が禁断愛〉

〈お相手は美魔女の日銀秘書〉

〈政策議論そっちのけの密会劇〉

池内は画面に目を凝らした。

かつて在籍した新時代らしい煽り見出しだった。毒々しい見出しは世間の耳目を集める。

「失礼しました。古巣の週刊誌が近く経済関係でスクープを出すので、上司に嫌味を言われました」

「新時代はいつも徹底取材されますよね。ちなみに大企業の合併とか、横領とかですか？」

「いえ、日銀のスキャンダルです。さすがにゲラをお見せするわけにはいきませんが、幹部の不倫ネタです」

池内が顔を上げると、古賀の目つきが険しくなっていた。

11

池内が帰った直後、古賀はノートパソコンでネット検索を始めた。

〈日銀不倫スキャンダル〉

思いついたキーワードを入れ、エンターキーを押す。

〈日銀出身の女性フリーアナ、サッカー選手と不倫〉

〈元日銀の著名コンサルタント、不正蓄財スキャンダルの内実〉

〈霞が関、日銀のスキャンダルまとめ〉

検索結果一覧に、目的の項目はない。今度は週刊新時代というキーワードを加えてみるが、やはり一致する記事やブログの類いは一切ない。

〈日銀のスキャンダルです。さすがにゲラをお見せするわけにはいきませんが、幹部の不倫ネタです〉

ほんの五分前、池内ははっきりとそう言った。新米記者の手の中には週刊新時代というスクープ誌のゲラのファイルがあり、彼が中身を要約して伝えてくれた。南雲が懸念した一件が、早くもメディアに流れた。

検索画面を閉じると、古賀はスマホを取り出して通話履歴をたどった。目的の人物の名前の上で画面をタップする。四、五回呼び出し音が鳴ったあと、相手の声が耳に響いた。

〈どうされました、古賀さん〉

男の声の背後から聞き覚えのあるダミ声、そして抑揚のない口調で話す男の声が響く。筆頭私設秘書は財務省の大臣室にいるようだ。

「昨夜メールした件です」

〈情報をいただいた直後、日銀の協力者にそれとなく伝えました。それがなにか？〉

磯田の筆頭秘書でさえ情報をつかんでいない。唾を飲み込んだあと、古賀は言葉を継いだ。

「週刊新時代が例の件を近く報じます」

〈まさか……〉

秘書が電話口で絶句した。

「現物は目にしておりませんが、確実な筋から掲載される旨の情報を得ました。既にゲラ刷りになっているようですから、数日内には世の中に出るものと思われます」

〈ちょっとお待ちください〉

秘書の背後でダミ声の音量が上がった。役人との話を中断した磯田が秘書と話し始めている。

〈俺だ。その話は本当か？〉

電話口に磯田の怒気を含んだ声が響く。

「間違いありません」

〈よりによって新時代かよ〉

口をへの字に曲げ、眉間に皺を寄せる磯田の顔が見えるようだ。

〈新時代はどんな圧力も効かねえんだよな〉

「官房長官ルートでいくつか記事を取り下げさせた、そんな噂を聞いたことがあります」

〈大クライアントの製薬会社に手を回して、ネタを潰したことがあったようだ。しかしな、俺は副総理だ。メンツとして、奴に頭を下げるわけにはいかない〉

「失礼しました」

芦原総理を支えるという点で、磯田と阪官房長官は長年政権の中枢を担ってきた。だが、地方選挙や閣僚人事、役人の配置転換などを巡り、暗闘を繰り広げてきたのだと筆頭秘書が教えてくれた。

〈官房長官に伝わったら、俺が日銀と通じていることが大っぴらになっちまうだろう〉

「そこまで考えが至りませんでした」

〈新時代がゲラにまでした以上、記事は絶対に止まらん。日銀のしかるべき人間に伝え、備えをしておくようきつく言っておく〉

頭を切り替えたのか、磯田が普段の口調で言った。

「執務中に大変失礼いたしました」

〈とんでもねえ、助けられたのは俺だ。また借りができたな〉

そう言うと磯田が電話を切った。

スマホをデスクに置き、古賀は息を吐いた。暖房の効きの悪い事務所だが、額に薄らと汗が滲んでいた。

記者に対するアタリは強い磯田だが、古賀が知る限り現代の政治家の中では抜群に頭の回転が速く、かつ周囲に対する気配りが行き届いた人物だ。

古賀の頭の中に数年前の夜の光景が蘇った。

日銀はもとより、財務省の人間を絶対に使えない事情があり、磯田が古賀にミッションを託した一件だった。

日銀で一番重要なイベント、金融政策決定会合の前夜だった。総裁と二人の副総裁、そして民間から選出された審議委員が更なる金融緩和に踏み切るか決める局面で、事前の票読みが執行部に衝撃を与えた。

投票権を持つ九人のメンバーのうち、更なる緩和に反対票を投じるとみられる委員とはなかった。

し、最終的な採決が拮抗したことはあったが、総裁ら日銀執行部が提案した議題が否決されたことはなかった。

〈更なる緩和が大きな効果をもたらすとは俺も思っちゃいねえ。しかし、今の段階で赤間の顔を潰すようなことになれば、日銀の信任は地に墜ちる。その上、強く後押しした芦原にまで責任論が降りかかる〉

日比谷の地下駐車場で会った際、磯田は苦々しそうに告げ、一通の封筒を古賀に託した。女子大教授出身の当時の女性審議委員に封筒を渡すと、彼女はその場に蹲った。本人によれば、封筒の中には大麻を吸う留学中の娘の写真があったという。

硬軟使い分ける、清濁併せ呑むのが政治だと磯田は常々言う。金融緩和の効果がほとんどないことを知りつつ、総理である芦原の顔を立てたのも、政治家として幾重にも考えを巡らせ、最良の落とし所を見極めて判断したのだ。

古賀はパソコンに目をやった。

金融緩和策の一つとして、日銀は上場投資信託（ＥＴＦ）を毎年六兆円のペースで購入し続けている。緩和策を継続してきた結果、東証一部の時価総額の約五％となる三〇兆円に迫る規模となっている。

日銀を巡るスキャンダルが東証全体に影響するか。日銀が購入したＥＴＦの残高グラフを見ながら考える。暴落……そんな言葉が浮かぶがすぐに首を振った。日銀が主要企業の大株主となっている事実はあるが、投資家が判断するのはあくまで個別企業の経営状態であり、ETFを通じて間接的に株主となった日銀には関係がないはずだ。

市況関連の画面を閉じ、池内が置いていった資料に目を通す。仙台の酒類卸売業の老舗が経営難に直面した。本業は通常運行していたのに、銀行の都合によって経営がぐらついている。大元は、日銀による大規模金融緩和策のデメリットに他ならない。

資料を見つめるうち、池内の顔が浮かぶ。仙台あけぼのだけでなく、多くの地銀が生死の境を彷徨(さまよ)い始めた。となれば、融資を受けてきた数多くの中堅中小企業の経営基盤も揺らぐ。親友の家業を通じて、あの青年は問題の根深さに気づいたはずだ。

12

「近いうちにもう一度、東京で会おう」

〈……ありがとう。俺なんかのために〉

編集部に戻った池内は、自席で口元を覆いながらスマホを握り続けた。仙台に戻った勝木に早速、古賀の提案を伝えた。

電話に出た直後は疲れ切った声を出していた勝木だったが、つなぎ融資だけでなく事業の立て直しに話が及ぶと口調に熱が戻ってきた。

〈すぐに、専務や主だった社員と相談する〉

張りのある親友の声を聞いたあと、池内は電話を切った。

ここ二、三日で目まぐるしく事態が動いた。千葉の死の真相を知ったのはショックだったが、これ以上身近な人間の死に接することのない安堵の方が勝った。

池内はノートパソコンを起動し、テキスト画面に向き合った。

〈経済ルポ企画・大規模緩和、マイナス金利に打ち克(か)つ術〉

メモ用のページに仮のタイトルを打ち込む。営業部から異動して直面した様々な事柄を整理し、ルポの体裁に整えてみようと考えた。

ルポの冒頭は、若手銀行員の死について触れる。千葉の事柄だ。未だに辛(つら)い記憶だが、避けて通るわけにはいかない。

〈第一章・銀行員の死〉

千葉の名前を伏せた上で、地銀に勤務する女性行員が置かれた状況を俯瞰する。超低金利からマイナス圏に沈んだ金利のせいで、多くの銀行が利鞘の縮小で収益機会を失った。

具体的には、預金者が預けた際の金利、そして企業に融資する際の金利の差が急激に縮まった。以前は預金金利の方が低く、貸し出し金利は高かった。その差額の分が銀行の収益になっていた。それが超緩和政策の反動から旨みが急減した。

もう一つは、国債運用だ。安全かつ確実な儲けにつながっていた国債についても、ゼロからマイナスへと誘導された指標金利に連動する形で、運用の旨みが事実上なくなった。

このため、多くの銀行が不動産融資を活発化させた。特に地銀の場合、地方経済の疲弊、人口減少に歯止めがかからないという重荷を背負っていた。

こうした環境下、東遠州銀行のように個人向け不動産融資を活発化させ、収益構造を激変させる組織が目立ち始めた。元々横並び意識が極めて強い業界だけに、他行も次々に同じ業務に参戦し、営業活動が活発化した。その弊害が、契約書を偽造してまで融資を実行し、果ては詐欺まがいの営業活動を行うような事態につながった。

こうした中で、若い女性行員は不動産向けローンの営業に追われ、同時に銀行が手数料稼ぎのために売りたいと考えた高リスクの投資信託のノルマまで押し付けられた。

ついで、別の要因も若い行員を苦しめたことに触れねばならない。

〈中小企業金融円滑化法・通称モラトリアム法〉

経営体質の抜本的な改革を果たせないまま、地銀がモラトリアム期間を終わらせ、既存融資の回収に動き出した。

その矛先となったのが、勝木の実家のような企業だ。換言すれば、担保もあり、切り売りする資産のある企業を狙ったとも言える。

これがカツカツの業況であれば、取り上げる物、すなわち換金できるものがないからだ。今後もビクトリーウッドのような中堅中小企業が狙われるリスクがある……読者に警鐘を鳴らす意味で、勝木とその会社の再起も詳細に綴る必要がある。

〈発想の転換が再生の契機に〉

池内はテキスト画面に〈金融コンサルタント〉と書き加えた。古賀とは千葉の死を通じて知り合った。古賀が副業として手掛ける事業の需要と、勝木の再起、古賀の思惑がたまたま一致して再建策へとつながったが、この方法は他の企業にも応用できるのではないか。

銀行界においても、複数の地銀が全くの異業種から資本を受け入れ、包括提携するケースが増え始めている。従来の発想ではなく、全く違う角度からのアイディアが日本の金融、そして取引先である中堅中小企業を救う契機になるのでは……そんな問題提起でルポの第一弾を締める。

パソコンの右上に記された時刻表示に目を向ける。メモを書き始めてから一時間半が経過していた。

〈金融コンサルタント↓実名報道が可能か古賀氏に要確認〉

思いついた事柄をキーボードに打ち込んだときだった。

「なかなか面白そうなルポですね」

背後から、通りの良い声が響いた。振り返ると、笑みを浮かべた編集長の小松が画面を覗き込んでいた。

「布施さんに発破をかけられたばかりでして」

池内は週刊新時代の日銀絡みのスクープに触れた。

「インパクトのある記事でしたね。スキャンダル慣れしていない日銀にとって、致命的なダメージになるかもしれません」

「小松さんがおっしゃったように、月刊誌らしく、もっと取材を重ね、データを集めてみようと思います」

「良い心がけです……」

突然、小松が口を閉ざした。

「どうされました？」

「これはどういうことですか？」

小松がテキスト画面を指した。

「取材を通じて知り合った金融コンサルタントの方です」

「フルネームは？」

小松が眉根を寄せている。そして声のトーンが限りなく低い。池内はブックシェルフから名刺帳を取り出した。急いでページをめくる。

「古賀遼さん、株式会社コールプランニングの代表です」

名刺をホルダーから取り出し、机の上に置く。

「会ったのですか？」

「ええ、既に二回会っています。ここにあるように、郷里の友人の家業再建にも力を貸してもらえることになっています」

池内が説明しても、小松はずっと名刺を睨んでいる。

「どうしました？」

「本当に古賀だったのですか？」

「ええ、細身で切れ長の目をした物静かな男性です」

なぜ小松の態度が変わったのか。言葉を選びながら池内は言った。

「少し待っていてください」

眉根を寄せたまま、小松が編集長席に向かった。物静かでめったに態度を変えない小松の様子が変わった。大きな背中を見つめながら、池内はその理由を考え続けた。

13

「作業を中断させてしまって申し訳ない」

会議室の対面する席で、編集長の小松が切り出した。

「いえ、急ぎの記事ではありませんから」

池内が答えると、小松がゆっくり頷いた。小松の前には煤けたスクラップブックと手帳がある。

普段はたおやかな笑みを絶やさぬ小松の表情が強張っている。

そして机に置いたスクラップブックのページをゆっくりとめくり始めた。

池内はページを見た。馴染(なじ)みのあるフォントが目に飛び込む。週刊新時代、そして言論構想の記事の切り抜きだ。このほか、大和(やまと)新聞や中央新報など大手紙、通信社の配信記事もきれいに切り抜かれていた。

「こんなファイルを持ってきました」

池内の視線に気づいたのか、小松がスクラップブックの表紙を向けた。

〈飛ばし／隠蔽(いんぺい)案件〉と書かれてある。

「この一件を覚えていますか？」

スクラップブックを開き、小松が池内の前に置いた。

〈三田電機、不正会計の詳細を発表　七年間で総額一五〇〇億円〉

日本実業新聞の一面記事が目の前にある。

「もちろん、覚えています」

日本を代表する総合電機メーカーに関する記事だ。電球から原子力発電所まで三田電機はありとあらゆる電化製品を作り、世界中に届けてきた企業だ。

しかし五年ほど前、財界トップを何人も輩出した名門企業はスキャンダルにまみれた。半導体や電機製品など主要部門ごとに売上と利益を操作し、巨額の損失を隠していたのだ。由緒正しい企業の悪事に日本中が驚嘆し、マスコミの取材合戦が過熱した。三田電機は半導体部門など稼ぎ頭を次々と売却してなんとか隠れ損失をカバーし、目下再建に向けてフル稼働している。

「これはどうですか？」

ページをめくり、小松が言った。

〈ゼウス光学、社長ら経営陣が総辞職　海外子会社の不透明取引で引責〉

池内は大和新聞の記事に目をやった。日付は一〇年近く前で、社長以下幹部が会見で頭を下げている写真とともに大見出しがついている。

ゼウス光学はカメラのほか、顕微鏡や医療用内視鏡で世界シェアが高い一流企業だ。海外から乞われて社長職についた英国人が不正に気づき、内部告発した一件だった。

「三田電機、ゼウス光学という一流企業に共通するのは、決算をごまかし、粉飾に手を染めたという点です」

小松が淡々と告げた。

「粉飾ですか」

「加えて両社に共通するのは、損失を海外に飛ばすという行為があったことです」

「それで表紙に飛ばしと書かれたのですね」

「三田電機が弾けたとき、私は新時代のデスクでした」

スクラップの脇にある手帳をめくり、小松が言った。

「新時代の看板にかけ、負けられない勝負でした。そこで、ある記者が深く事件の奥にまで入り込みました」

小松は坂口（さかぐち）という記者の名を口にした。言論構想社の社員ではなく、一年契約の外部ライターで、経済事件や政界に強いと評判の傭兵記者だ。二年前に契約切れとともに言論構想社を離れ、現在はフリーのノンフィクションライターとして活躍している。

「これは彼がベテランカメラマンとともに撮影した写真です」

手帳の中ほどから小松が一枚の写真を取り出し、池内の前に置いた。

プリントを手に取る。薄暗い夕暮れどき、都内にある料亭の前で写されたもののようだ。だが、望遠でとらえた一枚は粒子が粗い。かろうじて背広姿の男二人がいるとわかる。

「これもどうぞ」

同じ料亭の前だ。今度は道路脇の木陰から狙ったショットで、二人の男の後ろ姿が写っている。一人は飛び抜けて背が高く禿頭(とくとう)で、もう一人も細身で足の長い男だ。二人の視線の先には、黒塗りの大型セダンのテールランプが見える。

「もう一枚あります」

ポーカーでカードを配るように、小松が新たな一枚を机に置いた。カメラマンが道路脇の別の場所に移動したのだろう。二人の男の顔が見える。

「あっ」

背の高い禿頭の男は知らないが、右側の男には見覚えがある。

「やはり同一人物でしたか」

小松が低い声で告げた。

「なぜ新時代が古賀さんをマークしたのですか？」

勝木にとって恩人となるコールプランニングの古賀に間違いない。

「もう一人の背の高い老人は、三田電機の東田(ひがしだ)相談役です」

就職活動をしていた頃、大学の同期が三田電機の会社案内を手にしていた。会長としてプリントされていたのがこの東田だ。

「彼らが料亭から見送ったのが、芦原恒三内閣総理大臣です」

唐突にこの国のトップの名前が出てきた。芦原首相という超がつく大物が登場するならば、坂口らの最強取材チームが編成されたのにも合点がいく。

「坂口記者と私で半年以上、調べを続けました。なぜ粉飾ではなく、不正会計とか不正経理とか、緩い言葉が使われたか、その根拠を探ったのです」

「芦原首相と関係があったのですか？」

池内の問いかけに小松が頷いた。

「東田相談役は、過去二〇年で最高に三田電機の業績を伸ばした功労者であり、芦原さんとは長年の付き合いでした」

小松がスクラップブックに手を伸ばし、またページをめくり始めた。

「これがその証拠です」

芦原と東田が握手している写真、その横には大和新聞の記事がある。

〈戦後七〇年、首相談話に関する懇談会草案を手渡す東田氏〉

「調べたところ、芦原さんが親父さんの秘書時代から、東田氏との付き合いがありました。有名企業の幹部が若い議員や議員候補に近づき、コネを作る典型的なパターンでした」

一介の営業マンだった池内には信じられない話が次々と小松の口から飛び出す。

「そして五年前です。窮地に陥った三田電機は、東田という中興の祖を頼り、芦原首相に支援を頼んだのです」

「なぜ、記事にしなかったのですか？」

思いが口をついて飛び出した。

「すみません、不躾な質問でした」

「そこがキモですからね」

　スクラップブックを閉じた小松が再びツーショット写真に目をやった。

「この古賀という人物がキーマンとして浮上しました」

「彼は個人経営の金融コンサルタントですよ」

　池内は、神保町の事務所に古賀を訪ねた際の様子を話し始めた。簡素な応接セット、中古かと思えるほど使い込んだ事務机。華やかな響きのある職種のイメージとは正反対で、古賀自身も地味なスーツに身を包んでいた。背が高いところを除けば、どこにでもいる中年男性だ。

「古賀氏を訪ねた際、彼の経歴を知っていましたか？」

「いえ、取材の過程で知り得た人物で、偶然に近い接触でした」

　池内は、地銀の取材の過程で千葉が自ら命を絶った経緯を小松に説明した。

「私に会う直前、千葉という銀行員は古賀氏の事務所を訪れていました」

「古賀氏は日本の掃除屋です」

「掃除と金融コンサルタントがつながらないのですが……」

「企業、とくに三田電機やゼウス光学のような超がつく大企業は、綺麗事では動きません。ときに決算をごまかし、投資家と株主を欺くようなことをします」

小松の言ったごまかし、欺くという言葉が耳に突き刺さった。

「経理や帳簿をきれいにするから掃除屋、そういう意味ですか？」

目の前の小松の両目が鈍く光った。

「日本の金融界の裏側で、古賀氏はトップシェアを誇る掃除屋です」

小松の声が耳殻の奥を震わせた。

14

「坂口記者が残したメモです」

手帳のページをめくり、小松が折り畳まれた書類を取り出した。

「古賀氏の経歴です」

広げられた書類には、細かい文字がびっしりと並んでいた。様々なスクープを放った坂口の精緻な仕事ぶりがうかがえる。

〈福岡県大牟田市出身〉

〈地元商業高校卒業後、準大手証券の国民証券に入社〉

〈東証の場立ち要員からキャリアをスタート、吉祥寺支店、新宿支店で個人向け営業

を務めたのち、本店法人営業部に異動〉

〈同社退社後、個人事務所コールプランニングを設立、金融機関、事業法人向けのコンサルタント業務を展開〉

それぞれの項目には細かい年月日が書き込まれている。また、古賀が関係したとされる人物の名前、それに手書きで彼らから得た証言も加えられている。

「証券マンだったのですか」

「問題はここです」

小松が法人営業の部分を指した。

「バブル経済の崩壊前後、日本の証券会社は大変なスキャンダルに見舞われました。損失補塡事件です」

株式投資は元本が保証されていない。その分だけ見返りが大きい、いわゆるハイリスク・ハイリターンの典型だと小松が告げた。

「しかし、バブルで財テクに走った大手企業は、損をしてもこれを計上しませんでした。なぜなら、取引のある証券会社に補塡させていたからです」

「そんなアンフェアなことが……」

「今から三〇年ほど前はまかり通っていました」

池内は思わず腕組みした。だが、次第に小松の言わんとすることが見えてきたような気がした。

「古賀氏はその損失補塡に手を貸し、そのスキルをコンサル業務に活かしたのですか？」

「その通りです。最高傑作ともいえる取引が、三田電機やゼウス光学の粉飾決算でした」

「それぞれの企業幹部は厳しく罰せられたはずです」

「ゼウス光学の場合、逮捕者が出ました」

「なぜ古賀氏は責任を問われなかったのですか？」

「そこが謎なのです」

一旦言葉を区切った小松が、再度手帳をめくった。数ページ辿ったところで、小松の手が止まる。

「三田電機の粉飾事件では警視庁捜査二課も動いていました」

詳しいことは知らないが、捜査一課が殺人や強盗など凶悪犯を追うように、捜査二課は詐欺犯や横領事件、贈収賄を扱うと小説で読んだことがある。三田電機の決算が粉飾であると明らかにすることができれば、二課という組織の大手柄になる。端緒があったのであれば、ネタを追う記者のように刑事も真相を探るはずだ。

「二課が摘発したというニュースは記憶にありません」

「ええ、ストップがかかったと坂口記者から聞いています」

小松が手帳から紙切れを取り出し、池内の前で広げてみせた。

「人事記事？」

「ここです」

どこの新聞かはわからないが、官庁の主要人物の異動を知らせるベタ記事だった。

小松の指先を凝視する。

〈警察庁人事　警視庁捜査二課　小堀秀明（こぼりひであき）警視↓神奈川県警捜査二課長〉

「坂口記者がなんどもアタックしましたが、絶対に彼は口を割らなかったそうです」

「圧力がかかった？」

池内は東田相談役と芦原首相が握手する切り抜きを見た。

「そう考えるのが妥当です。だから最終的に記事化は見送りました」

小松の声を聞き、池内は天井を仰ぎ見た。

千葉の死、宮城県警の事情聴取という副産物から古賀と知り合い、そして親友・勝木の家業再建まで話が進んだ。だが、その重要なアドバイザーの古賀が、数々の経済事件の裏側にいた……。

「坂口記者も古賀氏に取材を？」

池内の問いに小松が強く首を振った。

「商売が商売です。極度のマスコミアレルギーがある人物だと聞いていました」

「それがどうして私と？」

「そこも謎です」

小松が身を乗り出した。

「あの……」

小松の両目が再度鈍い光を発した。

「日本には何人もフィクサーと呼ばれる人物がいましたし、今も永田町辺りでは暗躍しています。しかし、経済界に関しては、古賀氏以上の人物の存在を聞いたことがない」

小松が池内を見据えた。

「この機会です。時間と金をかけて構いません。古賀氏から過去の案件の話を聞き出してください。もちろん、今手がけているルポは並行して」

「私にできるでしょうか？　ど素人の新人です」

「そこがキモかもしれません。実際、あなたは彼に名刺を出し、身分を名乗った上で会っている。もしかしたら、彼からなにか話したいことがあるのかもしれません」

〈これもなにかのご縁です。一万円で引き受けましょう〉

朗らかな口調で古賀が言った。小松が言うように、何か話したいことがあるのか。

だが、穏やかな笑みの裏側まで読み解くことなど不可能だった。

「別の切り口もあります」

「どういうことですか？」

「ゼウス光学や三田電機と同様、古賀氏が今も大きな掃除を手掛けているかもしれません。坂口記者のような敏腕でも抜けなかったネタを、あなたが扱うチャンスがあるかもです」

小松の口元は笑っているが、両目は醒めたままだった。

「無理です……」

「やってみなければわかりません。今まで絶対に記者を寄せ付けなかった人物が、すんなりあなたに会い、協力まで申し出た。絶対に接触を途切れさせないようにしてください」

「はい……」

「いいですか、これは編集長命令です」

にこやかに笑うと、小松がテーブルの手帳や書類を片付け始めた。

「私にできるでしょうか？」

「やってもらわねば困ります。私もスクープが大好物ですから」

小松が淡々と言い、会議室を後にした。

腕を組み、池内はもう一度天井を見た。過去に手掛けた掃除の独占インタビュー、それとも古賀を出し抜く形で最新の仕事の詳細を報じる……小松の言い分はわかる。だが、自分にできるのか。池内は天井を見つめたまま身が竦むのを感じた。

第四章 撃鉄

1

神保町の事務所で主要紙の記事をスクラップしたあと、古賀は応接セット近くにある液晶テレビの電源を入れた。

時刻は午前九時一〇分、公共放送の日本放送連盟(NHR)は朝の情報番組でドメスティックバイオレンスの特集を生放送中で、古賀はチャンネルを切り替えた。日本橋テレビはウェリントン型のセルメガネをかけたインテリ漫才師がしたり顔で、新聞や雑誌のコピーが貼られたボードの前に立っていた。ボードには大きな文字や写真が並ぶ。

〈週刊新時代、またまた特大スクープでしたね〉

漫才師がボードに貼られた水色の画用紙を剝がすと、引き伸ばされた薄暗い写真が画面に映った。プリントの右下には〈週刊新時代提供〉の文字がある。

〈なんと、日銀のナンバー2の副総裁に不倫疑惑です！〉

画面が切り替わると新時代の白黒見開きページだ。大映しになった画面には、仲睦(なかむつ)

まじく夜の街を歩く男女の姿がある。漫才師はアンテナ型のボールペンを伸ばし、男性の写真をなんども叩く。

〈芸能人やスポーツ選手の色恋話に食傷気味の皆さん、びっくりされませんでしたか？〉

漫才師が扇情的なトーンで話すと、カメラが司会の女性アナウンサー、ゲストの女性弁護士や白衣姿の著名クリニック院長を映し出す。司会者やコメンテーターが一斉に顔をしかめ、眉根を寄せる。

〈副総裁、元々は私立大学大学院の教授でしたよね？〉

女性アナウンサーが口を尖(とが)らせる。

〈そうです。一流私立大学の人気教授で、未来の学長候補とも目された人物です。これは日本実業新聞など経済紙の情報ですが、瀬戸口浩輔(こうすけ)副総裁は、一段と強力な金融緩和を主張するリフレ派の論客として知られ、芦原首相の強い意向でポストに就いたとの観測がもっぱらです〉

漫才師は台本を見ることなく、すらすらと告げた。

〈一緒に写っているのは、やはり日銀の人ですよね？〉

口元を歪め、女性弁護士が言った。

〈新時代の報道によれば、秘書室のベテランで、旦那さんは某メガバンクの幹部です。

しかもニューヨークに単身赴任中ですよ！〉

古賀は舌打ちすると、チャンネルを別の民放局に変えた。芸能界やスポーツで大きなニュースがないためか、こちらも新時代の記事を取り上げていた。首を振った古賀は、切り抜いたばかりの主要紙の記事を見つめた。

〈日銀、副総裁の週刊誌報道を全面否定〉

日本実業新聞のほか、大和新聞や中央新報が経済面で短い記事を掲載した。新時代の記事が世間の話題を集めたことに触れたうえで、日銀の公式発表を掲載したのだ。主要紙によれば、日銀は人事担当理事と生え抜きの雪村（ゆきむら）副総裁が直接聞き取り調査を行い、二人が大学時代のサークル仲間であり、たまたま食事に行ったところだったとの証言を得た。二人が男女の仲ではないと完全否定したことから、誤解に基づく報道だと強く抗議する方針だという。

中央銀行幹部が絡んだスクープは珍しく、またエリートと既婚女性、しかも秘書という肩書きから民放の情報番組は面白おかしく新時代の情報を取り上げたが、翌日も続けるメディアはなかった。

赤間総裁、瀬戸口副総裁らいわゆるリフレ派、一段の緩和推進論者が過半を占める審議委員会のやり方に強い不満を抱く元幹部たちが主導し、探偵を使って瀬戸口の行動を監視し、インパクトの大きな媒体にリークしたのが真相のようだった。

南雲の言う通り、クーデターに近いやり方だが、後追いや転載の数を見る限り、元幹部らの思惑は不発に終わった感がある。

南雲も含め、リフレ派の政策運営に強い懸念を抱く日銀ＯＢや市場関係者は多数に上る。市場に出回るカネを増やし続けた挙句、政府が発行した国債の四割以上を買う実質的な財政ファイナンス、そして政策金利をマイナス圏に沈めた各種方策は、商業高校卒で経済理論に通じていない古賀でさえ危ういと感じてきた。

だが、多くの金融の専門家や市場関係者が異常な金融政策の姿を批判し、声高に是正を求めても、情報番組を見る庶民たちの関心は極めて薄い。コメンテーターたちは、瀬戸口が副総裁として享受する待遇や、秘書がメガバンク幹部の妻という立場にあることに関心を示しただけなのだ。

上がらない給料、一向に好転しない暮らしぶりを我慢する中で、妬み嫉みの鬱屈した思いを発散させてくれるのが週刊誌であり、それを転電する情報番組というプログラムだ。クーデターまがいのリーク情報にも世間の関心が薄れ、他のスキャンダルにかき消されていく。

主要銘柄の値動きに目を凝らしたとき、パソコン脇に置いたスマホが鈍い音を立てて振動した。

2

池内が仕事らしい仕事をまったくこなせないまま、言論構想社の看板月刊誌「言論構想」新年号が昨夜、校了した。

編集長の小松が責了印を押した直後、副編集長の布施や三人のデスク、出入りするライターやカメラマンが相次いで早朝まで営業する居酒屋に出向き、編集部は空っぽになった。池内は神楽坂での一次会にのみ顔を出し、帰宅した。多忙な媒体で戦力になっていないことは存外に辛かった。酒を勧めてくれる外部ライターの気遣いも重荷だった。

昼過ぎで大丈夫と言われたが、営業部時代の癖が抜けず、翌日は午前九時半すぎに編集部に出社した。案の定、大部屋は空っぽだった。誰もいないスペースで、池内はここ二週間に取材で得たデータを整理し、企画メモにキーワードを落とし込んだ。だが、作業は遅々として進まない。原因は一つ、小松が発した言葉だ。

〈絶対に記者を寄せ付けなかった人物が、すんなりあなたに会い、協力まで申し出た〉

〈これは編集長命令です〉

〈私もスクープが大好物ですから〉

小松は古賀に密着し、インタビューなり、企画記事なりを出すよう厳命した。

だが池内には古賀が悪人とは思えなかった。過去の取材データを見る限り、古賀が三田電機やその他一流企業の財務スキャンダルに深く関わったのは事実だ。しかし、悪事に手を染める人間は、決まって生活が派手になり、押し出しも強くなる。新時代の張り番だったころ、大規模詐欺グループの首謀者や、情報商材と称したインチキテキストを売るゴロツキたちを取材したことがある。

悪人と定義するのにぴたりと符合する輩ばかりだった。高級外車を乗り回し、銀座や六本木の高級クラブで豪遊し、海外リゾート地にプライベートジェットで飛ぶ……常人の感性では考えられない一団だった。

一方、古賀は正反対だ。神保町の煤けた事務所、一目で安物とわかるスーツ……。また、ただ同然の報酬で勝木の実家を救済すると申し出た。

実際、勝木の実家は古賀の口利きによる緊急融資を得て、事業を着実に立て直しつつある。古賀が提案した小さな酒蔵を支援するプロジェクトが動き出せば、勝木や従業員ら利き酒師たちの活躍の場が増え、優れた日本酒が販路を求めて羽ばたく。

ノートパソコンのキーボードから手を離し、池内は両腕を天井に向けて伸ばした。小松の要求と、実際の古賀とのギャップは一向に埋まりそうにない。パソコン脇の紙コップに触れると、中身は空になっていた。

舌打ちを堪えながら、池内は廊下にあるベンディングマシーンに足を向けた。ブレンドコーヒーに砂糖を増量し、池内はカップを取り出した。編集部に戻り、集中して企画を作らねばならない。いつまでもお客さん扱いしてくれる小松ではない。

コーヒーをこぼさぬようゆっくりと歩を進めると、突然廊下に面した応接室から女性の金切り声が響いた。

足を止め、磨りガラスに耳を当てる。新時代にいた頃、ホテルや役所のそこかしこで使った〈壁耳〉だ。だが、会話の詳細は漏れ聞こえてこない。

「いいですか、今度こんな憶測で記事を出したら、躊躇なく法的措置を取ります！」

突然扉が開き、リアルな怒鳴り声が耳に飛び込んできた。視線を向けると、セミロングの髪、スーツ姿の中年女性だ。その横には同じように地味な背広を着た青年がいる。

二人が廊下に出て、エレベーターに向かい始めたときだった。

「わざわざご苦労様でした」

会議室の中から聞き覚えのある声が響いた。

「高津さん……」

チェック柄のジャケット、ノーネクタイの男が頭を掻いている。新時代の編集長だ。

その背後には髭面の筆頭デスクもいる。高津は張り番時代のデスクで、数々のスクープの功績が認められ、一年半前に出世コースの編集長に就いた。

「おお、池内じゃないか」

「どうしました？」

エレベーターホールに移動した二人を見て、池内は高津に尋ねた。中年女性は大声を出した興奮が冷めやらぬ様子だ。

「ルーティンワークだよ」

「どこかの抗議ですね」

「誰だと思う？」

池内は何人かの芸能事務所の女性幹部を思い浮かべた。お笑い芸人を擁する大手事務所のチーフマネージャー、美人女優ばかりが在籍するプロダクションの専務……だが、顔を上気させた先ほどの女性とは一致しない。

「張り番時代、大手や中堅事務所のマネージャーや役員の顔をあらかた覚えたのですが、思い出せません。どこのプロダクションですか？」

池内が告げると、高津がゲラゲラと笑い始めた。

「全然違うよ」

高津は革製のバインダーに挟んだ名刺を取り出し、池内に見せた。

〈日本銀行広報課長〉

肩書きを目にした瞬間、池内は合点がいった。

「例の副総裁の一件ですね」

「その通り。抗議に行った、しかも相手を怒鳴ってきました、典型的なエリートのアリバイ作りだよ」

エレベーターの扉が閉まり、日銀の二人を吸い込んだ。

「日銀は公式に否定コメントを出しましたよね」

「そのようだな」

高津が苦笑する。背後にいた筆頭デスクも笑みを浮かべた。

「次になにか書いたら、即座に訴えるそうだ」

高津が嬉しそうに言う。

「まさか……」

池内は高津の笑みを見た瞬間、悟った。

「俺らは週刊新時代だぜ」

筆頭デスクが笑いを堪えている。

「やっぱりなあ」

池内は二人の編集幹部の意図を察した。

「日銀は喧嘩慣れしていないからなあ」

高津は池内の肩を軽く叩くと、エレベーターホールとは反対側、新時代編集部の方向に歩き始めた。

高津が発した喧嘩慣れという言葉が耳の奥で響く。歴戦の猛者である高津は、日銀広報課長の前で神妙に抗議を聞いたのだろうが、ポーズにすぎない。高津と筆頭デスクは、互いに心の中で舌を出していたはずだ。最新号に載った副総裁と秘書の密会スクープは、ほんの序章にすぎないのだ。

新時代にいた頃、同じケースをたびたび目にしてきた。スキャンダルを暴かれた政治家、スポーツ選手、有名企業の幹部たちは発売直後に猛烈な抗議をする。企業ならばプレス・リリースを記者クラブに配布し、ときには顧問弁護士とともに編集部に押しかけ、大声で誤報だとまくしたてる。

だが、そんなとき、編集部の大半のメンバーは下を向き、ガッツポーズを作る。ベテランデスクになると、この種の状態を〈針掛り〉と称する。要するに、スクープの第一弾は客寄せであり、第二弾、三弾とスキャンダルを何号かにわけて掲載するのだ。

記事にした相手が強面の、権力者であればあるほど、新時代はこの手法を使う。不倫密会と第一弾で報じたからには、第二弾では副総裁と秘書の決定的な瞬間、あるいは手記めいたテキストが誌面を飾るのではないか。

日銀は公式に二人の関係を否定し、新時代の憶測だと断じた。それこそが高津の狙いであり、続報が出た際には日銀のメンツは丸潰れとなる。

顔を紅潮させて応接室から出てきた広報課長はこのやり方を知らないだろう。公式に否定コメントを出した手前、新時代が次なる矢を放ったとき、日銀は赤っ恥をかく。いやそのために記事を小出しにしているのだ。

言論構想編集部に戻ると、池内はコーヒーを一口飲み、パソコンに向かった。主要メディアの報道をまとめたニュースサイトを目の前に表示させた。

米大リーグに挑戦するベテラン選手のインタビュー、野党再編の難しさを分析したコラム、様々なニュースが並んでいるが、日銀に関する新たな報道はない。

近い将来、副総裁に関する続報が出たらどうなるか。間違いなく日銀は大混乱に陥る。まして副総裁と秘書は一般人だ。張り番を経験したからこそ、新時代の取材の凄みがわかる。普段、彼らが追っている芸能人のターゲットたちは、新時代や他の写真週刊誌、あるいは民放の情報番組の取材を警戒し、極度に慎重な態度をとる。

事務所のワゴンを何台も動員して追跡を躱(かわ)す、他人名義のマンションで密会する、別々の便で地方都市に行く、事務所系列の個室レストランで食事する……追手を撒くために、芸能人は金を使い、知恵を絞る。だが、写真を見る限り、副総裁と秘書に警戒した様子は微塵(みじん)もなかった。相手がスキャンダル未経験の大物だけに、今の新時代の張り番たちは幾重にも罠を仕掛け、決定的な瞬間を撮影している可能性が大だ。あるいは二人の親族や友人から、二人が言い逃れできない新たな証拠を得ている公算もある。

編集長の高津、そして筆頭デスクの薄ら笑いを見た直後だけに、自らの予想がかなりの確率で当たると池内は考えた。

3

「流行のカフェスタイルではなく、こういう古い喫茶店が落ち着きます」

古い陶製のカップをソーサーに置き、南雲が相好を崩した。神田駅近くの古びたコーヒー専門店で、古賀も豊潤な香りを吸い込んだ。

日銀時代に通い続けたという小さな寿司屋で昼食を済ませたあと、南雲は古賀を食後のコーヒーに誘った。綺麗に口髭を整えた老マスターがネルドリッパーで淹れるコーヒーは渋味と香りのバランスが絶妙だった。

南雲は周囲を見回し、知った顔がいないことを確認し、口を開いた。

「例の報道で、古巣は大騒ぎになったようです」

「そうでしょうね。財務省や他の官庁に比べて標的にされる機会が少ないですからね」

副総裁絡みの話題を切り出したあと、南雲が声のトーンを落とした。

「リフレ一派に反対する人たちの試みは不発に終わったようです」

南雲は、後輩の現役日銀職員から仕入れた話として、副総裁は報道前と変わらずクールな面持ちで仕事を続け、秘書にしても人事局長から苦言を呈されただけで、従来の仕事を続けていると語った。

「週刊誌でスキャンダルが報じられるのは二〇年ぶりです。広報課長には代々、メディア対策のマニュアルが引き継がれますが、今回は二〇年前の古い手引きが使われたとか」

南雲によれば、新任の女性広報課長が部下とともに週刊新時代編集部を訪れ、口頭で厳重な抗議を行ったのだという。

「美味（うま）いコーヒーを飲んだら、甘いものが食べたくなりました。ここはマスターの手作りレアチーズケーキも絶品です。古賀さんもいかがですか？」

南雲が笑顔で勧めたが、古賀は首を振った。

「マスター、チーズケーキを追加で一つ」

南雲が手を挙げてオーダーしたときだった。古賀の背広の中でスマホが振動した。小さな液晶画面に知った名が点灯していた。目線で南雲に断ったあと、古賀は立ち上がって喫茶店の出口に向かい、通話ボタンを押した。

〈古賀さん、今お話はできますか？〉

電話口で磯田の私設秘書が言った。

「もちろんです。どうされましたか？」

〈いま、大臣と替わります〉

私設秘書が早口で言ったあと、電話口に嗄れ声が響いた。

〈突然すまんな〉

「お気遣い無用です」

〈この前、新時代のネタをくれたよな〉

「ええ」

〈また尋ねることは可能か？〉

電話口の磯田の声は限りなく低い。

「失礼ながら大臣、どういう趣旨でしょうか？」

古賀が尋ねると、磯田が咳払いした。

〈本来なら俺が心配することじゃねえんだが、ちょっと気になってな〉

磯田の口ぶりから、古賀は意図を察した。

「本石町ですね？」

〈そうだ。財務省はここ数年、なんども新時代に叩かれた〉

「その通りですね」

〈奴らがたった一回で報道をやめるはずがない、俺はそう睨んでいる〉

「なるほど……」

〈なるほどじゃねえよ。だから俺がこうして頭を下げている。新時代が副総裁絡みの続報を出すのかどうか、その辺りの感触を探りたい〉

　磯田がずばり切り込んできた。

　月刊言論構想の池内はどうか。いや、貸し借りの関係を作りたくない。

「大臣、申し訳ありません。前回の情報は偶然の産物でした。今回、こちら側から探りを入れれば、我々の関係も相手側に伝わるリスクが高いかと」

　古賀が説明すると、電話口で磯田が嘆息した。

〈そうか、古賀がそう言うなら無理は言えねえな。わかった、他を当たってみる。なにか情報が入ったら連絡をくれ〉

　一方的に告げると、磯田が電話を切った。嬉々としてチーズケーキにフォークを入れる南雲の横顔を遠くに見ながら、古賀は考え込んだ。

4

地下一階の社員食堂で池内が日替わりの唐揚げ定食を食べ始めたとき、長テーブルに小松と新時代の高津がそれぞれトレイを持って現れた。

「元気ですか？」

ざるそば定食を手にした小松が声をかけると、カツ丼のトレイを携えた高津が頷いた。二人は池内の横、一人分の席を空けて向かい合って座った。

社員食堂は昭和の雰囲気を残すレトロな白テーブルが二〇脚ほどあり、七〇名ほどが同時に食事できる。二人の編集長のほか、総務や経理、システムや営業担当の社員たちも思い思いの席に着き、好みのメニューを味わっている。

二人に軽く会釈したのち、池内はスマホを取り出し、主要ニュースを載せるサイトに目をやった。新旧の上司が近くにいる。仕事をこなしていないだけに居心地が悪い。二人の編集長は互いの子供の進学や名物カメラマンの話で軽口を叩いたあと、食事を摂り始めた。

池内は付け合わせのキャベツに大量のドレッシングをかけ、口に運んだ。

「アレ、大手柄でしたね」

そば湯を猪口に注ぎながら、小松が小声で言った。

「おかげさまで。筋の良いルートでして」

カツ丼と格闘しながら、高津が応じる。

「この際、首を取ってやりますよ」

高津が言った。紙ナプキンを取りながら小松の表情をうかがうと、鷹揚に笑っている。かつて二人は、週刊新時代で苦楽を共にした。多くを語らずとも、高津がどの程度相手を追い込んでいるか、小松は手の内がわかる。

池内は丼の白米もかき込んだ。この場に日銀の広報課長がいたら、絶句するどころか、床にひっくり返るだろう。首を取るとは、瀬戸口副総裁のことに他ならない。

「弛緩した組織は隙だらけです。食べ残しのないようにしてくださいね」

小松が丁寧な口調で告げると、高津が満面の笑みで返すのが横目でわかった。これが数々のスクープをものにした強者の凄みだ。口いっぱいに含んだ白米を流し込むため、池内は味噌汁の椀を手に持った。唐揚げは大好きな一皿だが、とても味わう余裕などない。

「それじゃ、お先に」

空いた丼をトレイに載せ、高津が先に席を立った。池内は紙ナプキンで口元を拭い、空いた丼や皿をトレイに重ねた。

「池内君、いいですか」

同じように皿を片付け始めた小松が言った。頷き返すと同時に、小松が先ほどまで高津がいた席を目で指した。

「なんでしょうか?」

池内は声を潜めた。

「例の件はどうなっていますか?」

口元に笑みを浮かべながら、小松が言った。

「近いうちに仙台の友人が上京します。その際、私も彼の事務所に行き、友人の家業の再建について話を聞きます。その過程は漏れなく記事にします」

「その調子で進めてください」

池内が腰を浮かせかけると、小松が小さく首を振った。

「彼をつぶさに観察することも忘れないように。口癖や仕草の一つ一つが人となりを示すネタになります」

小松の声は穏やかだが、有無を言わさぬ圧力がある。

「しかし、スパイのようなやり方は……」

「君はまだ他の記者やライターのようにスレていません。言い換えれば、相手に警戒心を与えない稀有(けう)な存在です。機会をみて、過去に手掛けた案件を聞き出すのです。

坂口君のメモやらデータは全て渡します。それらが裏付けとなり、昭和から続く金融の裏面史が判明します」

一方的に告げると、小松がトレイを手に席を立った。

勝木の一件は地銀業界の疲弊ぶりを如実に表す格好のテーマだ。下手な原稿でも、最後までルポを続ける自信がある。だが、そこに古賀の件も重なると、言いようのない重圧を感じる。

経済界の悪人として、小松は古賀を組板(まないた)に載せるよう命じた。言論構想社に所属する記者として命令は絶対だ。

勝木の上京は3日後に迫っている。それまでに腹を据えることはできるのか。

「なにを考え込んでいる?」

突然、目の前に大盛りのナポリタンを携えた副編集長の布施が現れた。

「取材の段取りです」

「大ネタを頼むぞ。小松さんから聞いたが、地銀関係のテーマがあるそうじゃないか」

正面の席に腰を下ろすなり、布施が言った。

「なんとかモノになりそうです」

池内は勝木の家業の再建話と日本の超低金利政策の弊害について、かいつまんで取材成果を話した。

「最初が肝心だ。いつかこんな風に世間を驚かすネタを持ってこいよ」

布施が周囲を見回したのち、胸ポケットからスマホを取り出した。

「なんですか？」

「残念ながらウチのネタじゃないが……」

もう一度周囲をチェックしたあと、布施がスマホを池内に向けた。目を凝らすと、新時代のゲラ刷りで、〈初校〉の印影が画面の隅にある。

〈日銀の内部調査はザル！　副総裁と人妻秘書の禁断愛はホンモノ！〉

扇情的な見出しが目に飛び込む。高津編集長らスタッフは、ネタを小出しにして、日銀のメンツを粉々にする作戦を組んでいた。布施が画面をスクロールする。

〈先輩後輩の間柄は全くの嘘！　副総裁の熱烈メッセージ〉

池内は顔をしかめながら見出しを追った。タイミングを合わせる形で布施が画面をスクロールし、写真を拡大表示させた。

〈今日は高い精力剤をたっぷり補給　寝かせないぞ〉

無料通信アプリの画面コピーだ。メッセージの末尾には、筋骨隆々の男のイラストスタンプ、そして新宿の精力剤専門店の店頭写真が添付されている。

「以前、人気女性シンガーとイケメン俳優の不倫があったのを覚えているか？」

布施が声を潜めた。長期的な部数減少を辿っていた新時代が盛り返しのきっかけを作った四年前の大スクープだった。

女性シンガーは大物映画監督の妻でありながら、独身の年下俳優と恋愛関係になった。二人は無料通信アプリで連絡を取り合い、頻繁に甘い言葉を交わしていた。だが、浮気を疑った監督の関係者らが監視アプリを駆使して二人のやりとりを完全モニターし、新時代編集部に持ち込んだ。

「いい年こいた大人がなにをしようと勝手だが、やっぱりスマホは怖いよな」

自らの端末を手元に引き寄せた布施が言った。怖いと言いつつ満面の笑みだ。

「同じような監視アプリで日銀の二人の証拠が？」

「メッセージのやり取りだけでなく、決定的な音声や動画も入手したらしいぞ」

新時代はここ数年、ネット戦略を強化している。

「日銀は二人の関係を公式に否定したから、おそらく副総裁は……」

親指を立てた布施が、プロレスラーの決めポーズのように首を掻き切るマネをした。

「この記事が出れば日銀執行部の一角が崩れる。マーケットが荒れるかもしれん。そうなれば経済担当の出番だ」

ナポリタンにタバスコをたっぷり振りかけ、布施が言った。

「辞任、いや解任だな」

エリート然としたすまし顔の副総裁の表情が歪むのは確実だ。市場が荒れれば、企業への影響も出てくる。その先には池内のような個人もいる。

新時代発のスクープ第二弾が己の取材分野にどう影響するのか、池内は腕を組みながら考えを巡らせた。

5

「改めまして、全社員、そしてその家族たちを代表してお礼を申しあげます」

日本橋の首都高下の運河が見える小さな座敷で、勝木が座卓に両手をつき、深く頭を下げた。

池内は左隣の勝木を見たあと、小さな床の間を背にした古賀に目を向けた。古賀は眉根を寄せ、戸惑っている。

「頭を上げてください。私にもNPOにも大きなメリットがあると見込んだからです。なにもタダで御社にお金を融通したわけではありません。あくまで正当な商取引の一環ですよ」

「そんなことを言われても、今日明日にでも会社を畳む、人手に渡るかもと思案していたときに救いの手を差し伸べてもらいました」

顔を上げた勝木の両目が真っ赤に充血していた。

「こちらこそ、よろしくお願いしますよ」

古賀が瓶ビールを差し出すと、勝木が小さなタンブラーを両手で持った。

「ありがとうございます」

池内も古賀に頭を下げた。

「池内さんもどうぞ」

勝木のタンブラーを満たしたあと、古賀が瓶を池内に向けた。

「仕事中なので一杯だけ」

ビールが注がれたあと、池内はタンブラーを目の高さに掲げ、小さく乾杯と告げた。二人も応じる。

日本橋小網町にある老舗鰻屋(うなぎや)の二階、古い調度品が丁寧に磨き上げられた小部屋で、勝木の実家であるビクトリーウッドの再出発を祝う小宴を池内が主導して開催した。

勝木の会社は、古賀の口利きでメガバンクの都内の支店から二億円の運転資金を借り入れた。今後は不採算事業を売却し、日本酒に特化したビジネスを展開することが正式に決まった。

社内に一〇名在籍する利き酒師たちと連携し、古賀が見つけた若い杜氏らを世に送り出す。同時に、小規模な蔵に対して勝木の会社が設備をレンタルし、運搬や貯蔵に関する助言業務も行う。

「さあ、せっかくの鰻重（うなじゅう）です。冷めないうちにいただきましょう」

古賀の言葉を合図に、三人は重箱の蓋を開けた。

「うめえなあ」

忙しなく箸を動かしながら、勝木が呟く。一〇日ほど前、仙台の親友は失意のどん底にいたが、古賀の支援を受け、見違えるように顔色が良くなり、食欲も回復したようだ。

「これから忙しくなるんだから、しっかり食っておけよ。それに深酒は厳禁だ」

「ああ、酒問屋が酒に溺れたら洒落（しゃれ）にならん」

勝木の口からいつものように軽口が飛び出した。池内とのやりとりを古賀は時折目を細めて見ている。

鰻重を平らげたあと、小一時間ほど勝木と古賀は今後の事業方針について確認した。池内は急須の茶を取り替えながら、やりとりに聞き入った。

日本酒を愛するスポーツ選手や作家などを集め、新酒のお披露目会を開催する、海外の著名人に試飲してもらう等々、勝木と古賀の口から相次いでアイディアが飛び出した。

「そろそろ東京駅に向かわないと」

腕時計を一瞥した勝木が切り出した。不採算だった自販機事業の売却に向け、仙台市内のホテルで買い手候補の数社と面談するのだという。

「それでは失礼します。またすぐにメールでプランの相談をお願いします」

コートと鞄をひったくるように取り上げると、勝木が頭を下げて座敷から出ていった。

「騒々しい奴ですみません」

「とんでもない。頭の回転が速いから経営者としてもっと成長しますよ」

湯飲み茶碗を座卓に置き、古賀が笑みを浮かべた。

「私からも改めて礼を言います。ありがとうございました」

池内が頭を下げると、古賀が顔をしかめた。

「なんども言わせないでください。私の方がメリットの大きな取引ですから」

古賀は女将（おかみ）が出してくれたデザートの生菓子を食べ、真面目な顔で言った。

「あの、お願いがあるのですが」

池内が切り出すと、古賀が首を傾げた。

「勝木の家業の一件、記事にしたいと思っています」

「それは良いアイディアです」

「古賀さんがおっしゃったステージ四の言葉がきっかけです」

「そんなつもりで言ったわけではありませんよ」

古賀の言葉に池内は首を振る。

「地銀業界、いや日本の銀行界がマイナス金利で苦しんでいることを知りませんでした。しかも、友人が犠牲になってしまいました」

千葉のことを話すと、古賀が唇を噛んだ。

「銀行員の先には勝木のような経営者がいて、どちらも行き場を失っていました。タイミングが悪ければ、勝木も千葉と同じようなことになっていたかもしれません」

「しかし、勝木さんは生き返った。会社も再生します。その過程を月刊言論構想のような媒体で取り上げれば、読者に与えるインパクトは大きいはずです」

もう一度礼を言ったあと、池内は古賀の顔を凝視した。同時に、小松から背中を押されているような錯覚を覚える。

「記事の中で、古賀さんの存在は不可欠です」

池内の言葉に古賀が強く首を振った。

「あくまで黒子です。金融コンサルタントは出しゃばってはいけない商売です」

古賀は穏やかな表情で告げたが、その声音は存外に力強かった。

「あの……」

「なんです？」

古賀が穏やかな顔で訊き返す。

三田電機の粉飾決算に手を貸したのか、芦原首相お気に入りの掃除屋との異名は本物か。喉元まで出かけた言葉が、胸の中で詰まる。

「せめてコールプランニングという事務所のお名前を掲載できませんか？」

「ご勘弁ください」

口元の笑みは絶やさないが、古賀の両目は冷たく光っていた。

「では、なんらかの方法で優秀な仲介人がいたと触れさせていただきます」

物静かな分だけ、発する言葉の一つ一つに重みがあり、強い圧を持っている。掃除屋、フィクサー……本来尋ねるべき内容を切り出せない。

こんなとき、布施はどうするのか。あるいは新時代の高津はいかに相手の胸元に切り込むのか。

「どうされました？」

黙っていると、古賀が口を開いた。

「いえ、なんでもありません……」

心の内側を見透かされたようで戸惑っていると、座卓の上のスマホが鈍い音を立てて震えた。液晶画面には男の名前が点灯中だ。

「ちょっと失礼します」

古賀に断ると、池内は腰を上げて障子戸を開けた。狭い廊下に出て、一階に続く階段の辺りまで歩く。

「お待たせしました、池内です」

〈悪いな、少しだけ話せるかい？〉

耳元で酒灼けした声が響いた。

「もちろんです、河田さん」

懇切丁寧にレクチャーを開き、知恵を授けてくれた恩人だ。

〈新時代は続報用意してるんだろ？〉

なんども聞いてきたダミ声に凄みが加わっていた。池内は思わず唾を飲み込んだ。

6

〈ちょっと待ってくださいよ〉

薄い障子戸を隔てて、廊下の隅から池内のくぐもった声が聞こえる。一人になった小さな座敷で古賀は緑茶を飲み干した。

ほんの一分前、池内に電話が入った。覗くつもりはなかったが、スマホの液晶画面には〈河田雄二〉の名前が点灯した。

池内は礼儀正しい青年だ。古賀を差し置いて電話に反応するということは、重要な相手を意味する。

古賀は目を閉じ、記憶を辿る。すると、月刊言論構想や他の週刊経済誌の特集ページ、そして新書の表紙がいくつも浮かんだ。

河田雄二……丸顔で団子鼻、無精髭がトレードマークのフリージャーナリストだ。

〈新時代の最新号……〉

再度、池内の低い声が廊下から漏れ聞こえた瞬間、合点がいった。

〈奴らがたった一回で報道をやめるはずがない、俺はそう睨んでいる〉

不機嫌な磯田の嗄れ声も耳の奥で響く。

磯田が気にしていたように、フリーの大物記者も新時代の続報を気にかけている、そう考えるのが妥当だ。

〈ですから、俺の立場でなにも言えないのはご存知でしょう〉

池内の声に力がこもり始めた。老練な記者が矢継ぎ早に尋ねているのだ。

〈否定も肯定もできません。河田さんに恩義があるのは重々承知していますし、忘れたことはありません。でも、それとこれとは別問題です〉

池内が早口でまくしたてる。否定も肯定もしない……河田の問い合わせの中身は明白だ。

廊下から池内のため息が聞こえた。直後、大股で座敷に戻る足音が響く。

「大変失礼しました」

障子戸を乱暴に閉めたあと、池内が目の前に腰を下ろした。

「大切なお仕事なら、私に構わずお続けください」

座卓の脇に置かれた勘定札を引き寄せ、古賀は言った。

「私とは関係ないのですが。すみません、これ以上はちょっと申し上げられないのです」

肩をすくめ、池内が言った。

「勘定は私がします。勝木からお金を預かっていますので」

背広のポケットから茶封筒を取り出し、池内が言った。

「お気遣いありがとうございます。では次回は私が」

〈二階・牡丹〉と書かれた竹製の勘定札を古賀は池内に手渡した。

「下で先に会計を済ませてきます。今しばしお待ちください」

勘定札を手に、池内が再び座敷を後にした。

階段を下る足音を聞きながら、古賀は腕を組んだ。河田から入った問い合わせは、週刊新時代のスクープ第二弾についてだ。

池内の反応から判断するに、新時代は確実に副総裁を追及する新たなネタを持っていて、掲載に踏み切る。

古賀は、背広からスマホを取り出し、メールを打ち始めた。

〈例の件、やはり第二弾が掲載されます〉

短いメッセージを打ち込み、送信ボタンを押す。次の瞬間、古賀は大きく息を吐き出した。

副総裁に関する続報がどのような内容かは不明だ。しかし、新時代という媒体が掲載する以上、中身は濃いに違いない。公式に不倫疑惑を否定した日銀の顔に泥を塗ることになる。

〈すぐ大臣に伝えます〉

テーブルに置いたスマホに返信が入った。長年磯田に仕える私設秘書は、即座に反応した。

古賀はスマホを取り上げ、さらにメッセージを打ち込む。

〈おそらく続報は言い逃れできない内容が掲載されます〉

矢継ぎ早にメッセージを送り返す。

「お待たせしました」

突然障子戸が開き、池内が戻ってきた。古賀はスマホを背広のポケットに入れ、笑みを浮かべた。

「それではお言葉に甘えて。ご馳走様でしたと勝木さんにお伝えください」

「承知しました。古賀さん、よろしければ近所でコーヒーでもいかがですか？」

池内が快活な声で告げる。

「急ぎの用ができましたのでこれから神保町の事務所に戻ります」

「そうですか。ではまた今度、記事の進め方についてご相談させてください」

「もちろんです。貧乏暇なしで、急ぎの助言業務です」

苦笑いすると、目の前の池内が愛想笑いを浮かべていた。

7

「テロや大災害でもない限り、日本の景気は緩やかな成長基調が持続すると思います」

髪を七三に分けた中年男性がプレゼンソフトの最終ページを閉じた。

「丁寧なご説明、ありがとうございました」

池内の言葉に欧州系投資銀行、バークシャー証券東京支店エコノミストの富樫浩一（とがしこういち）が頷いた。

「ご質問があれば、なんなりと」

池内は手元の取材ノートを一瞥した。企画担当のデスクから与えられたメモがある。

「年間のドル円相場と平均株価、それぞれの想定レートを教えてください」

「米大統領選挙や米中貿易摩擦の落とし所等々を勘案して、一ドル＝一〇五円から一一二、三円程度と予想して……」

新時代の続報が出たら、日銀は大混乱に陥るだろう。それは経済にも何がしかの影響を及ぼすのだろうか。

「長期金利の動向については、現状とほとんど変わりないと想定しております。日銀の金融政策はこれ以上の緩和は無理で効果はゼロに等しいですし、引き締め方向にはもっと動けません」

良く通る富樫の声で池内は我に返り、慌てて取材ノートの空欄を埋めた。

「次号の特集で富樫さんのご意見と市場予測を誌面に反映させていただきます」

ノートを閉じ、富樫に頭を下げた。

「本来なら、ベテランのライターが取材にうかがうはずだったのですが、お子さんがインフルエンザになり、急遽（きゅうきょ）ピンチヒッターとして取材させてもらいました。不慣れな記者で申し訳ありません」

池内は礼を言い、取材ノートとペン、ＩＣレコーダーを鞄に入れた。

昨日の夜、編集部で副編集長の布施に代打を頼まれた。池内が異動する前から入っていたアポだった。

丁寧に専門家の話を聞き、まとめ役のアンカーライターにメモを提出すれば良い。経済の基礎知識のおさらいができ、かつ今後のネタ元になってもらえるかもしれないと考え、池内は取材に来た。

「あの……」

突然、富樫が声を潜めた。顔を上げると、富樫が愛想笑いを浮かべている。

「なんでしょうか？」

「池内さんはずっと月刊誌に在籍していらっしゃるのですか？」

「いえ、つい先日まで営業部におりました」

「営業の前は？」

「週刊新時代にいましたけど」

「大変つかぬことをうかがいますが……」

高級スーツを着こなし、エリート金融マン然としていた富樫の表情が一変した。家電量販店のスタッフが値の張る商品を売り付けようと、客に媚(こ)びるかのような眼差(まなざ)しだ。

「新時代には今もお知り合いがいらっしゃいますか？」

「編集長は新人時代の鬼デスクですし、ほかにも何人か記者やライターの知り合いがいます」

自ら発した言葉で池内は我に返り、腰をかけ直した。

「例の一件、続報はあるのでしょうか？」

池内は内心、やはりきたか、と思った。

「日銀のスキャンダルに関し私は部外者です。新時代は情報管理が徹底していますので、次にどのようなネタが飛び出すかは、編集部のごく一部の人間にしかわかりません」

「金融市場で続報があるとの観測が広がっております」

富樫は今にも揉み手を始めそうだった。強く首を振り、池内は口を開いた。

「本当になにも知らないのです。ご容赦ください」

池内が言うと、気の毒なほど富樫が肩を落とした。

「記事が出た直後、市場の動きをモニターしてみましたが、外為や株式市場に大きな動きはありませんでした」

池内の言葉に富樫が首を振った。

「たしかに混乱はありませんでした。しかし、新時代さんがもっと大きなネタを出すのであれば、混乱の引き金になるかもしれません」

富樫がノートパソコンに触れた。

先ほどまで内外の景気動向や米大統領選挙の行方を分析していた壁のスクリーンに、別の写真が表示された。池内は目を凝らした。九人の顔写真が横線上に貼られている。

「これは日銀の政策委員会メンバーの立ち位置を示しています」

伸縮型のボールペンを使い、富樫がスクリーンを指した。直線の左端には〈リフレ派〉、右端には〈財政均衡派〉と記されている。

「以前、経済専門誌や外資系通信社の特集で同じような図を目にした覚えがあります」

池内が答えると、満足げに富樫が頷いた。

「先に新時代がスクープした瀬戸口副総裁はここにいます。リフレ派の等頭です」

ボールペンの先で、富樫が細面の男を指した。九人の中で最も左の位置にいる。

瀬戸口副総裁の少し右には眼鏡の中年男性二人の写真がある。それぞれには審議委員の肩書きと個人名があった。二人はタテに重なる形で配置されているので、金融緩和に対し同程度の姿勢ということだろう。

「瀬戸口副総裁と他の二名の審議委員は、更なる金融緩和に積極的な姿勢を示しています」

説明を聞きながら、池内は編集部で予習した事柄を思い起こした。

この三名、いわゆるリフレ派は〈中央銀行が世の中に直接的に供給するお金を増やせば物価が上がり、これによってデフレが終わる〉〈インフレ期待を高めることが最も重要〉という説をとる学者や政策当局者を指す。

池内は図の中で赤間総裁の顔を探した。芦原総理の肝いりで二期目に入った総裁の顔はこの三名のグループより中央寄りだが、それでも左側だ。リフレには理解を示すということだろう。

リフレ派の代表格の三人、そして赤間総裁で四人……あとのメンバーの顔をチェックしたとき、富樫の真意を理解した。

「わかっていただけましたか……」

池内の顔を見ながら、富樫が眉根を寄せていた。

8

伸縮型のボールペンで富樫が再度顔写真を指した。

「私が言いたかったのは、こういうことです」

ボールペンは赤間の右横に位置する、額が後退した中年太りの男の顔写真を指していた。

「雪村副総裁は総裁をフォローする立場ですから、緩和には積極的なスタンスです。しかし日銀プロパーらしく財政の均衡も意識されています」

雪村副総裁の顔写真の下には右向きの矢印が添えられていた。

「雪村さんは緩和推進の立場ですが、財政ファイナンスだとの批判を考慮しているのか、最近はより財政均衡派に近づいています」

富樫は横線の中央を指した。

「さて、ペンの左には何人いますか？」

「五人ですね……」

池内の答えに富樫が頷く。

「そうなると……」

池内はペンの右側を見た。男女四名の顔写真がある。

こちらは一群として配置されているので多少の程度の差こそあれ、財政均衡派として認知される面々なのだろう。

「彼らは、ここ数年のマイナス金利政策やリフレ派に異を唱え続けた、あるいは懐疑的な考えを持つ四名です」

民間金融機関やシンクタンク、学会や実業界出身の専門家たちだと富樫が付け加えた。

「現在の金融政策をさらに緩和方向へと考える、あるいはそれに準ずる一派が赤間総裁を始め、雪村副総裁、瀬戸口副総裁、それに民間出身の二名。合計で五名になります」

富樫が低い声で言った。となれば、九引く五で、反対意見を持つ審議委員は四名となる。

「仮定の話ですが、週刊新時代が瀬戸口さんに関する続報を出した場合、金融政策決定会合のバランスが微妙になるのです」

先ほどのプレゼンのときとは打って変わって、富樫の声が低くなった。

「ご存知かと思いますが、新時代の不倫疑惑報道の直後、日銀は正式にこれを否定するコメントを内外に発表しました」

「ええ、知っています」

日銀の政策委員会メンバーの顔写真が映るスクリーンに、小松と新時代の高津編集長の顔が割り込んだ錯覚にとらわれた。富樫が強い関心を示している新時代の続報は、すでにゲラになっている。

「新時代が二の矢、三の矢を放つと、日銀のメンツは丸潰れになります」

「そうでしょうね……」

心の底を悟られぬよう、池内は手元のノートに視線を落としながら答えた。

「瀬戸口さんはリフレ派の筆頭として官邸の強い後押しで副総裁に就任しました」

富樫がパソコンのキーボードに触れた。今まで日銀幹部の顔を映していたスクリーンが切り替わった。

〈当面の政治問題〉

スクリーンには、主要な全国紙や専門誌の切り抜きが現れた。

「私が顧客用にまとめたものです」

〈病院新設を巡る官邸の関与〉

〈首相主催・紅葉狩の夕べ招待客リスト問題〉

〈官僚人事で官邸が暗躍？　政権寄り高官の定年延長を法解釈でゴリ押し〉

スクリーンには、与党を鋭く批判する中央新報のストレート記事のほか、編集委員や政治部長らが記したコラムの見出しが並んだ。

「野党の力が落ちているとはいえ、首相のプッシュで副総裁になった方の疑惑報道が本当だったら……」

富樫が言葉を区切り、池内に鋭い視線を向けた。

「辞任は必至ではないでしょうか？」

「副総裁に就任するには、衆参両院の同意が必要です。芦原政権が長期化して以降、諸々弊害が生じている中で、瀬戸口氏が退任しても、新しい副総裁候補がすんなり承認されるかどうか」

　富樫がなんども政治記事の見出しをボールペンの先で叩いた。

「仮定の話ですが、もし瀬戸口副総裁が辞任した場合、金融政策決定会合はどうなるのでしょうか？」

　池内が尋ねると、富樫がすぐに答えた。

「空席のまま開催されるでしょう」

「あの、先ほどの図によれば、リフレ派とそうでない考えの委員たちの数が拮抗しているんですよね？　そもそももう一人の副総裁の雪村さんには則政均衡の力も及んでいましたし……」

「ここ数回の決定会合では、大きく意見が割れるようなことはありませんでした。マイナス金利、国債やETFの買い入れ額の増減等々……大きな政策変更を伴うものがありませんでしたからね。しかし、瀬戸口総裁の後任が不在のままなら力関係も変わります。今後どうなるかわかりません」

　富樫の言葉を池内は手元のノートに書き留めた。

　赤間総裁が就任して以降、物価上昇率が二％になるまでは大胆な金融緩和を続けるとの方針で政府と日銀は一体となって政策を運営してきた。

　だが六年以上経過しても、物価は一向に上がる気配がなく、日銀の緩和政策の弊害ばかりが生じている。

亡くなった千葉、そして家業が追い込まれた勝木……。池内の身近なところにも、日銀の政策の副作用が及んでいた。

「ダメ元でお願いします。副総裁に関する続報の有無がわかりましたら、どうか教えてください」

富樫が深く頭を下げた。池内は渋々口を開いた。

「あまりお教えしたくはなかったのですが……」

思わせぶりな口調だったのか、顔を上げた富樫が両目を見開いた。

「勘違いしないでください。記事の存在は私の立場では知ることができません。ただ、ある手段ならばお教えできます」

富樫が前のめりになる。

「新時代には定期的に広告を出稿されるクライアントが何社もあります。例えば……」

池内は大手自動車会社や製薬会社、食品会社の個別名を挙げた。富樫がスマホを取り出し、猛烈な速さでメモを打ち込む。

書店や駅の売店、コンビニの店頭に並ぶ前日、週刊新時代はすでに大口のクライアントのもとへ広告掲載誌という体裁で送付される。週刊誌の売り上げも大事だが、安定的に取材経費を賄ってくれる大口広告主への配慮も重要だからだ。

「そうか、個別企業担当のアナリストに依頼すれば、どこかの会社がこっそり中身を教えてくれるかもしれない、そういうことですね」

メモを打ち終えた富樫の顔に笑みが浮かんでいた。

「あまり他で話さないでください。そして、アイディアを授けたのが言論構想社の人間であることもどうかご内密に」

「もちろんです。これで他の市場関係者に先んじることができます」

富樫の言葉に池内は苦笑いした。

近い将来、瀬戸口副総裁のキャリアが潰(つい)える公算は大きい。後任の副総裁は誰になるのか。そして人事はすんなりと国会で同意されるのか。池内は頭の中でいくつものシナリオを考え始めた。

9

「わずかばかりですが、イベントの協賛金です」

神保町の事務所で、南雲が茶封筒をテーブルに置いた。

「いつもありがとうございます。皆さんのご理解とご協力があってこその活動です」

古賀は膝に手をつけ、頭を下げた。

「そんな大げさな額ではありませんよ」

顔を上げると、南雲が笑っていた。古賀は南雲に断り、封筒を開けた。現金で一五万円入っている。

ソファから腰を上げ、仕事机の引き出しを開ける。コールプランニングではなく、支援しているNPOの名が印刷された領収証を取り出すと、印を押した。

伝統工芸の若手職人や経営者を支援するプロジェクトの一環として、若き杜氏たちを支援するプログラムの検討を始めた直後、池内が仙台の勝木社長を紹介してくれた。大量生産が不可能な希少な新酒を、価値のわかる料理人やレストランに届ける計画を練り始めたと南雲に電話で明かすと、さっそく駆けつけてくれた。

二カ月後、都内のフレンチレストランで五つの蔵の新酒発表会を開く。日本酒好きとして名が知れた元人気サッカー選手や、海外でも有名な女優らが手弁当で駆けつける。南雲のシンクタンクからの寄付は後援費の一部に充当される。

「寄付金控除もできますので、御社の経理スタッフにお伝えください」

白い封筒に領収証を入れ、南雲に手渡した。

「もう少しだけ、お邪魔していてもかまいませんか？」

南雲が大らかな声で言った。反面、両目は笑っていない。

寄付にかこつけて多忙なシンクタンクのリサーチ本部長がわざわざ乗り込んできたのには、理由があるようだ。

「では、出前でコーヒーをオーダーします。オリジナルブレンドでよろしいですか？」

「恐縮です」

南雲が安堵の息を吐いた。近所の馴染みの喫茶店に電話をかけながら観察すると、左足がかすかに貧乏ゆすりを始めていた。

「一五分程度で昔ながらのブレンドが届きます」

スマホを応接テーブルに置き、古賀は南雲の対面に腰を下ろした。

「実はですね、日銀の後輩が苦労していましてね」

南雲は日銀に国会担当のセクションがあると告げた。二〇年以上前に日銀法が改正され、政府からの独立性が担保された結果、国会内に連絡事務所を設け、渉外課長や局長級のポストである審議役が与野党議員を回り、日銀の運営や各種政策に関する説明を行っているという。

「国会担当の審議役はかつての直属の部下ですが、例のスクープ以降、与野党の議員(センセイ)へのご説明に追われています」

南雲がブリーフケースから先週発売の新時代を取り出し、テーブルに載せた。

「しかし、日銀はやましいことはないと公式にリリースを行いましたよね」

「あれで納得してくれる議員が少ないようでしてね」

南雲が顔をしかめた。次第に南雲のハラがわかってきた。

「新時代の続報を気になさっておられるのですか？」

古賀が切り込むと、南雲は頷いた。

「新時代のネタ元は、現執行部に強い不信感を持つ日銀のＯＢの方々だったのでは？」

「正確に誰が首謀者なのかは私も知りません」

「では、なぜ続報が気になるのですか？」

「コレです」

南雲が右の親指を立て、くいくいと動かした。

「私の上役をはじめ、かつての日銀のプリンスたちがごそごそ動き始めたのです」

「意味がわかりません」

古賀は首を振った。

「新時代がぐうの音も出ないような続報を放てば、あとはドミノです」

南雲の声のトーンが低くなった。

「副総裁がお辞めになり、後任としてどなたかがポストに就かれる、そういうことでしょうか？」

かつて、南雲から聞いた話が蘇った。

財務省など主要官庁と同じく、日銀も局長や審議役、その上の理事や副総裁とポストが上がっていくにつれ、同期の他のエリートたちが組織を離れる。目の前にいる南雲もかつては理事への昇進が確実、副総裁の芽もあるとされてきた逸材だ。

南雲の親指が示すのは、やはり理事まで上り詰めた人物で、総裁候補とみなされてきた有力ＯＢ、シンクタンクの理事長だろう。

「ポスト瀬戸口の人選が始まっているのですか？」

南雲がゆっくり頷いた。

「しかし、日銀プロパーの雪村副総裁がいらっしゃいます。ＯＢから選んだのでは、バランスが取れないのではありませんか？」

「例の情報をリークした人たちは、さらに物騒なことを考えているようです」

「物騒とは？」

「雪村の首も取る、そんな風に息巻いている人がいるとかいないとか……」

南雲が眉根を寄せた。

「雪村さんは関係ないのでは？」

「内部調査を統括した責任を取らせるというシナリオです。赤間総裁の暴走に歯止めをかけることができなかった戦犯だという人までいます」

南雲の話を聞き、古賀はため息を吐いた。

「一度こういう事態が起きると、人事を巡ってありとあらゆる思惑が錯綜し、大物と呼ばれる人たちが嬉々として動き出す、それが官僚や中銀マンの習性です」

南雲の唇が歪んだ。

「こういう策略めいたことが多々起きるので、私はさっさと日銀の出世の梯子から降りたのです」

「南雲さんも後継候補に？」

「ウチのボスが推している、そんな噂も耳に入ってきましたがとんでもない話です。私ごときが副総裁として復帰しても、やれることはなに一つありません」

赤間総裁が鳴り物入りで日銀に入り、赤間レーザービームと称した大規模金融緩和策を打ち出したが、今も経済は上向かない。リフレ派の急先鋒の瀬戸口を追い落としても無駄だと南雲は言っている。

「ノー・イグジットの政策運営なんて、一〇億円のボーナスを積まれてもやりたくない、それが本音です。誰がどうやっても、日銀だけで出口を見出すのは不可能です」

南雲の口から飛び出したノー・イグジットという言葉が耳の奥で反響した。同時に、金融庁の若き官僚江沢に託した自らの言葉も蘇る。

リーマン・ショック級の惨事が世界の金融市場を襲うときがあるかもしれない……

誰も想定していない事態により、金融が混乱し、それが世界中の人々の暮らしを直撃する。

「日銀だけでは不可能ですか……」

「ええ、絶対に日銀だけでは無理ですね」

南雲が即答した。

瀬戸口が退任を迫られ、日銀ＯＢ、または学者、民間銀行出身者かもしれない。いずれにせよ誰かが新たに副総裁に就任する。しかし、首をすげ替えただけでは事態は好転しない。

古賀が考え込んだとき、テーブルに置いたスマホが鈍い音を立てて振動した。南雲に断ってスマホを取り上げると、経済や市況の異変を伝える短文ニュースの見出しが目に入った。

10

外資系通信社の速報サービスのアプリに、新着ニュースの星印が点滅していた。

〈米民主党、ブラウン候補が大躍進　世論調査でもスペンサー大統領と支持率拮抗〉

古賀はスマホの画面を南雲に向けた。その途端、南雲の顔が曇る。

「ブラウンですか……」

米民主党は、全米の支持率で共和党の現職スペンサー大統領に大きく水を開けられていた。史上初のアフリカ系大統領が二期八年の任期を終えたあと、民主党は後継候補が乱立した。党内の路線対立で混乱が際立ち、有権者の支持離れが顕著になっていた。

だがここ数週間、スペンサー大統領の三年間の政権運営で急激に経済格差が広がったため、これを是正しようと立ち上がったブラウン候補が他の候補たちから頭ひとつ抜け出した。ブラウンは前副大統領であり、実績、能力は申し分ない。古賀は記事を追った。

「このままいけば、ブラウン候補が民主党の大統領候補に選出され、来年一一月の本選でスペンサーと対決することになります」

古賀が告げたとき、テーブルに置いたスマホが再度震えた。南雲に目で合図したあと、古賀はスマホを取り上げる。

〈新型ウイルス、中国武漢(ぶかん)で発生か〉

「少し気になるニュースですね。SARS騒動を思い出します」

古賀が画面を見せると、南雲が眉根を寄せた。

「ウチの親会社も当該地域にいくつか工場があります。自動車や半導体……日本企業の社員が数万人規模で暮らしています」

「日本で生産しているクルマも、中国で作った部品を使用しているとか……調達が滞れば、景気全体の足を引っ張ることになりかねない」

古賀の言葉に南雲が頷いた。

「国外に感染が広がらなければいいのですが……」

南雲がため息を吐いた。

万が一、世界中の製造業の生産基地になっている中国の経済活動が万が一ストップするようなことになれば、世界中で景気が冷え込んでしまう。南雲の言うように、超緩和策の出口どころか、日銀は更なる緩和を迫られる局面があるだろう。

以前、金融庁の江沢には、彼らの想定の甘さを説いた。新型ウィルスが世界中で流行したらどうなるか。

「まさか、そんなことは考えないよなぁ……」

突然、南雲が言った。

「なんですか？」

「中国が新型ウィルスで弱ったとき、スペンサーがどう反応するかを想像したのです」

古賀は首を傾げた。米中はここ一年に亘り、互いに関税をかけ合う泥沼の貿易戦争を繰り広げたあと、一旦休戦状態になった。

「先ほどブラウン候補が優勢だという報道があったばかりです。楽観していたスペンサーが焦ったとしたら……」

「どうなりますか？」

古賀が尋ねると、南雲が口を開いた。

「我々が考えもしない奇策を出したら？」

南雲の言葉を聞いた瞬間、背筋に悪寒が走った。

「まさか……」

「そのまさかを繰り返し、世界中を混乱に陥れたのがスペンサーです。数え上げたらきりがありません。そんなスペンサーが本選で苦戦するようなことになれば、有権者に受けの良い対中強硬路線が復活します。いや、彼ならやるでしょう」

「しかし、新型ウイルスで大混乱の相手にそんな……」

古賀が口籠もると、南雲が強く首を振った。

「彼は生き馬の目を抜く米国のビジネス界でのし上がった人物です。自分の利益になると判断すれば、溺れている犬でも躊躇せずに弾丸を撃ち込みます」

南雲の目は醒めていた。中央銀行マンとして、九〇年代末に同時多発的に発生した金融危機の修羅場をくぐってきただけに、スペンサーの得体のしれない不気味さを知っているのだ。

「日本はどうなります？」

「わかりません。日銀は人事問題でグラグラしそうですし、悪影響は計り知れません。まあ、まだ中国の感染状況は判然としませんし、杞憂に終わることを願いましょう」

南雲の低い声が、古賀の耳の奥で響き続けた。

第五章　撃発

1

「脇が甘いというか世間知らずというか、日銀の内部調査はザルだったわけですよね？」

「批判は甘んじて受けます。今後、内部管理をより徹底し、国民の信頼を早期に回復できるよう、一層努力して参ります」

日本橋本石町、日本銀行本店九階の会見場で、中央新報の日銀金融記者クラブキャップが声を荒らげた。半円形の机には、主要全国紙や内外の通信社、テレビ局のキャップが陣取り、円の内側にいる男を責め立てる。

瀬戸口副総裁の不倫疑惑報道から一ヵ月以上が経った。年が明け、世間が仕事始めで慌ただしく動きだした頃合いを見計るように新時代は第二弾を掲載した。昨日のことだ。前回の報道以上に注目を集めた。池内は記者クラブの幹事社・大和新聞の若手記者に許可を得て、雪村副総裁の緊急記者会見に参加した。

「赤間総裁の責任についてはどうお考えですか？」

中央新報の横に座る大和新聞のキャップが低い声で尋ねる。額に浮き出た汗をハンカチで拭いながら、雪村副総裁が手元の想定問答に目を落とし、マイクに向かう。

「組織内部の統括を行う私の問題でありまして、総裁にはなんの落ち度もありません」

「普通の企業ならば、社長の進退問題です。実際、日銀は一報のあと、公式に否定コメントを発表しましたが、あのリリースは我々メディアを茶化したものだったのですか？」

大和のキャップはなおも問い詰める。

「そんなつもりはありません、申し訳ありませんでした」

「我々メディアを欺いたのは、国民を騙したも同然です。総裁はどうお感じになられているのですか？　そもそもこの場にいらっしゃらないのは、どういう了見なのですか？」

大和のキャップの追及に、キャップ席後方にある一般記者席からもそうだと同調する怒声が巻き起こる。

「なぜ当事者の瀬戸口さんがこの場に来て説明をしないのですか？」

キャップ席の後方から苛立った声が上がった。

「ご案内のように、瀬戸口氏は心臓の弁に異常が見つかったため、昨夕都内の病院に緊急入院しました。これ以上の任務に耐えられない旨、医師の診断書が出たことから、ご家族が辞職願を提出されました」

「芸能人や政治家じゃあるまいし、そんな言い訳が通ると思っているのですか？」

記者の矢のような質問が続く。

「いえ、医師の診断書がありますので……」

「週刊新時代の報道で胸が苦しくなった、そう書けばよいですか？」

「いえ、その……」

「総裁は関係ないとおっしゃいましたが、それでは内部管理の責任者である雪村さん、あなたの出処進退は？」

「責任を痛感しておりますが、中央銀行の円滑な業務遂行のため、副総裁の職務をまっとうしたいと考えております」

「瀬戸口さんの後任選びはどうなっていますか？」

「現在、政府とも協議しておりまして、今しばしお時間を頂戴できればと思っております」

池内は取材ノートに会見のやりとりを刻み続け、時折雪村の表情を見た。額の汗は止まらず、顔全体が紅潮している。

会見にオブザーバー参加をする直前、日銀詰めの記者を通算八年務めた河田に電話でアドバイスを求めた。河田によれば、雪村は政策論争や内外の経済分析に関するレクや会見では淀みなく話すことができるエリート中のエリートだという。

しかし、入行直後から総裁候補として大切に育てられたため、世事に疎く、今回のようなスキャンダル対応では必ずぼろを出すと河田が予想していたが、実際の会見はそれを裏付けるものとなった。

週刊新時代編集部が報じた瀬戸口副総裁の不倫疑惑第二弾は、以前、小松と新時代の高津編集長が小声で言っていたように、完全なる作戦勝ちだった。

布施がゲラの中身の一部を教えてくれたが、実際の報道はさらに詳細で当事者が一切言い逃れできない内容だった。

〈職場を見下ろす愛のスイートルーム〉

第二弾の誌面では、新時代の契約記者で、堀田（ほった）というベテランが二人の宿泊場所となった部屋をわざわざ借り、高層階から日銀を見下ろしたショットまでグラビアで掲載する念の入れようだった。

写真も撮影した堀田によれば、日銀の就業時間が終わった直後から二人は密会していたようで、ルームサービスを取り、仕事場を見下ろす窓辺でカーテンを開け放ち、事に及んでいたことさえあったという。

「瀬戸口さんのお相手、つまり日銀職員の女性ですが、どのような処分を？」

会見場の窓際、雪村から見て右端にいた白髪頭の記者が尋ねた。

「秘書室勤務の職員ですが、一昨日、一身上の都合ということで退職願が提出され、これを受理いたしました」

雪村が想定問答を見ながら、言った。

「一昨日ということは、新時代の報道が漏れ聞こえてきたタイミングですよね。本人からの申し出ではなく、日銀が組織として彼女を辞めさせたのではありませんか？」

「いえ、そんなことはありません」

「では、なぜ一昨日だったのでしょう？」

白髪の記者は追及を止めない。

「一般職員の去就に関しては、お答えを差し控えたいと存じます」

「逃げるなよ、当事者だろうが！」

白髪の記者が声を荒らげると、雪村は唇を噛み、下を向いた。池内が見ていると、スーツ姿の女性が小さなメモ用紙を雪村の目の前に差し入れた。

言論構想社で新時代の高津に啖呵を切った女性の広報課長だった。髪は乱れ、目の下にクマを作っている。慣れない対応で神経をすり減らしたのだ。

「それでは、これで雪村副総裁の会見を終了します」

広報課長の声を合図に、大勢の記者が会見場の大きな扉を押し開け、出て行った。池内もＩＣレコーダーとノートを鞄にしまった。

「久しぶりだな」

突然、後方から肩を叩かれた。振り向くと、懐かしい顔があった。大学の同期で大和新聞の記者だ。

「宮田（みやた）じゃないか」

「後輩からおまえが来ているって聞いてな」

「オブザーバーだけど、参考になった」

「そもそもはおまえの会社のスクープだ。完全ノーマークだったよ」

宮田が肩をすくめ、項垂れながら退場する雪村や広報課長に目をやった。

「誰のタレコミだ？」

宮田が声を潜めた。池内は強く首を振った。いつも軽口を叩いていた同級生の横顔が強張っていた。

2

「宮田さんはお元気でしたか？」

大手町中心部にある最新のビジネスタワー一五階。日当たりの良い部屋で、日銀OBの南雲が朗らかに笑った。

「元気でした。元々は私と同じ落第寸前の劣等生だったのですが、柄にもなくサブキャップを務めておりました」

池内が答えると、南雲が革張りのソファを勧めた。広さは二〇畳ほど、モダンなデザインの執務机や応接セットが部屋の中心にあり、壁の書架には日銀や海外中銀が発行した統計に関する分厚い書籍、横文字の専門書が詰まっている。

宮田の紹介で、大手電機メーカー系列のシンクタンクに足を運んだ。良く通るバリトンの声、厚手のコーデュロイのジャケットにタートルネックのセーターというカジュアルないで立ちと相まって、人懐こそうな印象が強い。

「早速ですが今回の日銀の騒動について、忌憚のないご意見をお聞かせください」

池内は取材ノートを開き、脇にICレコーダーを置いた。目で録音可能かと尋ねると、南雲が頷いた。

「厳しい言い方ですが、外部から来られた方は中央銀行マンとしての矜持が足りなかったのかもしれませんね」

南雲が腕を組み、答えた。

「矜持を具体的に言うと？」

「中銀マンは、政治家や財務官僚に比べ表に出る機会が少ない裏方です。仕事は地味ですが、国民一人ひとりの生活を、物価や通貨価値の安定を通じて支えているという強いプライドがあります」

録音状態をチェックしつつ、池内は南雲の言葉をノートに書き込んだ。

「副総裁は衆参両院の同意を経て就くポストです。議員の皆さんの同意を得たということは、間接的に国民の負託を受けているのです。個人の行動をとやかく言いたくありませんが、ご自覚が足りなかったのでしょう」

南雲の口調は丁寧だが、言葉の一つ一つは厳しい。

「副総裁ポストが空きました。南雲さんが予想する次期副総裁はどなたでしょう？」

「私は任命権者ではないので……」

「雪村副総裁が生え抜きでいらっしゃいますので、やはり学界からの登用ということになるのでしょうか？」

日銀の緊急会見に出席する直前、組織図や歴代幹部の経歴をチェックした。かつては通信社の記者出身の副総裁もいたが、ほとんどは著名な学者がポストに就く。

「マクロ経済をご研究されている方々の中から、年齢や学界での評価を勘案すると……」

南雲は五名の学者の名を口にした。池内はそれぞれの名前をノートに書き込みながら、尋ねた。

「リフレ派、財政均衡派の内訳はどんな感じでしょうか？」

「ほお、お詳しいですね」

「取材前に資料と格闘しました」

池内はノートにクリップで留めた資料を開いた。瀬戸口前副総裁を含め、総裁と副総裁、残り六名の名前と顔写真が掲載されている。

「ソダーバーグ通信の記者が作った分布表ですね」

苦笑いしながら南雲がそれぞれの候補を分類した。

「勝手な予測ですが、官邸は瀬戸口さんと同じリフレを志向する方を推すと思います。政策の継続性が大事ですからね。そうなると……」

先ほど挙げた学者五名のうち、南雲は三名をピックアップした。

「お三方とも瀬戸口さんと同じリフレの考えをお持ちで、経歴的にも申し分ない方々です。他の専門家に取材されても、同じ候補が出てくると思いますよ」

「わかりました。我々月刊誌は後継候補を当てにいくのが本分ではありません。次期副総裁がリフレ派に決まるというのは、日銀の金融政策のスタンスは従来通りということでしょうか？」

「赤間総裁がいつも指摘されていますが、日本、あるいは我が国を取り巻く経済、金融情勢が急変した際は、いつでもさらなる緩和に踏み切る、その姿勢は新任の副総裁が加わられても変わらないでしょう。いや、変わりようがない」

　南雲がおどけてみせた。

「もう動きようがないという意味ですか？」

「マイナス金利を使ったときは、極めて評判が悪く、しかも効果がほとんどありませんでした。現執行部は非常時にはマイナス金利の深掘りを選択する旨を表明していますが、効果は期待できないでしょうね」

　南雲の言葉をノートに刻みつつ、池内は顔を上げた。

「南雲さんが副総裁になり、日銀に復帰されるというシナリオはないでしょうか？」

　池内の問いかけに、南雲が再度肩をすくめた。

「私はご覧のようにポンコツのOBです。マスコミは誰一人リストアップしないでしょう。それに、もう一人の副総裁には後輩の雪村君がいます。日銀出身者が二人同時で副総裁に就くことは現実問題としてあり得ないでしょう」

　南雲は淡々と話す。

「先般の会見では、雪村副総裁の責任を問う声が数多く上がりました。もし雪村さんも辞任するようなことになったら、いかがですか？」

「仮定の条件にお答えできません。これ以上の金融緩和は実質的に不可能、引き締めも無理となれば、私はなにもやることがありません」

　穏やかな口調は変わらないが、南雲の両目は据わっている。

「緩和、引き締め双方に動く余地があれば、副総裁になっても構わない、そういう意味でしょうか？」

　池内が言った途端、南雲が笑い出した。

「私は日銀を退職した身の上です。もう本石町へ戻るつもりはありませんよ。万が一……」

　南雲の言葉の途中で、背後の執務机から耳を刺激するブザーの音が響いた。

「失礼、なにか速報が入ったようです」

　南雲が席を立ち、机に向かった。

「内外のメディアで大きなニュースが入ったとき、自動的に知らせるようにセットしていましてね」

　デスクトップパソコンの大きなスクリーンを睨み、南雲が言った。視線はすでに見出しを追っている。穏やかだった南雲だが、眉間に深い皺が刻まれた。冷静な元日銀マンを驚かせたニュースの中身はなにか。池内はノートを閉じ、身構えた。

3

執務机の上で南雲が勢いよくキーボードを叩く音が響いたあと、パソコン脇のプリンターが動き始めた。

「お待たせしました。ソダーバーグ通信記者が重要なインタビューを配信しました」

机から応接セットに戻った南雲がプリントしたばかりの紙を池内に差し出した。

「ヘルマン証券本社のチーフエコノミストへのインタビューです」

経済担当を命じられて以降、日本実業新聞や経済専門誌の類いを読み漁った。その中で、世界中の金融商品の動向や各国政府や中央銀行、各種景気見通しなどで頻繁に名が出てくる老舗の米系証券会社だ。

〈日銀に巨大リスクが浮上〉

主見出しが目に入った。巨大リスク……付け焼き刃の知識では、リスクとは為替の変動や株式の変動率の高さなどが該当すると思ってきたが、日本の中央銀行そのものに〈リスク〉の文字が付いている。

〈副総裁辞任が招く日本全体への信認低下の恐れ〉

見出しの横に、気難しそうな白人男性の顔写真がある。ヘルマン証券のチーフエコノミストで、前職は世界銀行のエコノミストだったとある。

「民間金融機関のエコノミストの発言ではありますが、彼は世界的に名の通った人物で、世界銀行の前は国際通貨基金に在籍していました」

経済ニュースに名前がよく登場する組織だ。

「日本銀行が銀行の銀行ならば、世銀とIMFは世界中の中央銀行のための銀行です」

「なるほど、そんな組織にいた人物の意見ならば……」

「世界中の投資家が注目しますし、他国の中央銀行マンも必ず彼のリポートには目を通します」

池内はさらに記事の中身を目で追った。

ヘルマン証券に移籍した高名なエコノミストは、先の副総裁辞任について、日銀の危機感の乏しさを厳しく批判していた。

〈かつて日銀は、政治に翻弄されて長期間総裁不在を経験したことがある。世界的にみて非常に稀なケースで、かつ国際的に問題視された経緯がある〉

記事の一節を読んだ直後、池内は顔を上げた。

「前総裁の緑川さんが職務に就く直前、日銀総裁が不在だったことは事実です。与野党の対立が先鋭化し、与党が推した候補が参議院でことごとく否決され、総裁代行だった緑川さんがそのまま持ち上がった一件です」

南雲が顔をしかめている。

「それが国際問題に？」

「幸い、当時の世界の金融市場は平穏でした。しかし、あれが万が一リーマン・ショック級のアクシデントが起こったときだったら、鳥肌ものです」

南雲によれば、各国の中銀総裁は国際会議などを通じて互いに信頼関係を築き、緊急時には電話一本で話すことが頻繁にあるという。

「副総裁ではダメなのですか？」

「緊急時なら仕方ありません。しかし、何週間、何カ月にも亘って空席という事態は、国際的に見ても前例がなかったのです。ヘルマンのチーフエコノミストは、その辺りの事情をよく知っていますから」

〈女性問題で辞任はあり得ない事態〉

エコノミストは日銀の内部管理の甘さを強く批判していた。

〈現状、日銀のボードメンバーはリフレ派と均衡派が拮抗している。副総裁のポスト空席時に大きな災害や金融取引上の事故でも起こった際、金融政策の運営をめぐって日銀内部が紛糾し、これが日本全体への信認低下をもたらし、ひいては世界的な混乱を引き起こすリスクまで想定すべきである〉

　インタビュー記事を目で追いながら、大袈裟ではないかとの思いが浮かんだ。その旨を南雲にぶつけた。

「決して大袈裟ではありません」

　南雲は席を立ち、壁の書架に向かった。膨大な数の専門書の中から分厚い書籍を取り出し、池内の前に置いた。

「緑川前総裁の回顧録の冒頭にある言葉です」

〈信認は目には見えませんが、これを守る努力を怠った瞬間から崩壊が始まります。一旦信認を失うと、経済全般や一般国民の生活に与える悪影響は加速度的に広がることになります〉

　池内は顔を上げた。南雲の表情が厳しい。

「瀬戸口さんの一件がここまでの混乱に？」

「つながるかどうかは未知数です。しかし、中央銀行マンは常に最悪を想定して動きます。そうでないと民間の投資家に足元を見透かされ、ひいては通貨の安定性を損なってしまいます。つまり、円の信頼が失われ、通貨自体の価値がなくなるという意味です」

　通貨の価値がなくなる……南雲の言葉を嚙み締める。銀行預金の金利がほとんどゼロに近づき、現金自動預払機（ＡＴＭ）で自分の金を引き出すと、法外な手数料を徴収されることもある。そして政策金利がマイナス圏に沈んでも、池内を始めとする一般庶民は平静だった。しかし、生活の基盤である通貨・円の価値がなくなるというのはどういうことなのか。

「価値がなくなるというのは、円安になるという意味でしょうか？」

池内が尋ねると、南雲が頷いた。

「セオリー通りではそうなります。極端な円安、つまり一ドル＝一二〇円、あるいは赤間総裁が限界的な水準とした一ドル＝一二五円を大きく超えるような場合もあるでしょう」

「円安が進めば、海外から多くの物品を輸入する日本経済は……」

「赤間総裁が就任当時に持ち出したインフレ率二％どころか、一〇％、もっと高インフレになる懸念があります」

池内の頭の中で、政情不安の南米諸国の報道写真が蘇る。自国通貨が信用されず、人々は血眼になって基軸通貨ドルを調達した。街角のスーパーではパンや野菜、肉類が一斉に消え、略奪行為も横行していた。池内が考え込んでいると、南雲が口を開いた。

「ドル、ユーロと並び、円は主要な通貨の一つです。極端な円安が急激なインフレに直結するような事態は最悪のシナリオです」

「その前に主要国が協調するのでしょうか？」

「協調は考えられます。ただし、日銀のボードメンバーと政策運営が正常ならば、という前提条件が必要になります」

南雲の表情が曇った。

「今は他のファクターもあります。例えばアメリカの大統領選挙、それに中国で感染が急拡大している新型ウイルス。これらが複雑に絡みあって、各種のマーケットが乱高下するリスクがあります。そんなとき、中央銀行の信認が落ちていたらと考えると、寒気がします」

池内は南雲の言葉を漏らさずノートに書き込んだ。

「まったく、私のような者まで目にする場であんなことをするなんて……」

南雲が厳しい口調で言った。

「なんのことですか？」

「以前、弊社主催のカンファレンスを日銀近くのホテルで開催した際、エレベーターで例の秘書と瀬戸口さんに出くわしたことがあります」

瀬戸口との関係から日銀を辞した秘書は、かつて南雲の上司の担当で、よく顔を覚えていたという。

「半ば公の場であるホテルで、あのようにイチャイチャしていたら、いくらでも情報が外に漏れ出してしまうでしょう。あまりにも軽率な行為でした」

眉根を寄せた南雲が唾棄するように言った。日銀近くのホテルのエレベーター……

南雲の口から飛び出した言葉を、池内はノートに書き込んだ。

4

九段下の会社に戻り、池内は社員食堂に足を向けた。編集部で南雲のメモをまとめたかったが、副編集長の布施と気の強いベテランライターが記事の方向性をめぐって怒鳴り合いを始めていた。この組み合わせで議論が始まると、一、二時間は続く。様々な情報を整理する場所ではない。

二杯目のコーヒーをドリンクカウンターで受け取ると、池内は壁際の丸テーブルに戻り、ノートパソコンのキーボードを叩き始めた。

テキストファイルの横には、数分前にダウンロードしたヘルマン証券チーフエコノミストのインタビュー記事がある。

〈……日本全体への信認低下をもたらし、ひいては世界的な混乱を引き起こすリスクまで想定すべきである〉

副総裁が不倫で辞職し、ポストが一つ空いた。営業部にいた頃であれば、新時代のスクープで部数が増えることしか考えなかった。しかし、所属が変わり全く別の視点を持つようになった。

テキストファイルに目をやる。かつて生え抜きの総裁候補と目された日銀OB南雲は、世界中の厳しい視線が日本と日銀に向けられ、これが世界のリスクになる公算を説いてくれた。池内はテキストファイルの横にニュース画面を表示した。大手ネット業者が運営する政治・経済関係のニュースサービスに入る。

〈首相の紅葉狩の夕べ、次期国会の注目トピックに〉

〈首相側近議員の収賄疑惑、検察はどう動くか?〉

永田町周辺にきな臭い空気が漂い始めたとそれぞれの記事の中で触れられていた。次期副総裁は、一週間後に開会する通常国会の会期中に決まる。だが、与野党の対立が先鋭化する中で、すんなりと同意を得ることができるのか。

「ヒマなのか?」

顔を上げると、週刊新時代の堀田がトレイを抱えていた。

「いえ、編集部がうるさいもので、ここで仕事を」

「そうか、邪魔するぞ」

池内がどうぞと言う前に、大柄な堀田が特製スタミナ丼の載ったトレイを置いた。新時代で契約記者を務める堀田は、張り番をこなしつつ、カメラも操る。体力勝負の仕事のため、いつも定食を大盛りにする。堀田は箸を割ったあと、大きな白いマスクを顎にずらした。

「堀田さん、マスクなんて珍しいですね」

「新型ウイルスが怖いからな」

池内はテキストの裏側に隠れたニュース画面をもう一度開けた。

「中国でこんなに？」

海外通信社の翻訳記事が見出し一覧にあった。内陸部の大都市で確認された新型ウイルスが他の内陸の都市に伝播し、沿岸の上海（シャンハイ）や広東（カントン）方面にも急速に広がったと記されていた。

「ウチの記者とカメラマンのコンビが今も中国にいるんだが、日本で感じるよりもっと事態は深刻らしい」

「どういう意味ですか？」

「近く、発生源と言われる都市が封鎖されるという噂が広まり、実際に金持ち連中が海外に脱出を始めているそうだ」

「そんな、もしその人たちが感染していたら？」

「だから、予防だよ」

堀田が顎の大きなマスクを指した。

「俺、こんなガタイだけど、気管支系がガキの頃から弱くてな。冬場はいつも気を付けている。そんなときに新型ウィルスだ。しかも、春節が近い」

スタミナ丼に大量の一味唐辛子をかけながら、堀田が言った。

「春節……今年はいつですか？」

中国の正月だ。独特の暦を使用するため、中国の春節は毎年時期が少しずつ違う。

「一月下旬だ。また今年も新宿や銀座、大阪や札幌に中国からの団体さんが溢れる。その中に感染者がいたらどうする。俺は張り番だから全国各地に飛ぶ。どこでウィルスを拾うかわからん」

池内は顔を上げ、忙しなく箸を動かし、大量の肉を口に放り込む堀田を見た。年が明けて半月ほどしか経っていないが、堀田の言動は、これから始まる一年に立ちのぼる暗雲を感じさせた。

池内はテキストファイルをスクロールし、南雲やエコノミストの富樫から聞いた話、それに主要メディアの記事から抜き出した事柄をチェックした。

米中貿易戦争の再燃、米大統領選の行方と並び、中国発の新型ウィルスを世界経済のリスク要因として挙げる向きが徐々に強まっていた。

池内は首を振った。目下、自分が取材すべきなのは、退任した瀬戸口に替わる新しい日銀副総裁が誰になるか、この一点だ。

芦原首相が強く推したという瀬戸口が退任に追い込まれた。近く始まる通常国会で、この点が野党から厳しく追及されるのは確実だ。そんな環境下で後任選びが始まっている。日刊紙やテレビのように抜いた抜かれたの取材合戦に参加する媒体ではないが、南雲のような事情通に話を聞いた以上、後任が誰になるかは気になる。

次の締め切りまでに、候補が決まるのか。それとも有力な候補者に当たりをつけ、今から取材を始めるべきなのか。池内が腕組みしたときだった。

突然、横にいる堀田のスマホが鳴った。露骨に顔をしかめた堀田が丼をトレイに置き、通話ボタンに手をかける。

「はい……」

不機嫌な声で堀田が話し始め、スマホを手で覆う。デスクか編集長の高津あたりに新たな取材を命じられたのかもしれない。

かつて自分も張り番を担当し、二四時間どこにいても上司の命令で取材対象を追いかけ回す日々を経験した。堀田は一年契約のフリー枠だ。社員の池内よりも業務に対する縛りはきつい。堀田は池内の傍らで通話し続けている。池内は自分のパソコンに目を向け、堀田の声を意識から遮断するようにメモの字を追った。

「ったく……」

突然、堀田の舌打ちが耳に届き、同時に紫煙が池内の鼻先を漂い始めた。

「ちょっと、タバコは……」

「この時間帯はオッケーなんだよ」

堀田は壁に貼られた注意書きを指した。たしかにランチの混雑時間帯を除けば、社員食堂の三分の一のスペースは喫煙が認められていた。

「気管支が弱いんですよね」

「うるせえよ、張り番を拝命してから吸い始めたんだ。これでもなきゃ間が保たないんだよ。それに二ミリの軽いヤツだ」

堀田はタバコをふかし、煙を吐き出し続けた。池内は顔の前にかかる煙をなんども手で払い、尋ねた。

「新規の案件ですか？」

「いや、違う」

堀田が言葉尻を濁した。

「新しい副総裁候補の身体検査ですか？」

池内の言葉に堀田が渋々頷いた。

「誰ですか？」

「いくら池内でも言えねえよ」

堀田が露骨に顔をしかめた。

「例の一件、結構大変だったんだぜ」

「そうらしいですね。でも、瀬戸口氏とベテラン秘書は、日銀近くのホテルのエレベーターでも露骨にイチャついていたらしいじゃないですか」

堀田の気持ちを和らげようと、池内は軽口を叩いた。だが、隣の堀田が突然、顔を近づけてきた。

「おまえ、その話を誰に聞いた？」

「なんですか、怖い顔して」

池内が体を逸らしたが、堀田はなおも迫ってくる。

「おまえ、新時代の編集部の中をガサガサ探ったのか？」

「まさか……」

そう答えた途端、堀田の手が襟首に伸びた。

5

「ちょっと、放してくださいよ」

池内は胸元にある堀田の手首をつかんだ。

「だから、その話を誰に聞いたんだよ？」

堀田のこめかみに幾筋も血管が浮き出し、両目が充血していた。大きな顔がさらに池内の鼻先に近づき、ニンニクダレの臭いが鼻先に漂う。

「ちゃんと話しますから、手を放してください」

むせながら池内が言うと、堀田がようやく手を放した。

池内は周囲を見回した。二、三人が好奇の目を向けていたが、動じる様子はない。編集方針をめぐってしばしば社内で小競り合いが起こるので、見慣れているのだ。

「悪い、あまりにもリアルだったからな」

辞任した瀬戸口前副総裁と秘書は人目もはばからず、日銀近くのホテルのエレベーターでイチャついていた……南雲から聞いた話を池内は口にした。だが、その一言で堀田は激昂した。

「取材で会ったばかりの人物です。直接目撃したようでした」

「それ、本当か？」

「嘘なんかじゃありません」

「ウチの編集会議で、俺はその肉声を聞いた」

瀬戸口副総裁のスキャンダルを追うと決め、週刊新時代では記者とカメラマンの精鋭が集められた。会議の席上、編集長が音声データを開示したという。そのときの文言が、池内が漏らした言葉と完全に一致したのだ。

新時代の記者やカメラマンは、高度な機密保持を求められる。万が一、ネタの対象者に情報が抜けてしまえば、記事そのものが潰れる。雲隠れされ、証拠を消される恐れさえあるからだ。ネタ元を完璧に保護するため、取材チームの主要なメンバーであっても情報提供者が誰なのか、肩書きはおろか名前さえ明かされないことが多い。だからこそ、情報漏れを疑った堀田が激昂したのだ。

「声の特徴は？」

「低音で通りの良い声です。オペラのバリトン歌手のような感じで、張りがありました」

「おそらく、おまえが会った人物がネタ元だ」

堀田が唸った。

「まさか……」

池内の頭の中に、訪れたばかりのモダンなオフィスの景色がよぎった。

〈私はご覧のようにポンコツのＯＢです。マスコミは誰一人リストアップしないでしょう〉

〈これ以上の金融緩和は実質的に不可能、引き締めも無理となれば、私はなにもやることがありません〉

南雲は赤間総裁ら現執行部に批判的な有力ＯＢの一人だ。表立って批判はしていないが、相当に不満が鬱積していたのは間違いない。

池内が再登板の可能性について尋ねた際、南雲は強く否定した。池内は手元のパソコンのメモ画面に目をやった。音声データをテキストに変換する途中のメモがある。

〈私は日銀を退職した身の上です。もう本石町へ戻るつもりはありませんよ。万が一……〉

万が一……南雲が何かを言いかけたとき通信社の速報が入り、話が途切れた。

「なにか言いたかったのかな……」

メモの文字を睨み、池内は呟いた。

「おい、どうなってる？」

パソコンの画面から顔を上げると、苛立った表情の堀田がいた。

「もし私の会った人物と新時代のネタ元が同一なら……」

もう一度考えを整理する。南雲は瀬戸口の後任にはならないと断言した。だが、条件付きならば考える……メモによれば、南雲はそう言いかけたのかもしれない。

「おまえが会った低音の持ち主は誰だ？」

ニンニクの臭いが再度池内の鼻先をかすめる。

「日銀ＯＢの南雲さんです」

大和新聞にいる大学の同期生が紹介してくれたのだと明かした。堀田は自分のスマホの画面に触れ、太い指を操り、画面を強くタップした。

「このおっさんだな？」

スマホの画面には、鷹揚な笑みを浮かべる南雲がいた。大手電機メーカー系列シンクタンクのサイトで、幹部社員を紹介するページだ。

「狙いはなんだ？」

スマホの画面を睨み、堀田が唸った。

「日銀の政策を正常化させよう、その一点に尽きると思います」

池内が答えると、堀田が首を傾げた。堀田は編集長の指示で張り番を務めた。政治家やスポーツ選手、あるいは芸能人の不倫取材と同様、決定的な一枚をモノにするためだけに取材に参加した。正常化という意味合いを正確に伝える必要がある。

「総裁や副総裁が不正でも働いていたのか？」

眉根を寄せ、堀田が尋ねた。現体制に批判的な有力ＯＢ自らがネタを持ち込んできた。お堅い組織で内紛劇めいた事柄が進行しているならば、不正と映っても仕方ない。

「不正ではありません。簡単に説明しましょう」

営業部から月刊言論構想に異動して二カ月以上が経過した。小松に経済全般を担当するよう命じられて以降、日銀の超金融緩和政策の長期化がもたらした弊害を取材してきた。

「現在の日銀、そして日本経済は出版業界の窮状に似ています」

池内が切り出すと、堀田が頷いた。

「新時代は現在約六〇万部刷っていますよね……」

営業部にいたとき、文芸編集者の秋元が池内を訪ねてきた。人気の落ちた作家の新刊を多めに刷れというゴリ押しだった。新時代は業界でもトップの部数を維持してきたが、バブル時代は一〇〇万部に迫っていた。

「年になんどか完売となりますが、万が一、八〇万、いや九〇万部をコンスタントに刷ったらどうなりますか?」

現下の販売動向を無視して多く刷るのは言論構想社の判断であり、違法ではない。

「下駄を履かせたって評判が書店さんや読者にも伝わるだろうな」

「そんな悪評が広がったらどうなります?」

「社の経営にまで懸念が広がる……そうか、日銀も同じような状態なわけだな」

「そうです」

新時代はタブーなしがウリで、大手新聞やテレビ局もしばしば後追い取材し、ときに政治家や著名人の首を取る。堀田のようなスタッフが這いつくばってネタを集め、有無を言わせぬ証拠を突きつけて追い詰めるからだ。おかしい、不正、インチキを許さないという報道姿勢が信頼されているから、出版不況でも完売という勲章を得ることができる。

反面、会社の経営状態が怪しいとみなされたとき、読者はどう思うか。自らが水増しした部数で出版取次からの日銭を回している分際で、他人様のインチキに文句を言う資格はない……読者の反感を買い、部数減少に直結する事態となる。

「堀田さんが取材経費でキャバクラに行き続けたら、さすがにまずいですよね？」

「そうだな」

堀田は張り番という仕事の性質上、六本木や歌舞伎町へと頻繁に出かける。ターゲットがキャバクラに入店すれば、同じ場所に足を運ばねばならない。当然、必要経費として飲食費は堀田に支払われる。だが、領収書が使えるからと、のべつまくなしに通えば、高津編集長のほか、経理部から大目玉を食らう。

「景気を上向かせる、デフレから脱却するという掛け声だけで、日銀はずっとカネを供給し続けたわけだな」

「大まかにいえばそうなります。国の借金である国債を買い続ける、しかもその額を増やしていけば……」

「キャバクラどころの話じゃねえな」

堀田が眉根を寄せたあと、新しいタバコに火を点けた。

「なあ、俺と組まないか？」

煙を天井に向け吐き出し、堀田が言った。

「どういう意味です？」

「二兎を追う」

池内は首を傾げた。

「俺は編集長命令に従い、新任候補者の裏を探りつつ、クーデターの動きも探る」

堀田が周囲を二、三度見回したあと、小声で言った。

「おまえはシレッと南雲をカバーし続け、クーデターの全容を聞き出す。タイミングをみて新時代とタイアップして詳報を言論構想で全文掲載する。どうだ？」

堀田の両目が醒めている。堀田は一年契約のフリー記者兼カメラマンであり、成果がなければ簡単に首を切られる。それだけに、デカいネタへの執着が人一倍強い。

「私の一存では判断できませんよ。小松編集長と高津編集長の許可が絶対に必要です」

「それもそうだ。だが、ネタの端緒はおまえと俺がつかんだ。いいな？」

「もちろんです」

静かな気迫に池内は気圧された。堀田のような契約記者が新時代編集部に三〇人以上いる。このガツガツとした取材姿勢こそが雑誌のエネルギーとなる。

池内はスマホを取り上げ、通話履歴のページをめくった。誰に相談すれば取材がうまく進むか、池内は考え続けた。

「一人、当たりたい人物がいます」

「誰だ？」

「金融コンサルタントの古賀という男です。これを見てください」

親指を動かし、パソコンと同期させたファイルを開く。

〈古賀の取り扱い案件〉

小松編集長から託された新時代の元記者、坂口の取材メモだ。巨額の粉飾決算を行った三田電機をはじめ、そうそうたる一流企業の名と不祥事の内訳が並ぶ。スキャンダルのほとんどはバブル経済崩壊後の損失飛ばしだ。

「かつて週刊新時代がこの男を追っていました。私は今回も彼が何らかの形で関わっているように思えるのです。まず彼に会って話を聞きます」

さらにファイルをめくる。坂口がカメラマンとともに張り番を続け、モノにした一枚だ。都内の料亭から芦原首相、財界の後見人こと三田電機の東田相談役、古賀が連れ立って出てくるショットだ。迎えの専用車に乗り込む芦原に対し体の大きな東田、そして長身の古賀が体を折るように頭を下げる一枚もある。

古賀は金融界のフィクサーであり、掃除屋……小松編集長の通りの良い声が耳の奥でこだまする。その通りだと自分の声が応える。

「先走りはなし、南雲さんに直当たりするのは絶対やめてください」

「わかってるよ」

堀田が告げた直後、テーブルの上にあるスマホが振動した。

「俺か……」

舌打ちした堀田がスマホを取り上げ、画面を睨む。

「張り番の指令だ」

「誰を？」

「財務大臣の磯田だ。日銀副総裁選びの状況を探れ、だとさ。それじゃ、クーデターの一件は俺たちでな」

乱暴にタバコを灰皿に押し付けると、堀田は席を立った。大きな背中を見送りながら、池内は考えを巡らせた。もう一度、手元のパソコンのメモ画面に目を凝らす。

先日、南雲はなにかを言いかけていた。もう一度突っ込めば、日銀に復帰する条件、あるいはクーデターの動きを話してくれるだろうか。

6

表通りに面したイタリアの高級車ディーラーの敷地近くで五分ほど待っていると、

古賀の目の前にワンボックスカーが停車した。

「古賀さん」

助手席の窓が開き、白髪交じりの中年男が頭を下げた。視線を辿ると、後ろのスライドドアを指した。真っ白なボディの側面には〈すきやき時半〉の文字がある。後部座席の窓は全て白塗りされ、外から中が見えない造りになっている。

「失礼します」

古賀はドアを開け、一段高い席に乗り込んだ。

「恐れ入りますが、その白衣を背広の上から羽織っていただけませんか？」

ルームミラー越しに私設秘書が言った。頷き返したあと、シートにかけてある薄手の白衣を手に取った。胸元に〈すきやき時半〉と青い糸で刺繍（ししゅう）が施されている。

「面倒ばかりで恐縮です。万が一のことを考えると、こういう手段が必要となります」

私設秘書が申し訳なさそうに言った。

「私は構いませんよ」

指示された通り、古賀は背広の上から調理用白衣に袖を通した。車から降りた際、記者がいても、老舗の高級料理屋の外商担当者にしか見えない。

古賀が白衣を着ている間に、ワンボックスカーはゆっくりと走り出した。松濤（しょうとう）の高級車ディーラーから青山通り方向に進む。古賀はフロントガラス越しに周囲を見た。一帯は低層マンションや広大な敷地を持つ屋敷ばかりだ。

乗車した地点から七、八〇〇メートルほど進んだところで、ドライバーがウインカーを上げ、車が左折した。渋谷駅からほんの二キロほどのエリアだが、周囲は生垣や高い塀を有する住宅が連なる。若者や海外観光客でごった返す渋谷駅や道玄坂周辺とは正反対で、閑静という言葉がぴたりと符合する住宅街に車が入った。

「こんな時間ですが、大臣はもうお帰りなのですか？」

古賀は腕時計に目をやり、言った。時刻は午後六時を少し回ったばかりだ。

「本日は地元九州から有力支援者が上京されています。時節柄、ホテルの宴会場で顔合わせするとまたぞろメディアに叩かれますので」

「なるほど」

古賀は頷いた。昨年、芦原総理主催の〈紅葉狩の夕べ〉をめぐって国会審議が紛糾した。芦原の事務所が地元支援者八〇〇人を招き、都心の高級ホテルで前夜祭と称する盛大なパーティーを開催した。その際、会費が芦原の個人事務所から支出され、政治資金規正法に抵触するのではとの疑惑が浮上したのだ。

「きちんと会費をいただいておりますので、問題はありませんよ」

古賀の気持ちを察知したのか、私設秘書が笑った。

「控室で古賀さんもいかがですか？　五〇人分ありますが、いつも残ってしまいます」

「お気持ちだけ」

古賀が頭を下げたとき、運転手がハンドルを切り、大きな門の前で車を停めた。

「通用門からになりますが、どうかご容赦ください」

「とんでもない」

目の前には分厚い鉄製の扉がある。その脇には制服警官が配置され、助手席の秘書に向けて敬礼した。

磯田邸は先代から松濤の一等地にある。実際に訪れるのは初めてで、正面玄関だと思ったところは通用門だった。同じ九州の出身だが、煤けた炭鉱住宅でホルモンばかり食べてきた貧乏人と、全国でも指折りの豪商をルーツに持つ磯田とは、まったく違う属性なのだと痛感した。

私設秘書の案内で、長い廊下を歩く。手入れの行き届いた西洋庭園を見渡せる広間横を通ると、大勢の人間が懐かしい九州の訛りで喧しく会話していた。

「こちらになります」

あっという間に広間の横を通り過ぎ、私設秘書は廊下の角を右に折れた。今度はたくさんの肖像画が飾られたホールを通り抜ける。突き当たりにはオークのドアがある。古賀の前を行く私設秘書がノックすると、中から嗄れた声が響いた。

「古賀さんにおいでいただきました」

私設秘書に続き、古賀は部屋の中に入る。大量の蔵書が壁一面に並ぶ。磯田は部屋の中央にある革張りのソファに座り、眉根を寄せて米紙を読んでいた。

「悪かったな、いきなり呼び出して」

「とんでもございません」

古賀が頭を下げると、私設秘書が折り畳みの椅子を磯田の前に置いた。腰を下ろし、改めて磯田に目を向けた。磯田は丁寧に新聞を畳み、私設秘書から封筒を受け取った。

「急ぎで悪いが、また頼み事だ」

受け取ったばかりの封筒を、磯田が古賀の手元に差し出した。

「結論から言う。副総裁候補二名の身体検査をやってほしい」

磯田が顎を動かし、中身を見ろと促した。一礼し、古賀は封筒を開けた。マル秘と判がつかれた財務省の資料だ。二人の中年男性の顔写真と経歴が綴られていた。

「身体検査ならば国税庁をお使いになられた方がよろしいのでは」

資料を見たまま言うと、磯田が口を開いた。

「もうやっている。俺が頼みたいのは、裏で金絡みのスキャンダルがないかどうかだ。

おまえならいろんな業者や裏方面に心当たりがあるだろう？」

「かしこまりました」

もう一度頭を下げ、古賀は資料にある二人分の顔写真に目を凝らした。

7

〈東京大学経済学部卒業後、米ハーバード大学大学院に留学……〉

磯田から手渡された資料を古賀は凝視した。新たな日銀副総裁候補として検討が始まっているのは、かねてリフレ派として知られる二人の経済学者だった。

一人は有名私大大学院の教授、もう一人の教授は現在米国の大学で教鞭（きょうべん）をとっている。古賀自身、日本実業新聞や経済専門誌でなんども二人の論文やインタビュー記事を読んだ。

数日前、日銀ＯＢの南雲が古賀の事務所に立ち寄った。南雲が所属する大手電機メーカー系列シンクタンクのトップなど、有力なＯＢたちが後任選びのタイミングに合わせて蠢いているという。瀬戸口の辞任後、主要メディアは相次いで後任候補の予想記事を出したが、今手元にある二人の候補者はその全てに名前が出ていた人物で、意外感はない。いや、非常時だからこそ、順当な候補者を政府と日銀が探してきたともいえる。

身体検査ならば、まずは財務省の外局に当たる国税庁が最も適任だ。国民一人ひとり、そして企業の帳簿を全て把握する役所だからだ。永田町では、組閣の際に同庁が金銭面での身体検査を担うケースが多いという。この話はかつて芦原総理の秘書から直接聞いたことがある。

芦原の肝いりで日銀入りした瀬戸口が辞任に追い込まれたので、古賀のような裏の金融分野に顔が利く人間にも話を振り、念入りに調べを行うのだと磯田が説明した。

「それで、どのくらいでやれる？」

磯田の声に、古賀は顔を上げた。

「三、四日、いえ、二、三日のうちには」

「そうか、なるべく早く頼むな」

「はい」

「ちなみに、どんな業者を使うつもりだ？」

磯田が身を乗り出した。

「証券金融とか、ノンバンクになります」

証券金融は、株式投資で個人が信用取引の資金を用立てる業者だ。学者というお堅い仕事をしていても、カネの面も品行方正とは限らない。

「あとはネット証券や仮想通貨の人脈にもそれとなく尋ねてみます」

「よろしくな」

　現在、証券会社の店頭カウンターに直接出向く個人投資家などいない。個人向けの証券取引の大半はインターネット経由となる。例外は仮想通貨だ。ネット上で取引する分には、リアルなカネの流れが生じない。値上がりした仮想通貨を売り、これをリアルなマネーに替えたときでなければ国税庁も容易に手が出せない。証券マンから仮想通貨取引のプロに転じた元同僚や知り合いが何人かいる。互いに商売上の機密を守る仁義が通じる相手ばかりなので、照会は可能だ。

「おまえの調べ、それにこっち側の分が終われば二人のうちから一人に絞る。その後は国会承認を経て就任という段取りだ」

「大臣のご苦労を少しでも和らげるよう、早めに調査いたします」

　姿勢を正し、古賀が頭を下げたときだった。目の前にいる磯田が急に咳き込んだ。

「すまん、たんが絡んだ。新型コロナじゃねえから、安心しろ」

「どうかご自愛ください」

「大丈夫だ。しかし、新型コロナは相当にヤバいらしいぞ」

　磯田は声を低くした。

「あの国は封じ込められるでしょうか？」

「情報統制がどの程度まで利くか。それにウイルスは政治体制や人を選ばねえからな。古賀もせいぜい気をつけてくれ」

「ありがとうございます。万が一のときは、大きな病院に駆け込みます」

古賀が答えると、磯田が首を傾げた。

「ツテでもあるのか？」

古賀は頷いた。

「以前、仕事上の付き合いがあった大病院でして」

「ははあ、アレだな、資産運用絡みの後始末だな」

「守秘義務契約書を交わしましたので、詳細は申し上げるわけには参りません」

金融コンサルタントの仕事相手は、金融機関やメーカーなど一般の事業会社だけではない。キャンパスの拡張、システム投資等々で存外に金がかかる学校法人とも商売してきた。数年前、高リスクの海外私募債で大火傷した私立の名門大学で、財務の掃除を請け負った。紹介状があってもなかなか受診できない高度な医療体制を持つ系列病院も有している。掃除を終えたあと、医学部出身の大学トップは、古賀の手をなんども握り健康を害した際は最優先で診療すると確約した。

「わかったよ。万が一、俺がウイルスにやられたら真っ先に頼むぞ」

「心得ました」

古賀がもう一度深く頭を下げたときだった。背広のポケットに入れたスマホが鈍い音を立てながら振動した。

「失礼しました。電源を切り忘れておりまして」

「俺に気兼ねする必要はねえぞ、出なよ」

口元を歪め、磯田が笑った。

「とんでもございません」

古賀が答えた直後、再度スマホが震えた。目下、緊急の案件は一つもない。副業のNPOに関する業務にしても、古賀の判断を仰がねばならないような懸案に心当たりはない。

「お言葉に甘えて。失礼いたします」

古賀は背広のポケットからスマホを取り出した。ショートメッセージが着信していた。発信者の名を見て、古賀はメッセージ欄をタップした。

〈クーデターの気配〉

〈お知恵を拝借できませんでしょうか？〉

「メールか？」

磯田がドスの利いた声で言った。

「はい……」

「随分と深刻な顔してやがる。ヤバい取引でも弾けたか？」

古賀は首を振った。

「言論構想社の人間からメッセージです」

「以前も情報をくれた奴か？」

古賀は頷いた。

「今回の人事に関係するか？」

古賀が黙っていると、焦れたように磯田が言った。

「わかりません。ただ、気になる言葉があります」

「もったいぶらずに教えろ」

「クーデターと書いてあります」

口元に笑みをたたえていた磯田の表情が一変した。要領の悪い部下を叱責するときの険しい顔になった。

「詳しい話はわかりませんが、日銀関連で怪しい動きがある、そういうニュアンスかと」

「悪いが身体検査のほかに、もう一肌、脱いでもらえねえか？」

「承知いたしました」

磯田に答えた直後、古賀は返信のメッセージを打ち始めた。

〈直接会ってお話ししませんか〉

明治通りを走るタクシーの中で、池内は古賀から届いたショートメッセージを見つめた。

8

一時間前、古賀にメッセージを発した。危うい事柄をネット回線に載せるのが躊躇われた。このため、勘の良い古賀が即座に反応すると考えた文言を選び、スマホの画面を通して思いを託した。予想した通り、古賀の反応は素早かった。

〈今、仕事で渋谷におります〉

池内は河田と訪れた中目黒の地下一階のバーを指定した。河田と店を訪れて以降、三、四回立ち寄ったことでママに顔を覚えてもらった。

今回は無理を言い、本来の開店時間より三〇分早い午後八時半から、二人だけでカウンター席を使えるようにした。

〈ご指定のお店近くまで行ったのち、ご連絡します〉

つい三分前、古賀から最新のメッセージが届いた。スマホの画面を睨み、池内は考えを巡らせた。これまで頑(かたく)なにメディアの接触を拒んでいた古賀は、なぜか池内だけには心を許している。支援するＮＰＯの事業推進という目論見はあるにしても、腑に落ちない点が多い。

「すみません、ちょっと道が混んでいて、時間がかかります」

運転手がミラー越しに告げた。池内は腕時計に目をやった。今は午後七時五〇分、明治通りと青山通りの交差点を抜け、渋谷警察署の脇を通ったところだ。フロントガラス越しに先を見ると、道路脇に何台かパトカーが停まっていた。

「追突事故でしょうかね」

運転手が気を遣って言った。

「時間に余裕があるので、気にしないでください」

短く告げ、池内は再びスマホの画面に目を凝らした。

古賀は今も政界の重要人物から何らかの仕事を請け負っている……そんな考えが頭に浮かんだ直後だった。古賀とのメッセージ画面が切り替わり、他の人物からのメッセージの着信を告げた。

〈目下、磯田邸の近所で張り番中〉

新時代の堀田からだ。池内と堀田はそれぞれの上司に対し、日銀を巡るクーデターの気配があると報告し、取材を続けるよう指示を受けた。

小松は池内に対し、古賀へのアプローチを続けること、そして南雲については堀田が提案したように警戒感を与えぬよう関係構築を続けることを指示した。

〈以下、確認されたい〉

堀田から短いメッセージが届いた。なにを確認しろというのか。首を傾げ、添付されたファイルに触れた。かなり焦点距離の長い望遠レンズで捉えたのだろう。植木や鉄のフェンス越しに白いワンボックスカーが写っている。

堀田が張り番中の磯田副総理の住まいは渋谷の一等地である松濤にある。池内はさらに目を凝らした。ワンボックスカーのボディには〈すきやき時半〉の文字がある。都内でも屈指の老舗で、食事をすれば一人当たり四万円近くかかる。磯田の私邸に来客でもあるのか。それとも日頃からこのような贅沢な食事を頻繁にしているのかもしれない。ワンボックスカーの観察を続けているうちに、もう一枚のファイルがスマホに届いた。カメラのイラストマークを押し、ファイルを開く。

「あっ……」

「どうかしました？」

ミラー越しに運転手が心配げな顔で尋ねた。なんでもないと答え、池内は新たな写真に見入った。ワンボックスカーから降りた背の高い男が写っている。老舗すき焼き屋の白衣を着ているが、見覚えのある切れ長の目の男、古賀に間違いない。

〈金融コンサルタントの古賀氏です〉

池内は堀田に向け、メッセージを出した。

〈やはりな。あとは任せた〉

サムズアップのスタンプとともに、堀田から返信があった。

古賀はなぜ芦原総理の後見人を自任する磯田と会っているのか。変装までして私邸を訪れている。小松編集長が発したフィクサーという言葉が後頭部で鈍く響いた。


「お待たせしました。まさか中目黒にこんな場所があるとは思いませんでした」

古賀が苦笑いしながら池内の目の前に現れた。

「住宅街ですからね。こんな突飛なところにご案内して申し訳ありません」

池内は店に続く階段を下りながら言った。

「会員制の店で、特別に営業時間を早めてもらいました。他人に会う心配はありません」

階段を下り切り、分厚いドア横に設置されたステンレス製の蓋を開けた。その後、池内は諳(そら)んじていた五桁のパスワードを打ち込んだ。即座に分厚いドアの内側から金属音が響き、解錠を知らせた。

「随分と厳重なセキュリティーですね」

背後で古賀が言った。

「私も知人に紹介されたのですが、芸能人や映画関係者ばかりが集う店です。ファンや一般の客をシャットアウトするためにこんなシステムがあります」

「さすが言論構想社の記者さんです」

「とんでもない、さあ、どうぞ」

重いドアを支えながら、池内は古賀を薄暗い店の中へと誘導した。

「こんばんは」

池内が声をかけると、細長いカウンター席の奥から黒いベストを着た男性スタッフが顔を出した。

「ママからうかがっております。飲み物は何になさいますか？」

「私はビールを。古賀さんは？」

「同じもので」

「かしこまりました」

恭しく頭を下げたあと、スタッフがシンク下の冷蔵庫から細長いタンブラーを取り、ビアサーバーに足を向けた。

「ここは取材で使うお店ですか？」

おしぼりで手を拭きながら、古賀が口を開いた。

「いえ、プライベートで使っています。喧しい店が苦手なもので」

「なるほど、素晴らしいお店ですものね」

古賀が食器棚や凝った造りの照明類を見回し、言った。

「お待たせいたしました。お食事はいかがなさいますか？」

スタッフの問いかけに、古賀が首を振った。すき焼きの味はどうでしたか……喉元まで這い上がってきた言葉を呑み込み、池内も首を振った。

「あとはバーボンをボトルで。水割りは私が作りますので、アイスも一式で」

池内はスタッフに指示したあと、グラスを掲げて古賀を見た。

「急なメッセージ、失礼しました」

「とんでもない。私もお会いしたいと思っていたので」

古賀が目の高さにグラスを掲げた。これを合図に池内もビールを一口、喉に流し込んだ。日本の金融の裏側で、秘かに掃除を続ける男が隣席にいる。ずばり切り込むか、それともじわじわと間合いを詰めるか。普段よりビールの苦味が喉に残る。

「渋谷にいたので、思いのほか早く来られました」

タンブラーをカウンターに置き、古賀が言った。

「お仕事のお邪魔をしたのではありませんか？」

「そんなことはありません。野暮用でしたから」

政権ナンバー2の自宅を変装までして訪れるのが野暮用なのか。胃袋からきつい言葉が這い上がってくるが、懸命に堪えた。

「ところで、メッセージにあった危険なキーワードですが」

厨房スペースに消えたスタッフの方向を見ながら、古賀が切り出した。

「ええ、ご想像の通り、日銀に関する情報です」

掌にじっとりと汗が浮かんだのを感じながら、池内は答えた。

9

「それでは、ごゆっくり」

水割りセットを池内の目の前に置いたあと、男性スタッフが頭を下げ、厨房に消えた。

「お作りしますね」

綺麗に磨き上げられたグラスを手元に引き寄せ、池内は古賀に言った。

「薄めでお願いします」

古賀が口元に笑みを浮かべた。アイスペールから氷を取り出し、グラスに入れる。純度の高い氷にバーボンを注ぐ。手早く水を加え、古賀に差し出した。早く訊け……新米でも記者は記者だ。自らのグラスにバーボンを満たしながら、池内は唇を噛んだ。

「それでは改めて、乾杯」

水割りが揃ったことを確認すると、古賀がグラスを目の高さに掲げた。池内は一口水割りを飲み、切り出した。

「勝木のこと、本当にありがとうございました」

「既に様々な企画が進行中です。彼は我々の重要なパートナーです。今後もずっとです」

古賀が深く頭を下げた。とんでもないと言いつつ、池内も頭を下げた。古賀から言われるまでもなく、勝木からは頻繁に連絡が入った。自殺を考えるほど追い込まれた故郷の親友は別人のように仕事に飛び回っている。

「今度、このバーでも日本酒のイベントをやりたいですね」

モダンな調度の店内を見回し、古賀が声を弾ませた。勝木の家業再建には目処(めど)がついた。いよいよ自分の番だ。そう言い聞かせ、池内は口を開いた。

「メッセージの件です。お話ししても構いませんか?」

「日銀の副総裁人事ですね」

間髪容れず古賀が言った。池内はもう一口、水割りを飲んだ。

「瀬戸口氏の辞任劇の裏側には、反赤間派のOBによる仕掛けがありました」

古賀がわずかに顎を引いたが、言葉は発しない。

「赤間総裁や雪村副総裁の政策運営に強い不満を持ち、日銀を正常化させたい、そんな思惑が蓄積し、リフレ派の瀬戸口氏の個人的なスキャンダルを持ち出した、そういった構図がありました」

言葉を選びながら、池内はゆっくりと告げた。依然として古賀は言葉を発しない。静かにグラスを口に運び続ける。

「長いスパンで日本の金融界をご覧になってきた古賀さんのご意見をうかがいたいと思っています」

池内が言うと、古賀が口元に笑みを浮かべた。

「なにか勘違いされているようです」

「なにがですか？」

「私は一介の金融コンサルタントです。それに、現在は軸足をＮＰＯ活動に移しています。以前なら、大銀行や大企業、それにお役所など業界の噂話が漏れ聞こえてくることもありました。しかし、今はなにも存じ上げませんよ」

古賀が言い終えた直後、池内は強く首を振った。

「いえ、古賀さんは未だ第一線におられる方です」

「日銀出身のコンサルタントやエコノミストの方は何人か存じ上げております。しかし、なにもお手伝いできるようなことはありません」

古賀が言い終えぬうちに、池内はもう一度首を振り、下腹に力を込める。

「日銀出身の南雲さんという方はご存知でしょうか？　現在は大手電機メーカー系列のシンクタンクにお勤めです」

古賀がグラスをカウンターに置き、腕を組んだ。

「以前、外資系証券のクリスマスパーティーでお会いして、ご挨拶したことがありました。彼がなにか？」

池内は古賀の様子を注意深く観察した。店に入ったときから、古賀の態度は一貫して落ち着いている。ビールから水割りに替わっても酔った様子はなく、クールな表情に変化はない。ただ、左手が先ほどと違う。左の人差し指と中指が、ピアノの鍵盤を叩くように動き始めた。長年金融業界で裏仕事を手がけていれば、パーティーに顔を出す機会もあっただろう。外資系証券が内外の顧客を集めるような場所で、南雲と知遇を得たとしても不思議ではない。

「彼がクーデターの首謀者の一人だとしたら、どうしますか？」

池内は声を潜めた。

「えっ？」

古賀が口を開けた。顔は心底驚いていると池内の目には見えた。秘かに左手を見る。指の動きが速まった。先ほどがスローバラードなら、今の古賀の指は協奏曲を弾くピアニストのようだ。明確な異変が生じている。ここが攻め時だ。池内は腹を決めた。

「古賀さん、本当は深いところまでご存知なんですよね？」

「深いところとは？」

古賀が池内を見つめる。だが、怒りや焦りの気配はその顔から見られない。だが、左手の動きは先ほどと同じで、忙しなく右腕を叩き続ける。

「こちらをご覧ください」

池内はスマホをジャケットから取り出し、カウンターに置いた。なんどか画面をタップし、写真ファイルを開く。目的の一枚を拡大表示して古賀の手元に置いた。

「これはなんですか？」

古賀の顔に異変が生じた。眉根が寄り、画面に目を凝らしている。

古賀が顔を向け、池内を凝視した。眦が切れ上がっていた。

「渋谷で野暮用とおっしゃいましたが、あなたは磯田邸にいた」

スマホを引き寄せ、画面に触れる。先ほど堀田から送られた望遠レンズで捉えた一枚を古賀に提示する。

「それも変装までして」

池内が言うと、古賀が息を吐き出した。

「なぜ私を？」

古賀はいつもの顔に戻っていた。いつの間にか、左手の動きもなくなっていた。

「あなたは普通のコンサルタントなんかじゃない。この国の金融を裏から操るフィクサーです。取材対象として、この上ない素材だと判断し、ずっと動向を追ってきました」

一気に告げると、古賀が口元を緩め、笑い始めた。

「買い被りすぎです」

古賀は水割りを口に含んだあと、言葉を継いだ。

「これは絶対に口外しないでください」

古賀が声を潜め、池内は思わず身を乗り出した。

「磯田大臣のご親戚と、我々のNPOで一緒に仕事をする機会があるので、大臣のご自宅でお会いしていました。大臣の地元の名産品である博多織を使って、海外向けに新商品を作る話が進んでいましてね」

古賀が背広からスマホを取り出し、画面に触れた。

「こちらです」

池内に向けられた画面には、モダンなデザインに裁断されたドレスがある。画面をチェックしていると、古賀が画面をさらに拡大した。

「これは博多織の生地です。イタリアの新鋭デザイナーが使いたいと言ってきましてね」

「それなら変装などせず、普段のスーツでよいのでは？」

古賀が首を振った。

「現にこうして言論構想社に写真を撮られています。大臣は常にマスコミに追い回されています。ご親戚の方と面会する際も癒着だと誤解されぬよう、秘書の方が気を回してくださったのです」

古賀が淀みなく言った。

「嘘だ。以前も週刊新時代のエース記者があなたを追いかけた」

「そうなんですか？」

古賀が心底驚いたように大きく口を開けた。腹の底から湧いてきた怒り、そして言いようのない焦りを抑え込むため、池内はグラスの水割りを一気に空けた。

「三田電機の粉飾決算のほか、数々の大企業の財務を掃除し、金融機関が抱えていたバブル期の負の遺産を、海外に飛ばすことを専門に手掛けたフィクサーだ」

「しかし、新聞や週刊誌、それに月刊言論構想のようなメディアに取り上げられたことはありません。私についてそんな噂話を流す人たちがいるのは存じていますが、あなたはそんな噂に乗せられただけですよ」

古賀は鷹揚な笑みを浮かべ、水割りを口にした。

「そんなはずはありません」

池内は思わず拳でカウンターを叩いた。

10

冷蔵庫の扉を開き、古賀は缶ビールを取り出した。数年前であれば目の前に漬物や調味料、煮浸しなど多くの食品や食材があったが、今はアルコール類やわずかなパック詰めの惣菜(そうざい)の類いばかりだ。バスタオルで髪を拭きながら、古賀はプルトップを開けた。

一〇分前、中目黒からタクシーで江戸川橋の自宅マンションに帰宅した。長い時間をかけ、熱いシャワーを浴びた。池内から放たれた言葉の銃弾で、全身から血が流れ出す思いだった。シャワーの水圧により、流れ出た血はなくなったが、耳の奥では池内の声が響き続ける。

〈三田電機の粉飾が騒ぎになったとき、あなたを追いかけた警視庁捜査二課のキャリア警視がいました〉

テーブルに缶ビールを置き、古賀は古びた椅子に腰を下ろした。当時、小堀警視は古賀の内縁の妻を寝返らせ、違法の疑いが高い証拠の数々を押収した。

古賀が出張で東京を離れた際、あるいは深夜に熟睡している間、内縁の妻は古賀が記していた膨大な数の取引メモ、報酬に関する伝票等々一切合切をカメラに収め、小堀に提出した。彼女には裏仕事の詳細を一切明かさなかった。掃除屋稼業から真剣に足を洗おうと考え始めていた時期で、多額の報酬を得ることに強いストレスを感じていた。

稼業を辞め、彼女とともに漆や着物、小間物などの若手職人を育てることに本腰を入れようとした矢先、次々と掃除屋の仕事が舞い込んだ。

三田電機の粉飾決算の立件を目指した小堀警視は、彼女に接触し、古賀の本当の顔を暴露した。驚いた彼女は古賀を見限り、姿を消した。あれから数年が経過したが、未だ連絡はなく、姿さえ見ていない。いつかふらりと帰ってくるのではないか。淡い期待を抱き続け、二人で暮らした江戸川橋のマンションに未練がましく住み続けている。

池内が経済界のフィクサーと厳しく指弾したように数々の不良債権飛ばしや粉飾決算に手を貸したのは紛れもない事実だ。依頼してきたのは、政権幹部に昇り詰めたかつての若手政治家であり、その周辺の人物たちだ。

〈どうして不正に手を貸し続けたのですか？　あなたに良心はないのですか？〉

バーのカウンターで詰め寄る池内に対し、古賀はとぼけ続けた。

三田電機の天皇と呼ばれた東田相談役とは、証券会社の営業マン時代に出会った。些細(ささい)なきっかけで食事を共にするようになり、東田が将来を嘱望された人材だと気づいた。

東田が三田電機という日本を代表する企業の社長となった頃、古賀は法人営業部に異動した。日本企業の多くがバブルに踊り、その後奈落の底へと突き落とされた経緯をつぶさに見てきた。この間、東田から若手の芦原恒三を紹介された。以降、腐れ縁は続いている。

不正の依頼を断った瞬間、自分の両腕には冷たい手錠がかけられる……なんども本音が出かかった。炭鉱町に生まれ育った古賀の周囲には、石炭とボタで黒く変色した手の男しかいなかった。だが、日本という国は、芦原や磯田のように柔らかく、白い手をした人間たちが支配しているのだ。

上京して初めて、柔らかな手を持つ男たちに出会い、心底驚いた。汚れ仕事は全て手下の若い政治家や官僚、ときには暴力団や古賀のような裏稼業の人間が担ってくれるから、彼らの手は白いままなのだ。

〈クーデター〉

池内が古賀を誘い出すきっかけとなった言葉が、心のストッパーとなった。

〈日銀のクーデターなど前代未聞です。古賀さんはどんな役割を担っているのです

か？〉

短期間で、池内は逞しい記者に成長した。瀬戸口前副総裁をめぐるスキャンダルは、池内が所属する言論構想社の週刊新時代がすっぱ抜いた。古賀自身は、日銀内部のどろどろした暗闘などは知る由もなく、池内を通じて週刊誌の動きを知り、その気配を磯田につないだだけだ。だが、池内はクーデターの首謀者の一人として、古賀もよく知る人物の名を口にした。理事昇格目前で組織を去った南雲だ。

もし池内の言う通りだとしたら、狙いはなにか。

南雲は古賀自身ではなく、その背後にある永田町の実力者、権力者の存在をどこかで知り、近づいてきた。いや、それ以外に考えられない。

〈週刊新時代と月刊言論構想でクーデターの詳細を追い、近い将来必ず世に問います〉

興奮した口調で池内が言った。記者として、取材の手の内を明かしすぎだ。そう直感したが、黙って話を聞き続けた。

南雲がどういう意図で言論構想社にネタを持ち込んだのかは不明だ。しかし、会社の二大媒体を使って取材が動き始めた。もう後戻りすることはないのだ。

古賀はビール缶をつかんだが、すでに空だった。冷蔵庫から新しい缶を取り出そうと腰を浮かしかけたとき、テーブルに放り出しておいたスマホが鈍い音を立てて振動した。

液晶に映る〈ＩＩ〉のイニシャルを目にした直後、古賀は通話ボタンを押した。

〈今、話せるか？〉

電話口から不機嫌そうな嗄れ声が響いた。

「大丈夫です、大臣」

〈秘書から概略は聞いた。本当なのか？〉

「間違いありません」

中目黒からタクシーで帰宅する途中、磯田の私設秘書にメッセージを託した。

〈南雲とかいう男は、本当にそんな大それたことを考えているのか？〉

「言論構想社の人間と話したところ、相当にことが進んでいる、そんな感触を得ました」

古賀が答えた直後、舌打ちと深いため息が聞こえた。

〈その男は、アメリカとつるんでいるのか？〉

「そこまでは……」

古賀は肩を強張らせた。南雲はスティーブ・ウォーターズFRB議長と固い信頼関係にある。米財務省ではスペンサー大統領の息のかかったトップが在任中で、まともな金融、財政政策のプランを話せる相手としてウォーターズ議長は磯田と連絡を取り合う仲だ。その中継点が南雲なのだ。米国の金融当局、ひいては政府の意向が南雲の背後にあるとしたら、南雲や日銀を正常化させようと躍起になるOBたちの動きはやっかいだ。

「近いうちに本人に質(ただ)します」

〈そうしてくれるか。俺や役人連中が動くわけにはいかん〉

「お任せください」

古賀が答えた直後、磯田が電話を切った。

11

古賀がステンレス製のモダンなドアをノックすると、中から朗らかな声が響いた。

「どうぞ、お入りください」

古賀はドアを押し開け、個室に足を踏み入れた。執務机で英字紙を読んでいた南雲が立ち上がり、古賀を応接のソファへと誘導した。

磯田から電話をもらった翌朝、古賀は南雲のスマホにショートメッセージを発した。大手町と神田駅方面に所用がある、その際に立ち寄ってもよいかと尋ねると、南雲は快諾してくれた。午前九時三五分、古賀は大手町の最新鋭ビジネスタワーを訪れた。

「いきなりのお願いで恐縮です」

「とんでもない。古賀さんなら大歓迎ですよ」

南雲は内線電話で秘書にコーヒーをオーダーし始めた。ミルクや砂糖も持ってくるよう指示を出す南雲を横目に、古賀は背広の下、ワイシャツのポケットに触れた。

「午後から会議が二本だけでして、午前中はリポートの続きを書くつもりでした」

向かいの席に腰を下ろすなり、南雲が言った。

「お邪魔ではありませんか?」

「簡単な景況分析です。部下に書かせてもよいのですが人任せにできない性分でして」

南雲が謙遜気味に言ったとき、ネイビーのスーツ姿の女性秘書がコーヒーとクッキーをトレイに載せ、部屋に現れた。

「秘書は非常に優秀な上にイケる口です。そうだよね?」

てきぱきとコーヒーカップを配膳する秘書に向け、南雲が言った。

「今度、レアな日本酒のイベントを開きます。ぜひおいでください」

古賀は胸ポケットから名刺大の案内状を取り出し、南雲と秘書に渡した。

「南雲さんにはいつもご支援いただき、感謝しております」

南雲と秘書にそれぞれ頭を下げた。

「それでは、必ずうかがいます」

クールな印象の秘書だったが、日本酒という言葉で人懐こい笑みを浮かべ、古賀に会釈して部屋を出ていった。南雲がたっぷりとミルクをコーヒーに注ぎ始めた。

「失礼ながら、用件に入らせていただきます」

古賀は声のトーンをわざと下げ、言った。異変を察知したのか、南雲が顔をあげた。

「ええ、どうぞ」

正面の南雲が首を傾げた直後、古賀は切り出した。

「人任せにできない性分、ですか」

古賀はわざと言葉の間を開け、南雲を見つめた。

「いつもの古賀さんとは雰囲気が違いますね」

南雲がおどけるが、古賀は大きく息を吐き出した。あまり使いたくない方法だったが、仕方がない。掃除屋稼業を続ける過程で、なんどか使ったやり方だ。

損切りを躊躇えば傷はさらに深くなる。今止血しなければ、会社が出血多量で死んでしまう……自分だけは助かる、他に解決策があるはずと勝手に信じる強欲な客たちには、言葉数を減らし、恐怖感からわからせる必要がある。

目の前にいる南雲は、バカな客たちと比べてはるかに優秀だ。だが、正しい行いだと信じるあまり軽率な行動を取り、自らの首を絞めていることに気づいていない。

「ここに池内という言論構想社の記者が来ましたね？」

「ええ……それがなにか？」

古賀は腕組みした。南雲は優秀な金融マンだが、古賀のように裏世界を歩いてきた人間からすれば、あまりにも警戒感に乏しい。

「どういう経緯でこちらへ？」

「いったい、どうされました？」

「もう一度うかがいます。池内記者はなぜここに来たのですか？」

「瀬戸口氏の後任が誰になるのか、経済担当として、日銀ＯＢである私に取材を」

「いきなりですか？」

「大和新聞記者の紹介です。池内記者と大学時代の同期だとか」

古賀は黙って南雲を見つめた。居心地が悪いのだろう。南雲は忙しなくコーヒーカップを口に運ぶ。そして探るように古賀をちらちらと見始めた。

池内は日銀の緊急会見に出席した。会見場で同級生と会い、次期副総裁の情報を得るために南雲を訪れた……経緯に不自然なところはない。

「積極的に池内記者を招き入れたのか、そんな風に考えていました」

目の前の男は、まだ訪問の意味を理解していない。事を荒立てるつもりはないが、ここはお灸（きゅう）を据えねばならない。

「一年前、私に近づいたのは、地ならしだったのですか？」

　地ならしの部分に力を込めると、南雲の顔が曇った。

「私の背後に磯田先生、ひいては芦原総理がいる。それを見越して接触したのかと尋ねています」

　南雲が口を開けた。南雲の顔にはイエスと大きく太い字で描いてある。古賀は大きなため息を吐き、南雲を睨んだ。優秀な日銀ＯＢは肩をすぼめ、俯き始めた。

「私の目を見てください」

　南雲が渋々顔をあげた。視線があちこちに動く。

　相当な不安を感じているのは間違いない。約一年前、六本木の外資系ホテルのバンケットで南雲と初めて顔を合わせた。ヘルマン証券が顧客を集めたパーティーだ。

　大勢の人間が集まる場所は苦手だったが、ヘルマンに強く乞われた。また、社会貢献活動に熱心な企業経営者をＮＰＯに紹介すると言われ、渋々了解した。

　会場の隅で、引き合わされたのが南雲だった。ヘルマンの担当者がどこまで古賀の本業を明かしていたのかは知り得ない。だが、古賀が政治家とのパイプを有していると明かすと、南雲の目が鈍く光った。

　その後、なんどか南雲に食事に誘われ、日銀の政策運営が酷さを増している、なんとかしたいとの思いを聞いてきた。この間、磯田とパイプを作れないかと相談され、現在まで仲介役を果たしてきた。金融政策の歪さ、そして危うさを古賀もずっと危惧してきた。

金融市場のセオリーを完全に無視して暴走するスペンサー米大統領、悪影響ばかりが目立つアシノミクス……日米の金融のプロたちが憂慮する事態を回避させるため、調整力に長け、芦原に直接小言を言える磯田にアイディアを授け、米国との連携につなげる……そう信じたから連絡役を買って出たのだ。

「いつからクーデターの計画を？」

低い声で尋ねると、南雲が唇を噛んだ。

「なんのことかわかりません」

「私のことはいい。しかし、あなたは磯田先生の顔に泥を塗ろうとしている。事の重大性を理解していますか？」

古賀が思い切り声のトーンを落とすと、南雲が首を垂れた。

「クーデターとはなんですか？」

「あなたはまだ自分の犯したミスを理解していない」

古賀は応接テーブルを拳で叩いた。指先から鋭い痛みが全身に伝わる。

「本当のことを話してください。まだ、引き返せる」

「いえ、無理です……」

消え消えの声で南雲が言った。

「首謀者は誰ですか？　クーデターの全容を話してください」

「……どうしても、ですか？」

「当たり前だ！」

自分でも驚くほど大きな声が出た。眼前の南雲が肩を強張らせた。

12

古賀の怒声に驚いたのだろう。先ほどコーヒーを運んできた秘書がドアをノックなしに開けた。

「なんでもないから」

平静を装いながら南雲が言った。秘書は古賀を睨む。だが、ここで席を立つわけにはいかない。睨み返すと、秘書が渋々ドアを閉めた。

「週刊新時代にタレコミしたのはあなただ」

古賀が言い放つと、南雲が下を向いた。

「ここからは私の想像です」

古賀は再び声のトーンを落とし、南雲に言った。

「週刊新時代と月刊言論構想は、日銀のスキャンダル取材に本腰を入れます。もちろん新時代にネタを提供したあなたのことは厳重に保護するでしょうが、なぜこんな事態が起こったのか、読者に知らせようと動き始めています」

古賀の耳の奥で、正論を吐き続けた池内の声が響いた。

〈古賀さん、本当は深いところまでご存知なんですよね？〉

「世の中には、一般の人間が知っていい情報、そうでないものの二通りあります」

古賀の声に、南雲がゆっくりと顔を上げた。だが、言葉はなにも発しない。いや、なにも言えないのだ。

「今回のクーデターは明らかに後者だ」

後者と言った途端、南雲が眉根を寄せた。

「九〇年代後半、日本で大手金融機関がバタバタと倒れたことを覚えていますか？」

「当時は日銀の営業局にいて、大手行の資金繰りをチェックしていました」

南雲が弱々しい声を発した。

「ミクロプルーデンスご担当だったわけですね」

プルーデンスとは、金融機関の健全性をチェックするという意味合いだ。バブル期の過剰な融資が不良債権化し、九〇年代後半から二〇〇〇年代にかけて金融不安が増幅した。逆のサイドで、古賀は不良債権を海外の租税回避地（タックスヘイブン）に飛ばす仲介業務を手掛けた。南雲と同様に、どの銀行でどんな融資が焦げ付いていたのか知り得る立場にいた。

「あの当時、極端に弱った銀行の名をマスコミに流したらどうなっていましたか？」

「……不安にかられた預金者が店頭に押しかけ、取り付け騒ぎになったでしょう」

　実際に全国各地で取り付け騒ぎが起こった。大手町の大手信託銀行の前に長蛇の列ができ、行員や警備員が声を嗄らして冷静になるよう訴えていた姿を古賀自身も鮮明に記憶している。

「ミクロの反対はマクロプルーデンスですよね？」

「ええ……」

　当時の日銀は、営業局担当者が個別金融機関の資金繰りを細かくチェックし、得られたデータを信用機構局が集計し、日本全体の金融システムがどのような状況にあるかつぶさに把握していた。個別行が倒れ、他に連鎖すれば日本全体の金融システムが壊れる。現在はこうした機能は両局の機能を引き継いだ金融機構局が担っている。

「金融機関、金融システム全体の健全性のなんたるかを誰よりも知っているあなたが、日銀という組織に対して、随分と大胆なことをやった。それも軽率な形で」

　古賀は軽率の部分に力を込めた。

「日銀の組織がガタつき、政策の意思決定のプロセスに支障が出ると、最悪どんなことが起きるか、想像できたのではありませんか?」

　古賀が告げると、再び南雲が下を向いた。だが、今までとは様子が違う。両肩が小刻みに震えている。膝の上に置いた両手の拳が強く握られ、手の甲に血管が浮き出していた。

「あなたに言われなくとも、わかっていますよ」

　南雲の両目は充血し、顔全体が紅潮していた。

「これ以上、日本をおかしなことにしたくなかった。出口を真剣に考えねば、日本はハイパーインフレに見舞われる。一〇〇円で買えたパンが、翌日には五〇〇〇円に、翌週には一五〇〇〇円になる。ふとしたきっかけで、この国の仕組みは崩落する」

　古賀は南雲を睨んだ。顎を動かし、先を続けるよう促した。

「中央銀行たる日銀の資産規模は五七四兆円に膨張してしまった。国債が四八二兆円、ETFが二八兆円、貸し付けが四九兆円……万が一、市場環境が急変して日銀が債務超過に陥ったら、この国は一巻の終わりだ」

　唾を飛ばしながら南雲が言った。赤間が総裁に就任する前、日銀の総資産は一六五兆円程度だった。これがあっという間に三倍以上になったことは古賀も知っている。

「日本の金融政策に対しては、スティーブもずっと前から危機感を露わにしていた」

　FRBのウォーターズ議長のことだ。南雲がさらに話し出そうと口を動かしたとき、古賀は右手でこれを制した。

「今回の件、ウォーターズ議長もご存知ですか？　ここは重要なポイントです。先方に話が伝わっているかいないかで、話はだいぶ違ってきます」

昨夜の電話で、老練な政治家であり、日米の金融財政の要となる磯田が一番気にしていたポイントだ。ウォーターズ議長が日銀の正常化に向けた政策転換、そしてそれに向けた荒っぽい行動に賛同しているのなら、磯田は芦原にその旨を説明する必要が生じる。外交や防衛面だけでなく、経済政策でも日米両国は足並みを揃えるべきだというのが磯田の考えだ。日銀で要職を務めた有力ＯＢたちの反乱劇という突発的な要素にせよ、米国当局が後ろ盾になっていれば、政府として無下にはできない。

「どうなんですか？」

「……まだ、です」

首を振りながら南雲が言った。古賀はひそかに安堵の息を吐いた。

「そうでしたか」

日本の金融政策が異様な状況になっていることは、世界中の金融関係者が知っている。特に日本との結びつきが強い米国当局者ならば、南雲と危機感を共有していて当然だ。だが、ウォーターズ議長は一国の中央銀行のトップであり、他国のクーデター に対し、安易な形で協力を申し出るはずがない。やはり、南雲ら現体制に強い不満を持つOBたちが暴走したのだ。

南雲は優秀な中央銀行の元職員であり、現在はシンクタンクでエコノミストとして政策提言や景況分析を行い、顧客向けに講演までこなす器用な男だ。しかし、古賀にしてみれば、あまりにも危機感に欠ける。

「きっかけは、私が瀬戸口氏とあの秘書をなんどか見かけたことでした。それを上司に伝えたところ……」

南雲はシンクタンクのトップである日銀OBの名を告げたあと、経済専門誌やSNSで舌鋒鋭く赤間総裁や雪村副総裁を批判し続ける四名の元日銀幹部の存在を明かした。

「新時代がスクープを放ち、実際に瀬戸口氏が辞めた。正常化に向けたラストチャンスだと皆、張り切っていました」

正直者で頑固。政治家から圧力をかけられようとも、経済の安定が第一と絶対に譲らないのが中央銀行マンのあるべき姿だ。目の前にいる南雲にも日銀マンの遺伝子が色濃く残っている。だが、そうした側面が仇となった。

「皆さんの志の高さは称賛に値します」

「わかってくださいますか！」

古賀の言葉に南雲が身を乗り出したが、古賀は首を振った。

「この国は根回しという慣習の上に成り立っています」

　南雲の顔がたちまち曇る。

「今回の行動で、今まで良き理解者だった磯田大臣を敵に回しましたね」

「しかし、我々が直接大臣にご説明させていただければ……」

　腰を浮かせた南雲に対し、古賀は強い視線を送った。

「私がこうしてお話をうかがいに来たことの意味を理解していただけませんか」

「いや、我々は直談判も辞さない」

「あなたたちは終わったんですよ。諦めてください」

　強い調子で言うと、古賀はワイシャツの胸ポケットに手を入れた。

「事情聴取は終了しました。これを大臣に渡します。もはやあなたたちが無謀なことをする余地は完全になくなりました」

　古賀はポケットから取り出した小型ＩＣレコーダーを南雲に向け、停止ボタンを押した。

「そんな……」

「邪念を捨て、どうか日常に戻ってください」

　古賀は言い放ってその場を去った。

13

「おまえ、チョコ何個もらった？」

「会社の受付のおばちゃんと居酒屋の女将、計二個です」

「お互い本命チョコはなしか。まあ、こんな生活してりゃ、当たり前か」

堀田がミニバンのハンドルに体を預け、ため息を吐いた。だが、猟師のような鋭い視線は、フロントガラスの先を睨んだままだ。このところ、堀田はマスクを着用している。口元が見えない分だけ、目つきの鋭さが際立つ。

「出てこないですね」

「張り番はこんなもんだ。おまえも知っているだろう」

「ええ、最近成果がないんで、時間が長く感じられて」

池内もため息を吐いた。

麻布十番のコインパーキングに会社のミニバンを停めてから、三時間が経過した。フロントガラスの先には、会員制割烹（かっぽう）の暖簾と格子戸が見える。

瀬戸口が辞任してから、日銀の副総裁ポストは一カ月以上空席状態が続いた。幸い、世界や日本の金融市場で波乱はなく、先月、日銀の最高意思決定機関である政策委員会による、金融政策決定会合も通常通り開催された。会合では、物価の上昇がみられない旨が追認され、いつものように〈政策の現状維持〉が決まった。主要なメディアは全てベタ記事扱いだった。

　日銀のスキャンダルは世間の関心をなくし、後任選びの観測記事も途絶えた。しかし、池内と堀田は取材を続けた。新時代にタレコミした南雲を中心に、日銀の現執行部に批判的な日銀ＯＢの動向を追った。

　二人で手分けして、社の書庫から経済誌や一般紙のスクラップを漁った。同時に、ＳＮＳでも検索をかけ続け、舌鋒鋭く金融政策を批判するＯＢ四名を抽出した。

　今、フロントガラスの先の割烹には、そのうちの三名が入っている。一人は日銀退職後にシンクタンクの理事長となり、もう一人は私大の教授、最後の一人は外資系の大手コンサルティング会社の日本法人ナンバー2となった。

「あいつら、今頃は鍋物を平らげて、締めに雑炊でも食ってんのかな」

　ダッシュボードに置いたミラーレス一眼に触れながら、堀田が言った。

「そんなところでしょうね。我々張り番は侘しいもんです」

　一時間前、池内が近所のコンビニでサンドイッチとカレーパンを買い、戦時食に充当した。冷えた車内で食べるコンビニ食は、惨めさを助長する。

　池内はスマホを取り出し、メモアプリをタップした。月刊誌に異動してまさか張り番をやるとは思わなかったが、ターゲットは芸能人や政治家のスキャンダルではない。日本という国の通貨の番人を務める中央銀行を巡るゴタゴタだ。新時代とタッグを組み、波状攻撃する。言論構想社の長い歴史の中でもほとんどやったことのない試みなだけに、体のきつさよりもやりがいがはるかに勝る。

中目黒のバーで古賀を問い詰めてから一ヵ月が経過した。あの晩、池内は先輩記者の取材データやカメラマンが押さえた決定的なショットを武器に、古賀を取材した。過去に手がけた大手企業の不良債権飛ばしや、粉飾決算の幇助(ほうじょ)……だが、古賀はあくまで冷静だった。

〈買い被りすぎです〉

〈私についてそんな噂話を流す人たちがいるのは存じていますが、あなたはそんな噂に乗せられただけですよ〉

鷹揚な笑みを浮かべ、古賀は追及をはぐらかし続けた。だが、ピアノを弾くように右腕を叩いた左指を見る限り、古賀は動揺していた。特に、南雲がクーデターの中心にいた張本人の可能性が高いと告げると、右腕を叩く指のピッチが上がった。

パーティーで会ったのみだと言ったが、古賀と南雲は旧知の仲だったのではないか。池内はそう考え続けた。古賀は私邸を訪れたりするほど磯田と深い関係にある。古賀を軸に、日銀執行部の交代を腕力で迫る南雲らOBたち、そして磯田という政権ナンバー2がつながっている。三者がどう絡み合っているのか、そして磯田が南雲らにシンパシーを感じているとしたら……様々な考えが頭の中で渦巻く。

「それで、例のフィクサーは最近どうなんだよ？」

「いたって平静です。なかなか隙を見せないというか……」

中目黒のバーで会って以降、古賀とはなんどかメールを交わした。しかし、その中身はいずれも仙台の勝木の事業、そしてNPOのイベント企画に関するものだけだった。

「ずっとはぐらかされています」

「おまえ、取材が下手なんだよ」

「それくらい、自分でもわかってますよ」

池内が言い返した直後、フロントガラス越しに高級割烹の暖簾が動くのが見えた。

「お出ましだ」

ダッシュボードに置いた細身で長い望遠レンズをつかむと、堀田がミラーレス一眼の背面液晶を覗き始めた。池内も暗い街路へと目を凝らす。着物姿の女将に見送られ、三人の中年男性が格子戸を開け、通りに出た。

「行け」

シャッターを切り続ける堀田が言った。ヤンキースのキャップを目深に被り、ミニバンの助手席から滑り降りた。ダウンジャケットを羽織り、両手を擦り合わせる。

禿頭で一番背の低いOBが「お疲れさん」と言った直後、三人の真横にタクシーが停車した。

「それでは、僕はこれで失礼」

現在は外資系コンサルタントのOBが体を折り曲げ、黒いタクシーに乗り込んだ。

二人はタクシーのテールランプを目で追ったあと、顔を見合わせた。

「まったく、南雲はなにをやっているんだ？」

「体調が悪い、風邪をひいた、娘の留学準備で忙しい……このところ、ずっと会合に出てきません」

二人は池内が知る男の名を告げたあと、すぐに別のタクシーをつかまえ、乗り込んだ。追うならば、この二人だ。池内は踵を返し、小走りでコインパーキングに戻った。フロントガラス越しに堀田と目で合図を交わし、手早く料金を支払った。

「ナンバー覚えたか？」

「もちろんです。練馬……」

領収書をダウンジャケットのポケットに突っ込み、車番を堀田に告げた。

「多分、二次会だ。おそらくスナックかカラオケだ。今のうちに着替えしておけ」

巧みにハンドルを切り、堀田がミニバンを通りに出した。堀田はタクシーのナンバーを復唱したのち、麻布十番の小路で速度を上げ始めた。

「撮れましたか？」

「当たり前だ。これで四回分の謀議の証拠を押さえた」

堀田が言ったとき、大通りに通じる信号が赤に変わり、ミニバンが停車した。池内はフロントガラス越しに前方を見る。

「二台先に例のタクシーがいます」

「わかった」

答えたあと、堀田が左手を口元に当てた。

「どうしました？」

「ちょっと、喉の具合が悪い」

直後、堀田が咳き込み始めた。白いマスクが心臓の鼓動のように忙しなく動く。以前、気管支が弱いと言っていただけに、空咳のような乾いた音が気に掛かる。

「運転替わりましょうか？」

「そんなヒマはない」

なおも堀田の咳が続く。

「事故っちゃいますよ」

池内はサイドブレーキを引き、ダッシュボードのハザードランプのボタンを押した。

「替わります、早く」

シートベルトを外し、ドアを開けて降車する。後ろにいたライトバンに会釈したあと、運転席側のドアを開ける。

「早く移動してください」

シートベルトを外すのに手間取っている堀田に言った。

「悪いな」

堀田は口元を押さえ、空咳を続けた。

「それじゃ、行きます」

信号はとっくに青に変わっていた。ハザードランプを消し、サイドブレーキを解除する。その後、池内はシフトをDに入れアクセルを踏んだ。尻の下からディーゼルエンジンの低い唸り声が響いた。

「見失っちゃいない」

助手席に移動した堀田がフロントガラス越しに前方を睨む。

「それより、医者に行った方がいいですよ」

「大丈夫、昔から慣れている。それに、軽い風邪だろうし、大したことはない」

「インフルエンザだったらどうするんですか？」

「毎年きちんと予防接種受けてるよ」

掠れ声で堀田が答えた。咳は小さくなったが、今も息苦しそうだ。ハンドルを握って前方を注意しつつ、池内は堀田の息苦しそうな声を聞き続けた。

「今回の一件のほか、無茶なスケジュールで取材しているんですよね？」

「ああ、そうだ。一年契約の傭兵は結果出さなきゃならないんでな」

池内との極秘取材案件のほか、堀田は通常通り芸能人やスポーツ選手のスキャンダルを追うため、日夜走り回っている。

「昨日までどこにいたんですか？」

「札幌だ。詳しい話は言えんが、ある有名人の愛人が円山のマンションにいる。ここ一月で四回も東京と札幌を往復だ」

「雪まつりで混んでいたんじゃありませんか？」

「ああ、中国からの観光客がうようよいた……おい、奴ら降りるぞ」

先を走るタクシーが六本木に通じる大通りの路肩に停まった。

「了解。俺が追いかけますから、堀田さんはしばらく休んでください」

ハザードランプを灯しながら、池内はミニバンを路肩に寄せた。先ほどの日銀ＯＢ二人が細い小路に入ろうとタクシーを離れた。

「このあたり、小さな店が多いぞ。見失ったらどこに入ったかわからなくなる」

マスク越しの掠れ声を聞きながら、池内は運転席のドアを開けた。

14

「すまんが時間があまりない。手短に済ませよう」

分厚いクッションが入った革張りのソファに腰を下ろすなり、磯田が言った。

「存じております」

銀座八丁目、磯田が週に一、二度通う高級クラブにこれから行くと私設秘書から連絡が入ったのが一時間前だった。神保町の事務所から飛び出すと、古賀は銀座のビル内部の薄暗い関係者通路をたどり、以前案内されたバーの個室に辿りついた。

目の前では、タキシード姿のウエイターが手慣れた様子でシガーカッターを手にし、高級なキューバ産の葉巻の吸口を切って磯田に差し出した。

磯田は、差し出されたガスターボのシガーライターに顔を寄せ、なんどか煙を燻らせた。八〇歳近くになった磯田だが、普段は顔の色艶が良い。還暦をわずかにすぎたばかりと言っても、信じる者がいるはずだ。政治家特有の汗と脂が額や頬に滲み出ているが、今日は違う。

目の下にどす黒いクマができ、顔の張りも艶もない。葉巻に火を灯し終えたウエイターが恭しく頭を下げ、個室から出ていった。

「少しだけ、時間をくれ。国会と役所にいると、葉巻が吸えないんでな」

口の中に煙を回し、これを気持ちよさそうに天井に向けて磯田が吐き出した。軽く頭を下げ、古賀は次の言葉を待った。

夕刊の一面トップ記事が頭をよぎる。

〈GDP、5四半期ぶりマイナスに年率換算で六・三%の大幅減〉

昨年秋の消費税率引き上げにより、景気に急ブレーキがかかった。国会では、野党議員に舌鋒鋭く批判され、記者会見ではメディアに突き上げられる。豪胆な政治家として知られる磯田の顔は、疲労の色が一段と濃くなっていた。

「一〇時間ぶりのシガーだ。うめえな」

磯田がようやく相好を崩した。古賀は無言で頭を下げ、磯田の様子をうかがった。急ブレーキのかかった景気には、もう一つ重苦しい要素が持ち上がった。中国内陸部の大都市で発生した新型コロナウイルスが、猛烈なスピードで同国を覆い、これが日本にも伝播し始めたのだ。

「やっと現地の邦人を脱出させた。少しばかり肩の荷が下りたかな」

シガーを愛おしそうに見たあと、磯田が言った。新型コロナウイルスの発生源となった中国内陸部の大都市には、数百人単位で在留邦人がいた。現地に進出した自動車メーカーや部品会社の従業員、その家族たちだ。政府は民間航空会社の中型機をチャーターし、計五回現地と羽田を飛んだ。銀座に来る際に乗ったタクシーのラジオからは、これで希望する邦人全員が現地を離れたというニュースが流れた。

新型コロナウイルスの世界的な蔓延により、景気がさらに落ち込むとの見通しが強まった。タクシーの運転手にしても、銀座や六本木、新宿など繁華街から徐々に人出が減り始めていると言っていた。

「お疲れ様でございます。どうか、大臣もご自愛ください。差し出がましいですが、あちらのお店もお控えになったほうがよろしいかと」

古賀は視線で壁を指した。磯田行きつけの高級クラブのある方向だ。

「ありがとよ。しかし、定期的に来ねえと健康不安説が流れるんでな。政治家も因果な商売だ」

苦笑したあと、磯田が葉巻を灰皿に置いた。

「この前の音声データ、助かったぜ」

両手を膝につけ、磯田が頭を下げた。

「やめてください、大臣。あれくらいのことはさせていただきます」

「本人の証言だからな、あれほど有効なものはない。それで、奴らの様子はどうだ？」

目を見開き、磯田が尋ねた。

「未だに会合を開き、策を練っているようです」

掃除屋稼業を通じて知り合った探偵を使い、南雲ら日銀OBの動向を調べさせている。麻布十番や赤坂、あるいは日銀に近い神田駅周辺で、クーデターを企てている男たちは週に一、二度の割合で会合を重ねていた。その旨を簡単に磯田に説明した。

「懲りねえ連中だな。たしかに、ウチの派閥の若手議員あたりから面会の要請も入っているが、やり口がみえみえだ。もっと方法を考えろって言いたいぜ」

いつもの砕けた口調だが、磯田の両目は笑っていない。南雲に言った通り、磯田はクーデターの計画に接し、激怒した。古賀はこの企てに関し、米国側との意思疎通がない旨を伝えた。

「渋谷の家に、雪村を呼んだ。これ以上ないほど怒鳴ってやった」

雪村は日銀生え抜きの副総裁であり、内部監理を統括する立場にある。磯田らしいのは、面会場所が衆人環視の国会や役所ではなく、人目のない松濤の私邸で叱りつけたことだ。

「間抜けなのは、あのネタ元がどこの誰だか、日銀執行部は詳しく調べた形跡がなかったことだ。その点についても厳しく指導した」

「さすがです」

おそらく、磯田は遠回しに新時代に誰がネタを売ったのか伝えたはずだ。となれば、日銀サイドとしても不穏な動きに対する防御態勢を組むことができる。

「それで、言論構想の動きはどうだ？」

「しつこく首謀者たちを追っているようです」

「記事を出しそうか？」

「わかりません。ただ、保険はあります」

「そうか。おまえのことだ。ぬかりはないよな」

磯田は名残惜しそうに葉巻を一瞥し、腰を上げた。

「名物の分厚いカツサンドを土産用にオーダーしておいた。帰るとき持っていけよ」

「お心遣い、ありがとうございます」

ソファから立ち上がったときだった。分厚い個室のドアが開き、私設秘書が顔を見せた。

「どうした？」

磯田が尋ねると、秘書は小さなメモを手渡した。磯田がメモを見たのち、言った。

「例のクラブで三名陽性が出たそうだ。当面、夜の街は自粛だ。おまえも気をつけろ」

吐き捨てるように言うと、磯田が出て行った。

古賀は磯田が座っていた革張りのソファを見たあと、自分の椅子に目をやった。新型コロナウイルスは飛沫(ひまつ)感染する。微細なウイルスは目に見えない。健康不安説を払拭するために高級クラブ詣でする磯田でさえ、自粛する。こうした動きが世間に広まれば、日本経済はハードパンチャーからボディブローを食らったように弱る。いや、ダウンに至るストレートのパンチだ。ハンカチを取り出し、古賀は懸命に自分の手を拭った。

最終章　無間（むげん）

1

九段下の編集部でメモを整理していると、池内のスマホが震え、メッセージの着信を報せた。画面にはしかめっ面のアイコンがある。堀田からだ。

〈なにか成果はあったのか？〉

〈特段報告するような成果はありません。お加減はいかがですか？〉

素早く返信する。

〈ようやく病院のメシが流動食から固形物になった。今は脂ギタギタ、野菜とニンニク増し増しのラーメン食いたいよ〉

メッセージのあとに、丼のスタンプが点滅した。

〈あと少しの辛抱です。治療に専念してください〉

〈わかってるよ。ちゃんと取材しろよ〉

荒っぽい言葉のあとにサムズアップのスタンプが点滅した。

スマホを置くと、池内はため息を吐いた。取材メモをランダムに書き込んだ画面を見ると、気が滅入る。

麻布十番で日銀OBたちを追跡した晩から二週間経過した。ほとんど成果のない中、あと一時間ほどで二月最後の日を迎える。

あの晩の追尾途中、堀田が激しく咳き込んだ。空咳にしては様子がおかしかった。元々気管支が弱いと言っていたこともあり、元幹部たちを追うのを断念し、堀田を会社指定の中規模病院に担ぎ込んだ。

熱を測ると三八・八度もあった。念のためと当直の医師が検査すると、堀田はインフルエンザA型に感染していた。著名人を追いかける張り番の連続に加え、北海道と東京の往復取材による過労も加わり、重症化が懸念されたため、緊急入院が決まった。

一人暮らしで東京に身寄りのない堀田のため、荻窪の安アパートまで身の回りの物を取りに行き、コンビニで下着の類いを買い、差し入れした。池内が一息ついたときには周囲が明るくなっていた。

医師が驚くほど過労がひどく、症状が重くなったのだという。診察を終えた医師が池内に告げた言葉が今も耳の奥で響く。

〈不謹慎かもしれませんが、普通のインフルエンザでよかった。なんども取材で札幌に行かれたというので、一時は新型コロナウイルスを警戒しました〉

医師の言葉を思い起こすと背中に悪寒が走る。スマホを机に置き、先週発売の週刊新時代を手に取った。

〈万が一感染しても軽い肺炎程度で済む〉

〈春に気温が上がれば、ウイルスは自然消滅する〉

当初は日本では楽観的な見方が主流だった。だが、二月中旬以降、完全に雲行きが怪しくなった。池内の場合、医師の言葉が大きな転機となった。

〈今、東京が中国のような状況になったら大パニック、医療崩壊は確実です〉

医師は真冬にも拘わらず大粒の汗を額から流した。左手には脱いだばかりの半透明の防護服、取り外したゴーグルと医療用マスクがあった。

〈我々医療従事者の間では、猛烈な速さで情報が回っています。新型コロナウイルスはとてつもなく感染力が強く、病状悪化の度合いが酷いのです〉

〈政府がなにを考えているのか知りませんが、新型コロナウイルスが蔓延した国から一〇〇万人の観光客を受け入れました。防疫を学んだ者としては、正気の沙汰とは思えません〉

感染力が極めて強いウイルスが、日本でも猛烈な速度で感染域を広げている可能性が高いと医師が声を潜めた。

〈かつて当院で研修した台湾の医師によれば、あの地では早々に中国からの観光客をシャットアウトし、防疫に努めたそうです。人の命を守るという観点からすれば、日本政府のやったことは国民を命のリスクに晒すテロ行為です〉

医師の言葉を改めてメモのファイルに書き込んだあと、メインの取材テーマである日銀関連のファイルを呼び出した。

〈国会審議は水物です。今は誰も注目していなくとも、いきなりフォーカスされるときがきます。必ず取材は続けてください〉

池内はパソコンの画面越しに編集長席を見た。三日前、取材の進捗状況を小松に報告した。現在、特命班が財界首脳のスキャンダルを取材中だ。小松の席の前には、記者やライターの面々が緊張した様子で立っている。

池内は日銀人事の取材と並行し、複数のインタビューを副編集長の布施に割り振られた。一つは往年のプロ野球選手、あとは大物俳優への取材だった。この他にも言論構想で小説を書いている大御所作家の連載担当も命じられた。

机の上に散らばったメモや同僚が残した付箋を片付けながら、池内は最も注力する日銀の人事に考えを巡らせた。

日銀の副総裁ポストの一つが空席となって二カ月近くが経過した。経済専門メディアの間からも有力な後任候補に関する報道が消えた。大和新聞の宮田に尋ねると、何人もの有力候補が就任要請を拒み、人選が難航しているという。

日銀人事の鍵を握る政府にしても、他の重要法案の成立に注力している。年金制度改革法案のほか、大手IT企業などを念頭に置いたデジタルプラットフォーマー取引透明化法案を委員会審議に諮ったが、野党は全く別の問題に関心を示した。

芦原首相や夫人、後援会組織が不透明な会計を行った〈紅葉狩の夕べ〉の問題が尾を引いたのだ。

〈取材は続けてください〉

小松の言葉をもう一度嚙み締める。

国会議員は次の選挙に向け、常にパフォーマンスに走る。瀬戸口の辞任時にも、与野党の大物議員たちが院内のぶら下がり取材で自覚不足、不謹慎などと揃って前副総裁を鋭く批判した。だが現状、日銀の事柄は永田町で話題になっていない。

池内はパソコン内の資料ファイルを開いた。池内の意識が医師の言葉で大転換したように、日本の株式市場も新型コロナウイルスの感染拡大によって転機を迎えた。日銀人事が関心を集めなかったのも致し方ない。池内は証券会社の情報部が制作したグラフに目を凝らした。

平均株価は昨年末から二万三〇〇〇円台の小幅なレンジ内で揉み合っていた。グラフの縦軸は価格、横軸は日付だ。主要な株価指数はほぼ横ばいとなり、折れ線グラフもほぼ横一線の状態だった。しかし、アメリカの大手企業が発した業績予想が投資家の心理を一気に冷やし、以降株価は急激な下落トレンドを辿っている。

震源は池内も長年愛用するスマホを製造する米アプリコット社だ。同社は二月中旬、向こう三カ月間の売り上げに大きな懸念があると明かした。

アプリコット社のスマホは中国で生産を続けてきたが、新型コロナウイルスの感染急増で現地の工場が完全にストップした。数万にも及ぶパーツで構成される最新型のスマホの生産が事実上止まり、事前に発表していた売上高の目標に遠く及ばないことが明確になった。

アプリコット製のスマホは、全世界で一〇億人以上が使用する。他にも、電化製品や自動車部品など中国で生産されている物品が多く、新型コロナウイルスの蔓延が世界の工場を襲ったことで、製品や部品の欠品が強く意識された。

製品が生産できなければ、企業の売り上げはなくなる。となれば、そこで働く人々の給料も減る。給料が減れば世界的に個人消費が落ち込み、さらに物やサービスが売れなくなってしまう……株式市場発の負の連想ゲームが世界の金融市場だけでなく、一人一人の暮らしを直撃するとの見方が広がったのだ。

池内は株価のグラフに目を凝らし、急激な右肩下がりになっている点を拡大表示させた。二月の最終週の四日間で、平均株価は前の週から二二〇〇円超も急落した。

グラフを作成した証券会社のスタッフによれば、二〇〇八年のリーマン・ショック直後の下げと同等の急落幅だ。

真っ暗な窓の外に目をやる。近隣の商業ビルの灯りが一つ、また一つと消えていく。世界中の景気を支える企業の息が止まるような錯覚に襲われる。

2

国道二四六号線から五〇〇メートルほど東側にある高級マンション前で、池内は両手に息を吹きかけ、足踏みを続けた。

陽が落ちた頃から、三軒茶屋の住宅街には容赦無く北風が吹き始めた。間接照明に照らされたエントランスには、学生や主婦が次々と吸い込まれていくが、目的の人物は未だ姿を現さない。

池内は腕時計に目をやった。午後八時三二分、待ち始めてから四五分が経過した。日銀OBたちを追尾していた頃から、南雲と行き違いが増えた。いや、避けられている気配が濃厚だった。一〇回以上出したメールには全て返信がなく、その旨を秘書に連絡してもシステム障害だったとはぐらかされた。シンクタンクの直通電話は全て留守電となり、大和新聞の宮田から聞いた携帯番号にかけても応答はなかった。

副総裁人事を巡るクーデター計画になんらかの異変が生じ、南雲が外部との連絡を絶ったのではないか。声を聞き、直接顔を合わせて事情を尋ねる。そう考え、南雲の自宅を割り出した。法務局でシンクタンクの登記を調べ、幹部社員の住所を探った。張り番時代、なんども使った手段が思わぬところで役に立った。

スマホをポケットに戻し、両手に息を吹きかけたときだった。学生服の高校生二人の肩越しに、見覚えのある顔があった。コートの襟を立て、池内は俯き気味に近づいた。

「南雲さん、ご無沙汰です」

高校生に続き、エントランスに入りかけていた南雲が驚き、足を止めた。

「池内さん……」

「お時間をいただきたいのです」

「すみません、緊急リポートを書かねばなりません」

「私を避け続けた理由はなんですか？」

間髪容れずに問い返すと、南雲が大きな息を吐き、池内に顔を向けた。

「教えてくださるまで、帰りません」

低い声でダメ押しする。

「そうですか……」

下唇を噛みながら、南雲が顔を上げた。両目が真っ赤に充血していた。

「ここではなんですから、どこかお店にでも」

池内が促すと、南雲がゆっくりと頷いた。

三軒茶屋の隣町、池尻大橋にある小さなトラットリアに入った。新型コロナウイルスが都内でも感染者数を増やし始めたため、営業マン時代頻繁に使った店は貸し切り状態だった。池内は前菜の盛り合わせと名物のクリームパスタ、マルゲリータピザをオーダーし、南雲を見た。

「コソコソして申し訳ありませんでした。色々とトラブルがありましてね」

肩を落とし、南雲が言った。池内だけでなく、他のしがらみからも逃げていた様子がうかがえた。

「まずは食前酒といきませんか？」

池内が目配せすると、店のスタッフが蒸留酒のグラッパをボトルごとテーブルに運んだ。二つのショットグラスに透明な液体を注ぎ、南雲に勧める。

「アルコール度数が五〇度もありますが、体の芯から温まります」

池内がグラスを掲げたとき、南雲が意を決したように強い酒を喉に流し込んだ。

「以前、ミラノ出張したとき以来です。美味い」

両目を閉じ、南雲が強い酒の余韻を味わった。

「なにかあったのですか？　若輩者でよければ話し相手になります」

池内は南雲の空のグラスにもう一杯、グラッパを注いだ。ありがとうと小声で言い、南雲がグラスを空けた。

「あのとき、なにか言いかけられましたよね？」

顔が赤らみ始めた南雲に向け、池内は切り出した。

副総裁の後任人事の取材でオフィスを訪ねた際、池内は南雲が後任ではどうかと水を向けた。南雲は否定したが、なにか言葉を発しかけていた。そのとき、通信社の一報が入った。日銀の不祥事に、国際的に著名なエコノミストが強く警鐘を鳴らしたのだ。あの一報がなければ、南雲はなにを伝えたかったのか。池内は改めて問うた。

テーブルの反対側で、南雲が腕を組み、黙り込んだ。この際、吐き出してはどうか。池内はそんな思いを込め、南雲を見つめた。

「わかりました。お話ししましょう」

手酌でグラスにもう一度グラッパを注ぎ、南雲が言った。

3

「クーデター計画はどこまで進んでいるのですか？」

池内は切り出した。

「なぜ、池内さんがそのことを？」

南雲の声が微かに震えていた。

「信じてもらえるかどうか不安ですが」

池内は堀田の名前こそ伏せたものの、週刊新時代の記者がクーデターの中心に南雲がいることをつかんだことを伝えた。南雲がゆっくりと頷いた。

「あれはもう無理です」

「どうしてですか？」

「磯田先生を怒らせてしまったからです」

消え入りそうな声で、南雲が言った。

「磯田副総理がどう関係するのですか？」

池内の問いかけに、南雲が深いため息を吐いた。

「実はこんな背景がありました」

南雲は、スペンサー大統領の名を挙げた。思いつき、独善、我がまま、強欲……多種多様な言葉でスペンサーが史上最悪の大統領であると説明し、顔を紅潮させた。

「私個人の人脈として、スティーブ・ウォーターズ議長と親交がありました。スペンサーの言う通りに金融政策を行ったのでは、米国だけでなく世界中の市場（マーケット）が壊れてしまう。スティーブの懸念を共有できる人物として、磯田副総理の名が挙がり、私は二人のパイプ役を務めていたのです」

池内はもっと詳しい話をしてほしいと南雲に求めた。

「本来、FRB議長のカウンターパートは赤間総裁です。しかし、金融政策のプライドを早々に捨て、政府の言いなりになるような人物は、スティーブだけでなく世界中の中銀マンが軽蔑し、信用していません」

南雲の声が次第に大きくなった。

「そんな状況を憂えたスティーブは、国際会議でなんども言葉を交わした磯田大臣との信頼関係を深めました。磯田先生は英語が堪能です。会議後の食事や懇親会の場で、二人は日米の経済政策の危うさ、それぞれのリーダーの特性などについて意見が合致しました。以降、非公式ルートを通じて互いに危機感を共有していました」

南雲がスマホを取り出し、写真アプリを開いた。池内が画面に目を凝らすと、USBメモリがいくつも写っていた。

「ネットを通じてメッセージをやりとりすると、米側の諜報機関に中身が筒抜けになってしまいます。スティーブは機密保持を重視し、両国を出張する機会の多い弊社のスタッフにUSBを託したのです」

池内は小さな唸り声を上げた。スパイ小説や映画さながらの話だ。しかし、こうして南雲が写真を見せてくれている以上、事実なのだ。

「それで、磯田大臣が怒ったというのはどういう意味を持つのですか?」

池内の問いかけに、南雲が下を向いた。

「新時代のスクープで瀬戸口氏が辞任しました。直後、クーデターの動きが磯田先生に抜けてしまいました」

抜けた……南雲が生々しい言葉を使ったとき、池内の心の中になにかが引っかかった。小さなトゲだが、鋭い痛みを伴うものだ。

「磯田先生は、我々クーデターの首謀者たちがスティーブとつながっているのか、つまり、アメリカ側が一連の動きを後押しする、そうしないまでも黙認しているかどうか、慎重に見極めていらっしゃいました」

「それで、米側との連携はあったのですか?」

池内の問いに、南雲が肩を落とした。やはり……そう言いかけたが、なんとか堪えた。

「我々は段取りを考えていました。瀬戸口を追い出したあと、現在の日銀の政策運営に危機感を抱くOB、そして現役職員が連名で声明文を発表する準備をしていました。その際は、FRBだけでなく、欧州中銀にも支援してもらえるよう、危機感を共有する計画だったのです」

「どうやって計画が磯田大臣に抜けたのですか?」

池内が尋ねた瞬間、下を向いていた南雲がいきなり顔を上げた。その悔しげな表情に接した瞬間、自らの心の中に刺さっていたトゲの正体がわかった。池内は写真アプリを開き、懸命に画面をスクロールした。

「もしや、この人物が暗躍したのですか？」

自らの手の中には、目つきの鋭い背広姿の男の写真がある。画面を向けると、南雲が目を剥いた。

「古賀さん……池内さんもお知り合いですか？」

「古賀氏は磯田大臣の私邸まで入っていける人物です。正体をご存知ですか？」

「いただいた名刺には、金融コンサルタントと肩書きがありました。外資系証券会社のスタッフに紹介されたときは、金融界だけでなく、政界にも顔が利く人物だとも」

「今回のクーデターのために、政治家に近い古賀氏と接近したわけですね？」

「はい。様々なルートから永田町、霞が関の裏側に接触を試みましたが、機密性の高さ、一般に存在を知られていない等々を勘案して、古賀さんを秘密の代理人に決めたのです」

南雲の言葉をメモにしてスマホに入力する。古賀という名前が出るたび、指先に力が籠もっていく。

「古賀氏が寝返った、そういうことですね？」

「その通りです」

「いつですか？」

「一月（ひとつき）半前です。私のオフィスに現れ、半ば恫喝するように断念を迫りました」

「具体的には？」

「日本の社会は根回しの上に立脚している。芦原政権の後見人である磯田氏に相談しないまま事を進めたのは、政界随一の実力者の顔に泥を塗る行為だと」

「古賀氏の本当の顔をご存知ですか？」

「どういう意味です？」

南雲の眉根が寄った。やはり、南雲は何も知らない。

「フィクサー、掃除屋、飛ばし屋。そしてコールマンという異名もあるそうです」

南雲の顔に困惑の色が浮かんだ。

「こういうことです」

池内はスマホ画面を南雲に向けた。

「これは芦原首相と密会し、見送る際のショットです」

粉飾決算で世間を騒がせた三田電機の顔役とともに、ハイヤーに深く頭を下げる一枚、そして三田電機だけでなく、日本の大手企業や金融機関の決算の不正、そして不良債権の海外への隠蔽……忙しなくファイルのページをめくり、池内は説明を続けた。

「三田電機の粉飾の際、実は警視庁捜査二課が立件に向けて動いていました。しかし、当時の捜査担当者はすんでのところで異動させられました」

池内の手元には、青い制服姿の青年がいる。小堀というキャリア警視の写真だ。

「南雲さん」

姿勢を正し、池内は南雲を見つめた。

「なんでしょうか？」

「もう一度、やりませんか」

「なにをです？」

「クーデター、いや、日本という国の腐った部分を除去するのです」

「具体的には？」

「私が記事を書きます。いえ、私だけでなく、経済に強い書き手を集め、月刊言論構想、そして週刊新時代で一大キャンペーンを張るのです」

自分でも驚くほど、体が前のめりになっていくのがわかった。

「だってこんなこと、おかしいじゃありませんか」

「だから我々が立ち上がろうとした。日銀という経済の根幹を支える組織から日本を変えることができるのではないか、そんな思いが出発点でした」

いつの間にか、南雲の両目が真っ赤に充血していた。

「磯田副総理が激怒しても、頓挫させることはない。いや、やり通すべきです」

真剣な面持ちの南雲に接し、池内は言った。

「おこがましい言い方かもしれませんが、我々メディアは世間を変える力を持っています」

「どういう意味ですか？」

「洗いざらい全てを記録し、それを国民に知らせるのです」

「つまり、池内さんが言論構想という月刊誌に書くという意味ですか？」

「言論構想だけでなく、週刊新時代、あとは言論構想オンラインという電子媒体もあります。ほかに新書やノンフィクションでも」

「そうか、その手がありましたか」

「皆さんの真摯な思いを磯田副総理、そして金融界のフィクサーである古賀氏が木っ端微塵にした」

池内はスマホを手に取り、警視庁から神奈川県警の幹部職へと異動させられた小堀警視の顔写真を見つめる。

「警察に圧力をかけ、古賀氏は今も暗躍しています。だが、我々メディア、特に言論構想社は違います。絶対に屈しません」

「わかりました。仲間たちに諮ってみます。おそらく、池内さんに協力を仰ぐことになるでしょう」

南雲が右手を差し出した。池内は両手で南雲の右手を強く握った。

「古賀氏の話が出たので思い出したことがあります」

「なんですか?」

「かつて金融政策決定会合の直前に、磯田氏に妨害された元審議委員がいます」

池内の耳に刺激的な名前と言葉が刺さった。

「会えますか?」

「連絡してみましょう」

池内の目の前で南雲がスマホを取り出した。画面をスクロールした南雲が発信ボタンをタップした。

「もしもし……」

池内は固唾を呑んで南雲の顔を見守った。

4

南雲と会った翌日の夕方、池内はガラス張り二〇階建ての真新しい校舎前に立った。

都心の広大な敷地には、歴史的建造物に指定された大講堂や煉瓦造りの図書館のほか、明治維新を経て、大学を創立した人物の銅像がある。

大学生の頃、池内はなんどか西北大学に足を運んだ。高校の同級生が広告関係のサークルに所属していた縁で、学食で大盛りカツカレーを食べ、ベンチで他愛もない話をして過ごした。

校門前の受付でアポがある旨を告げ、最新鋭のキャンパスに足を踏み入れた。弱い西陽が差し込み、ホール全体を照らす。通常なら講義や実習を終えた学生たちが下りのエスカレーターから出口へと向かっていく時間だが、入試のタイミングで、周囲はガランとしている。池内は特別に立ち入りを許可された。

サークル活動、飲み会、就活……学生たちが様々な話題を口にし、友人たちとキャンパスを後にする姿を想像しながら、池内は上のフロアを目指した。ゆっくりと動く階段の途中で、昨夜の南雲の赤ら顔が浮かんだ。

〈彼女の意思が正しく反映された採決だったなら、今ごろ日本の景色は変わっていたはずです〉

南雲は分厚いステーキのあとにドルチェを平らげ、年代物のブランデーを舐めながら言った。採決とは、日銀の金融政策決定会合のことだ。今から五年以上前、二〇一四年一〇月三一日。この日が日本経済の分水嶺だったと南雲が声を荒らげた。

南雲と別れたあと、急ぎ九段下の会社に戻り、池内は資料室に籠もった。誰もいない部屋で資料検索専用パソコンを使い、日付とともに日銀、金融政策決定会合と打ち込み、結果を待った。すると、社のデータベース担当者がスクラップした資料の一覧が現れた。池内は外資系通信社の短い本記に目を凝らした。

〈東京　三一日　ソダーバーグ　日銀は三一日開催した金融政策決定会合で、大量の資産買い入れを行う追加緩和策を決めた。長期国債については年間約八〇兆円、上場型株式投資信託（ETF）を同約三兆円、上場型不動産投資信託（J‐REIT）を同約九〇〇億円などで……〉

池内は記事を読み進めた。

芦原首相が主導したアシノミクスと歩調を合わせる形で、二〇一三年の赤間総裁の就任直後から大規模緩和に踏み切った。

営業マン時代は全く意識していなかったが、二〇一四年一〇月末の会合は、エポックメイキングな日だった。池内は記事の末尾に目を向けた。

〈この日の採決は、投票権を持つ審議委員九人のうち、賛成が五、反対が四と拮抗した。会合では賛否両論が相次ぎ、通常より会合の開催時間が長引いた〉

池内はさらに多数の関連記事を貪るように読み始めた。

〈薄氷のハロウィーンサプライズ緩和〉

経済専門の週刊誌で、ベテラン編集者が解説を加えていた。

〈賛成票を投じたのは、赤間総裁、副総裁二名、審議委員二名。反対票は二名のエコノミストのほか、従来は執行部提案に賛成を続けてきた電力会社出身者、メガバンク出身者二名の計四名で……〉

南雲の言葉が頭蓋の奥で鈍く反響した。赤間総裁が就任して二年目、一向に効果の上がらない大規模金融緩和策をさらに拡大したのがこの日の決定会合だった。

資料室のデータでは、翌営業日の東京株式市場で主要銘柄が急騰、円相場も円安方向に振れたとの記録があった。

〈良いサイクルに入った期待へのモメンタムをより確固たるものにするため、量的にも質的にも金融緩和を拡大することが適当だと判断した〉

金融政策決定会合後の記者会見で、赤間総裁は胸を張った。

しかし、あの日から赤間総裁が目指した物価上昇の気配は一向になく、日本経済は停滞を続けた。

この間、米国では有史以来最悪と評される大統領が登場した。スペンサー大統領は日々問題発言を繰り返し世界経済を混乱させた。

南雲が言った通り、大規模金融緩和措置を繰り返しても景気は上向かず、政府の借金である国債を飲み込み続ける、経済の教科書で最悪の手段と呼ばれる事実上の財政ファイナンスが常態化し、外部環境の激変に極めて脆弱（ぜいじゃく）な状態に陥った。そこに新型コロナウイルスの世界的な流行という誰も予想しなかった事態が加わった。

あの日、日銀執行部が提案した大規模緩和策が否決されていたら……酔いが回った南雲はうわ言のように繰り返した。

本来なら執行部提案は否決されるはずだったと南雲は明かした。だが、開催直前のタイミングで古賀が音もなく現れ、最後の一票をひっくり返したという。具体的には、反対票を投じる可能性が極めて高い審議委員に近づき、なんらかの圧力をかけたというのだ。

〈買い被りすぎです〉

切れ長の目で冷静にあの男は言い放った。古賀の正体、そして数々の裏仕事を世間に詳らかにする。その仕上げとして、あの日の会合で嫌々ながらも賛成票を投じた人物に会う。

緩やかに動くエスカレーターを乗り継ぎ、池内は指定された三階にたどり着いた。受付の警備員に教えてもらった通り、ホールを抜けて狭い通路を左側に進んだ。

「本当にお喋りね、南雲さん。電話の感じだと結構酔っていたようね」

池内の名刺を一瞥したあと、西北大学政治経済学部教授の青山ゆかりが肩をすくめた。

「昨夜はワインを少々でした」

「ウソ、あの人は有名なうわばみよ」

青山が笑みを浮かべた。金融機関主催のパーティーや勉強会で南雲とはなんども顔を合わせたと青山が言った。

青山の部屋は一〇畳ほどのスペースで、窓際に簡素な執務机がある。勧められるまま、池内は机の横にあるパイプ椅子に腰を下ろした。

切り揃えられたショートボブの髪は綺麗なグレーで、スーツもシンプルなネイビーだ。

青山の机の周囲には、観葉植物の小さな鉢植えが三つ、そしてコートラックには薄手のロングレザーコートが吊るしてある。

床から天井まである書架には、内外の経済に関する書籍、ビジネス誌のバックナンバーがびっしりと詰まっていた。名門私大で教鞭を執る青山は、凝りをほぐすように肩を軽く回した。

「ところで……」

池内は姿勢を正し、青山を見据えた。瀬戸口前副総裁、現体制への強い不満を抱くOBたち等々、池内はいくつもキーワードを並べた。クーデターという物騒な言葉を発した直後に取材意図を告げると、青山の顔から笑みが消えた。

「やっぱりそんなことが起きていたのね」

青山がため息を吐いた。

「ご存知だったのですか？」

「学界は狭いから。前々から瀬戸口先生の女性関係の噂は耳にしていましたし、意外感はありませんでした。でも、あの不器用な方々がクーデターだなんて、随分と大胆なことを企んだものね」

「実はですね……」

池内が声のトーンを落とすと、青山が体を後ろに反らした。

「私は一切興味なし。日銀の審議委員だったけど、今は西北大学の教授。面倒なことに巻き込まれたくないわ」

面会当初は愛想よく対応してくれた青山だったが、明らかに表情が硬くなった。

「私はメディアの人間です。企てを支援することに興味はありません。ただ、日銀、ひいては日本全体がどんな危険に直面しているか、読者に報せます」

池内の言葉に青山が頷く。

「経済の常識として、中央銀行は財政ファイナンスを絶対に引き受けてはいけない。しかし、実態は末期的で、ズブズブです。そんな状態に危機感を抱き、動き始めた面々がいる。彼らの存在はニュースになり得ます」

「そうね。それで、私に何をしろと？」

青山が顎を引き、言った。

「二〇一四年一〇月三一日のことを教えてください」

池内の言葉を聞いた直後、青山が天井を仰ぎ見た。

「日銀が公式発表した議事録以外のことを明かすわけにはいかないの。守秘義務契約があるから」

「承知しています。あの日は執行部提案に対し、四名の審議委員が反対票を投じられた」

「そうよ。私は執行部提案に賛成票を投じた。それ以上はお話しできません」

青山が言い放った。新聞や雑誌、あるいはテレビの記者たちからも同じような取材を受けたのだろう。青山の口調は滑らかだ。

池内は資料室で漁った文書をスマホに表示した。日銀が正式に公表している金融政策決定会合の議事要旨だ。全発言を収録した議事録は一〇年後、二〇二四年にならないと公にならない。要旨から会議の様子を探るしか手立てはない。

〈……何人かのメンバーは、追加的な金融緩和措置は、副作用が大きいと述べた〉

〈名目金利は従前から歴史的低水準にあり、実質金利も大幅なマイナス状態であることから、資産買い入れによる追加緩和の効果は小さい〉

〈さらなる市中金利の低下は金融機関の収益に悪影響を与える〉

〈年間八〇兆円の増加ペースで日銀が国債を買えば、発行額の大半を購入することと同義。市場の流動性を阻害し、実質的な財政ファイナンスであるとみなされるリスクがある〉

スマホの画面を見ながら、池内は議事要旨にある反対派と思しき審議委員の発言を声に出して読み上げた。

「日銀の事務方がうまくまとめてくださったけれど、実際は机を叩く人が出るほど議論が白熱したわ」

「青山先生のご発言はこの中にありますか？」

「誘導尋問はなし。二〇二四年の議事録公表までお待ちください」

青山は冷静だった。ここまでは想定した通りだった。

「決定会合当日の詳細は先生がおっしゃる通りあと四年待ちます」

「情報漏洩が判明すれば、私は罰せられた上に、この大学での居場所をなくしてしまうの」

青山が肩をすくめてみせた。硬い態度が幾分和らいだ。たおやかな笑みを浮かべた青山の顔を凝視し、池内は南雲が青山に伝えていない切り札を持ち出した。

「本日一番お聞きしたかったのは、一〇月三一日のことではなく、その前日、一〇月三〇日の出来事です」

池内の言葉に、青山が目を見開いた。

5

言葉を失い、池内を睨む青山の目の前にスマホの写真ファイルを向けた。鮮明な液晶スクリーンに切れ長の目の男が表示されている。

「青山先生は問題の会合の前日にこの男性に会っています。そのときの様子を教えてくださいませんか？」

「なぜあなたが彼を知っているの？」

「新米ですが、記者の端くれですから。古賀遼こと古賀良樹(よしき)、表向きフリーの金融コンサルタントを名乗っています。しかし、日本経済の節目ごとに裏で暗躍していますす」

「表向き？　暗躍？」

青山が首を傾げた。

「表の顔とは違う、素顔があるという意味です」

池内の言葉に青山が身を乗り出した。

昨夜、池尻大橋のトラットリアで南雲はしたたかに酔った。アルコール度数五〇度のグラッパを何杯もあおった。池内が前のめりになって話を聞くにつれ、南雲の口調も滑らかになった。

〈かつて金融政策決定会合の直前に、磯田氏に妨害された元審議委員がいます〉

先輩の堀田は、ガードの堅い相手を崩す一手としてアルコールで距離感を縮める術を教えてくれた。相手に会う直前、コンビニやドラッグストアで肝臓保護用のドリンク剤を買い、酔い止めのサプリも併用する。

同じピッチで飲み続ければ相手のガードは着実に緩み、話しやすい雰囲気が生まれる……教え通りにすると、思わぬ副産物が出てきた。それが青山の件であり、業界随一のフィクサーを使って一国の中央銀行の最高意思決定機関の議事を妨害した磯田の存在だ。

「日銀が公表した議事要旨、あるいは青山先生が審議委員時代に行われた講演録をくまなくチェックしました」

池内はスマホの画面を切り替えた。古賀の写真が消え、今度は資料室で集めた細かいデータが画面に呼び出された。

青山が唸った。だが、具体的な言葉は発しない。

「審議委員に就任されて以降、青山先生はずっと正常化を訴えられてきました。前任の緑川総裁の当時から、金融市場や内外の経済環境を精査したのち、膨らみ続ける日銀のバランスシートを一刻も早くまともにすべきだ、とね」

青山が深く頷き、ようやく口を開いた。

「その通りよ。リーマン・ショック以降、日銀は非日常的な手法を総動員してこの国の金融と経済を守ってきたの」

「経済担当を命じられて以降、私も調べました。そして多くの人間に会い、いかに日本が危機的な状況にあるのか、理解しました。正直なところ、怖くて仕方ありません」

青山が俯いた。微かに洟をすする音が聞こえた。

「昨夜、南雲さんがこんなことをおっしゃいました。〈彼女の意思が正しく反映された採決だったなら、今ごろ日本の景色は変わっていたはず〉。酔っておられましたが、彼の憤りは確実に伝わってきました」

青山が顔をあげた。両目が真っ赤に充血していた。強く唇を嚙んだあと、ようやく青山が口を開いた。

「学者として、人生最大の汚点だった」

池内の目を見据えたまま、青山が言い切った。

「賛成票を投じたことですね。一〇月三〇日、古賀氏は先生に何を言ったのですか？

どんなことを強要したのですか？　教えてください」

青山が強く首を振り、机の引き出しを開けた。

「彼は何も強要していない」

青山は引き出しから小さなメモリカードを取り出すと、机の上にあったノートパソコンに挿し込んだ。

「なんですか？」

「少し待ってね」

パソコンの小さなスピーカーから低い声が響き始めた。

〈私は一介のコンサルタントです。この国の経済運営を担う重大な会議について、なんの予備知識もありません〉

池内自身がよく知る古賀の声だった。

「審議委員に就任して以降、常に小型のＩＣレコーダーを携帯していたの。記者や金融関係者が家の前で待っていたり、街中で偶然を装って話しかけてきたりすることがあったから。万が一、事務方に情報漏洩を疑われても証拠として提出できるようにね」

「それでは、古賀氏はこの言葉だけで？」

「話したのはこれだけ」

「どういう意味ですか？」

池内の問いかけに、青山はもう一度引き出しに手を入れた。黒い表紙の薄いノートを取り出すと、青山はページをめくり始めた。

「彼はこれを持ってきた」

青山が開いたノートを池内の目の前に差し出した。

〈財務大臣　磯田一郎〉

ノートに名刺が貼り付けてある。左下には手書きで日付が添えられている。

〈2014　10／30　20：15ＰＭ〉

「彼はこの名刺を持ってきた」

翌日の決定会合は紛糾確実だった。突然正体不明の男が現れ、磯田の名刺を差し出されれば、無言の圧力になる。

「法律で日銀は独立性を担保されています。いくら政界の実力者で財務大臣とはいえ、こんなあからさまなことをしたら大問題だ。青山先生ご自身がその旨を公表する手段もあったはずです」

古賀の存在、そして磯田という政界重鎮の名刺に接し、驚くほど怒りが湧いてきた。

「違うの」

もう一度、青山が強く首を振った。両目が再度充血し始めていた。

6

「形骸化したとはいえ、政治からの独立は絶対に侵してはいけない一線です。それも一国の金融政策を決める採決ですよ」

膝に置いた拳を握りしめ、池内は言った。

「審議委員になった直後、私もそんな意気込みを持っていた。当時は緑川総裁よ。彼は公の場のみならず、懇親の席でも独立の重要性について力説された」

緑川という名を聞き、眉毛の下がった男性の顔が浮かんだ。堅物でマスコミ受けが悪く、国会での答弁も巧みとは言えなかった。

「超が付くほど生真面目な方だとうかがいました」

「そうよ。趣味がセントラルバンキングって真面目な顔で言う人。唯一の息抜きがプロ棋士も悩むレベルの詰将棋なの。つまり、いつも理詰めで物事を考え、それを仕事で実践してきた人。緑川さんのような日銀マンたちが、今まで私たちの生活を守ってくれていた」

青山はスーツのポケットから小さな財布を取り出し、折り畳まれた一万円札を机の上に置いた。

「池内さん、これはいくら？」

丁寧に紙幣の皺を伸ばしながら、青山が言った。長く細い指が福沢諭吉の顔をなんどもさする。

「一万円札ですから、一万円です」

青山が即座に首を振った。

「意図をわかってもらえなかったようね。ご指摘の通りこれは一万円札。コンビニや百貨店に行けば、サンドイッチやコーラ、スニーカーとか欲しい品物を一万円分買えるわ」

青山が池内の理解度を探るように顔を覗き込んできた。

「当たり前すぎて、誰も考えないけど、一万円札を刷るときにコストがかかっているわけ」

「あ、そうですよね」

池内は福沢諭吉の顔を凝視した。

「いくらかご存知？」

「いえ、わかりません」

青山が一万円札の両端をつまみ、福沢翁の顔を池内に向けた。

「製造と印刷にかかるコストは一枚当たり約二〇円」

「えっ？」

「一万円分の商品やサービスと交換できる紙切れが一万円札。たった二〇円で製造された紙幣は、九九八〇円分の信用という後ろ盾を得て、一万円という価値を持っている」

「そうか……」

池内は思わず手を打った。同時に、いくつもの新聞記事のスクラップが頭に浮かんだ。政情不安や経済政策の失敗で高インフレになった新興国に関する記事だ。パンや水の値段が高騰し、商店が略奪被害に遭っていた。戦後の日本社会ではあり得ない光景だった。だが、これらの騒動が日本で絶対に起こらないとは断言できない。

「中央銀行が通貨の番人といわれるのは、一万円の価値を守っているからですよね」

「その通り。日本円の価値は、日本国内だけで決まるものじゃないわ。日本の政治がおかしい、巨額の貿易赤字を計上している、対外債務の返済に懸念が生じた……様々な要因で円に対する信用度が決まる」

青山の話を聞きながら、池内はここ数カ月で出会った人々や取材した事柄を思い起こした。

「政府の言いなりになって国の借金を飲み込み続ける中央銀行があれば、財政ファイナンスのレッテルを貼られ、その国の通貨は信認を失う……」

大先輩記者の河田、元日銀マンの南雲らの顔が頭の中を行き交う。

「一四年一〇月の決定会合で、青山先生は円の信認を守るために動こうと考えておられた。だが、それを……」

「そうよ。古賀というメッセンジャーが磯田副総理の名刺を持ってきた」

「悔しくなかったですか？」

「だから、違うのよ」

青山がパソコン脇にある写真立てを手に取った。

「娘よ」

スーツ姿の青山の隣には、髪をアップに結った、カラフルな袴（はかま）姿の若い女性が立っている。写真館で撮影した記念写真だ。

「今は総合商社で働いているけど、高校から大学にかけてはとてもやんちゃだった」

「娘さんがどうされたのですか？」

「高校からアメリカに留学したの。寮の悪い仲間とパーティーに行くような機会が増えた。これを見て」

磯田の名刺が貼り付けてあるノートをめくり、青山が言った。

「あっ……」

薄暗いクラブ、様々な人種の若者がショットグラスやウオッカのボトルを握り、踊っている。その中心で紫煙を吐く笑顔の女性が写っていた。

「もう時効でしょうから、正直に言うわね。娘はパーティーでマリファナを吸っていた」


違うと言い続けていた青山の真意がわかった。

「まさか、古賀氏が磯田副総理の名刺とともにこの写真を持参したのですか？」

「私は母として娘を選んだ。だから学者人生の中で、あの日の会合は最大の汚点なの」

一気に告げると、青山がため息を吐いた。

「先生は正しい判断をされました。私が同じ立場だったら……」

「池内さんは正義感が強そうだから未来のために反対票を投じたかもしれないわ。でも私は娘の人生を取った」

青山の右目から涙が溢れ出た。経済学者としてキャリアを重ね、真っ当な手続きを経て日銀の審議委員という重責を担った。だが、ギリギリのところで青山は母親として生きることを決めたのだ。

「もちろん、お嬢さんのプライバシーをとやかく書くつもりはありません。ただ、人の弱みにつけ込んでまで……」

「それが政治。日銀の独立性という最後の砦は、末端審議委員のプライバシーを暴くことで易々と侵略されたのよ」

先ほどよりずっと熱い血流が、背骨の中心を這い上がってくるような気がした。

「絶対に筆を曲げません」

池内は膝に置いた拳を握りしめた。

「誤解しないで」

「なぜですか？　磯田副総理がやったことは、経済に対する背信行為です」

「本当に真っ直ぐな人なのね」

青山が視線を机の引き出しに向け、先ほどとは別の引き出しに手をかけた。

「決定会合の三日後、これが届いたわ」

池内の目の前に差し出された白い封筒には、青山の住所が書いてある。裏面を見た瞬間、池内は息を呑んだ。

〈東京都渋谷区松濤……磯田一郎〉

「磯田副総理自らが？」

池内が言うと、青山が目で中身をチェックしろと促した。

〈前略　青山ゆかり様〉

封書の宛名書きと同様、毛筆で書かれた手紙だ。書道の大家のように、達筆という言葉がぴったりの巧みな筆捌きだ。

「直筆よ」

「そうですか……」

池内は文面を追った。時候の挨拶は省かれ、日頃の日銀審議委員の仕事を労(ねぎら)う言葉のあとに、池内は釘付(くぎづ)けとなった。

〈二期目の芦原総理を支える、そして総理を強力に支援する赤間総裁をご支持いただき、感謝いたします……〉

池内は顔を上げた。

「飴(あめ)と鞭(むち)、老練な政治家はこういうことをするの。心底怖いと思ったわ」

青山が肩を強張らせた。池内は再び文面に目をやった。使いを送り、無礼な振る舞いをしたことに対する詫びの言葉が続く。そして、近い将来、日本経済が確実にデフレを脱却した際には、青山に最大限の感謝をする、そんな趣旨だった。

「緑川前総裁は芦原総理とそりが合わず、任期途中で退任されたの。日銀総裁が辞めるときは、総理が会食して労をねぎらうのが慣例だけど、芦原さんは一切しなかった」

「専門誌の記事で読みましたが、本当だったんですね」

「そのとき、秘かに慰労会を開いたのも磯田副総理。そのときの招待状兼感謝状も毛筆でしたためられていたそうよ」

「そうですか」

池内は政治家への取材経験が乏しい。政界関連の記事はたくさん読んだが、磯田のこうした一面を記したものは皆無だった。

「改めて申し上げますけど、私はクーデターに興味はありませんし、加担もしません。でも、主要なメンバーは諦めていないんでしょう？」

「やり遂げる気持ちのようです」

「磯田さんは怖い人よ。それを忘れないでね」

青山が低い声で言ったとき、池内の後ろでドアをノックする音が響いた。

「どうぞ、入って」

池内はドアの方向を見た。大きなマスクを着けた女性職員が立っていた。

「こちら、事務局より配布されたアルコール消毒用のシートとマスクです」

女性職員は小さな紙袋を携え、青山の前に進み出た。

「ありがとう。どこもマスクが売り切れだったから」

「徹底してご自分で周囲を消毒なさってください」

「わかったわ」

女性職員は事務的に告げると、部屋を後にした。

「新型コロナは全く予想外。弱り切った日本に止めを刺すかもしれないわ」

もらったばかりの消毒用シートの封を切り、青山が低い声で言った。

「先行きは先生のような専門家にも不透明に映るのですか？」

「不透明どころか、真っ暗よ。人が移動しなくなった、外出や飲食も自粛となれば、史上最悪の経済統計が発表されるかもしれない」

「そうなると、日銀は？」

「またぞろ追加緩和という効きもしないパンチを打つでしょう」

先ほどまで洟をすすっていた青山は書類を退けながら、何事もなかったかのように机の上を拭き始めた。

7

〈残念ながら、イベント開催を見送りたいと思います。申し訳ございません〉

「仕方ありませんね。新型コロナは誰のせいでもありません。感染拡大が収まったら、すぐに仕切り直しにしましょう」

電話を切ると、古賀は深いため息を吐いた。スマホを仕事机の上に置き、卓上カレンダーに目をやる。暦はあっという間に四月に入った。カレンダーを手に取ると、古賀は赤いボールペンで二週目、三週目にある日付にバツ印を加えた。先月は合計六個のバツをカレンダーに書き入れたばかりだ。

この中には仙台の勝木社長、東京のイベント会社、著名なサッカー選手など日本酒の愛好家を集め、都心のレストランで珍しい東北の地酒を紹介する催しも含まれていた。

昨年の暮れ、中国内陸の大都市で確認された新型ウイルスは、たった三カ月の間に日本中に広がった。

この間、古賀が支援するNPOも甚大な影響を受けた。まず、古賀らが海外に売り出そうと考えていた染色や塗り物、織物などの若い担い手たちが出国不可能となった。同時に、若手職人たちの仕事ぶりに惚(ほ)れ込み、実際に来日して品定めを考えていた海外バイヤーや投資家たちも日本に入れなくなった。

また、一番痛かったのが精緻な技を披露する場を奪われたことだ。誰もが予想しない形で感染が急拡大した新型コロナウイルスに対しては、古賀を始めNPOのスタッフ全員が予備知識、経験がなく、開催中止という選択肢しかなかった。

ぼんやりとカレンダーを見つめていると、パソコンのスピーカーが小さな電子音を鳴らし、メールの着信を知らせた。ファイルを開くと、またイベント中止の知らせだった。舌打ちを堪え、古賀が再度カレンダーに赤い印を刻んだとき、カレンダーの左隅に桜の花びらのイラストがあることに気づいた。今年は春がなかった……。

自宅マンション近くにある神田川は桜の名所だ。文京区や豊島区、新宿区に住む地元民が愛してやまない桜たちだ。古賀のもとを去った内縁の妻が桜並木に一目惚れし、終（つい）のすみかとして古びたマンションを買った。彼女が去って以降、江戸川橋から四キロほど西にある小滝橋（おたきばし）付近まで一人でそぞろ歩きを楽しんだが、今年は出かけようという気にもなれなかった。

桜のイラストを見つめていると、スマホが鈍い音を立てて振動した。渋々スマホを取り上げると、意外な人物の名前が表示された。古賀は慌てて通話ボタンをタップした。

「ご無沙汰しております、江沢さん」

〈お元気ですか？〉

金融庁の江沢だった。

「どうされましたか？」

〈本石町に寄っております。神田駅で古賀さんの顔を思い出して、連絡してみました〉

江沢は本石町という地名を使った。日本銀行のある日本橋の一等地だ。

「重要なお仕事だったご様子ですね」

〈ええ、あの……〉

江沢が口籠もった。

「まだ事務所におります。よろしければおいでになりませんか?」

〈ありがとうございます〉

すぐに行くと言い、江沢が電話を切った。金融庁のエリート官僚が日銀に出向いた……軽い話ではなさそうだ。古賀と言葉を交わすことで何らかのアイディアを得たい、そんな思いが透けてみえた。

古賀は書架の横にある戸棚に歩み寄った。扉を開け、スコッチウイスキーのボトル、ショットグラスを二つ取り出した。

電話から二〇分ほど経ったとき、事務所の扉をノックする音が響いた。鍵は開いている、そう告げるとスプリングコートを纏った江沢が顔を見せた。

「失礼します」

「なにもありませんが、よかったらいかがですか?」

古賀がスコッチのボトルを掲げると、江沢が笑みを浮かべた。

「なにか困りごとのようですね」

簡易応接セットに江沢が腰を下ろした直後、古賀は切り出した。

「やはりお見通しですね」

「金融庁の優秀な官僚が日銀にお出かけとは穏やかでない、そう思いましてね」

「ご名答です」

「本来なら、日銀のスタッフが霞が関に行くのが筋では？」

「昔はそんな風に威張る先輩たちがいましたが、私は嫌いでしてね。動きやすい人間が移動すれば良い、それだけのことです」

官僚の気質も随分と様変わりした、江沢の一言を聞き古賀は思った。組織の格がどうこういう前に仕事が第一、江沢の姿勢は以前から変わりがない。古賀は二つのグラスにスコッチを注いだ。

「久々の再会に」

古賀がグラスを上げると、江沢が応じた。二人同時にスコッチを飲み干すと、江沢が口を開いた。

「今回のコロナ、古賀さんのお仕事に影響はありましたか？」

「散々ですよ」

古賀はソファから立ち上がり、デスクの上にあるカレンダーをつかんだ。

「ほら、こんな感じです」

バツ印が並んだカレンダーを向けると、江沢が顔をしかめた。

「例のお酒か職人関係のイベントですね？」

「そうです。欧州や中東からもバイヤーや投資家が来日する予定でしたが、鎖国状態になってお手上げです。国内の関係者にしても、皆、移動を躊躇っておりましてね。参加できそうなのは都内組だけ。しかも、感染リスクがあるので私も含めて全員が及び腰です」

「そうでしたか」

江沢が自らボトルを手に取り、古賀の分もスコッチを注ぎ入れた。

「地銀がまずい状況に?」

グラスを手に取り、古賀は尋ねた。江沢は金融庁の中で最も激務とされる地方金融機関の実務担当者だ。ここ三、四カ月、古賀は地銀関連の仕事をしていない上に、情報すらチェックしていなかった。江沢の暗い表情が気にかかる。

「ものすごく酷い状態です。今日は日銀の担当者と互いに情報を持ち寄り、現状認識を確認してきました」

ぶっきらぼうに言うと、江沢がもう一度スコッチを飲み干した。

「コロナと地銀、どんな関係があるのでしょう?」

古賀が首を傾げると、江沢が身を乗り出した。

「今日明日に弾ける問題ではありませんが、史上最悪の事態が迫っているのは確かです」

スコッチのストレートを二杯飲んだ直後で、江沢の頬がほんのり赤らみ始めた。

「コロナの世界的な蔓延で、主要国の株価指数は軒並み二〇％以上も下落しました。新興国はさらに酷いですね」

8

古賀はここ二、三カ月間の日米欧の主要株価指数のチャートを頭の中で描いた。新型コロナウイルスが感染爆発（パンデミック）を起こしたことで、株式という高リスクの金融商品は壊滅的な打撃を受けた。チャートと同時に、いくつかの地銀や第二地銀のロゴマークが点滅した。元々経営体力が弱っていたいくつかの地域金融機関は、内外の証券会社や運用会社に勧められるまま、海外の株式や債券に投資していた。また、高利回りを追求するあまり、格付けの低いベンチャー企業債券を集めた投信に金を投じた向きも少なくない。

目先の決算さえ乗り切れば良い、そんなスタイルの投資商品をここ数年で仲介しなくなった古賀にとって、個別にどの地域金融機関が危うい商品を保有しているかはわからない。

「ヤバめの個別行、商品に関してはきっちりモニタリングしています。万が一、想定以上の損失が発生した際には、ほぼ自動的に炙り出しが可能な体制を構築しました。古賀さんのおかげです」

「それでは問題は別に？」

「地域金融機関経営陣の危機感の乏しさ、そして傲慢な態度。全国を飛び回って嫌というほど実感しました。ただ今回のコロナは全く予想していない事態を引き起こします」

「具体的には？」

「釈迦に説法ですが、まずは流行前の基本的な状況です」

江沢は全国に約一〇〇ある地域金融機関のうち、半分近くの業務収益が赤字であり、このうち、三〇近くが五期連続で赤字となるだろうと語った。

個別金融機関の細部まで決算の中身をチェックしてはいなかったが、経済メディアの記事等々で古賀も知っている話で意外感はない。

地方の人口と企業数の減少のほか、景気低迷の長期化により、銀行の融資先が加速度的に減っているのが苦境の原因だ。

古賀の事務所を訪れた仙台の女性行員の顔が浮かんだ。自ら命を絶った女性行員は、傾き続ける地銀の人柱になった。あの女性が縁で、言論構想社の池内記者や仙台の酒問屋の勝木と知り合った。

不良債権の隠蔽、怪しげな投資商品による決算の底上げ……かつての古賀は、グレーな金融取引や商品を地域金融機関に斡旋し、莫大な利益を上げた。だが、当局による監視の目が強まるとともに、事業を縮小させた。そして、内縁の妻との離別を経て、NPOの運営に本腰を入れた。時折、地方の銀行幹部から決算対策の依頼を受けたが、全て断ってきた。

たった今、江沢が言ったように、かつて古賀が仲介したグレーな金融取引や投資による金融機関の延命については、金融庁や日銀が詳細にチェックしている。

江沢が神保町のうらぶれたコンサルタントを訪ねてきたわけが判然としない。江沢が言葉を継いだ。

「我々の先輩が煽ったことが、特大のブーメランになって返ってきます」

「先輩とは？」

「林元長官ですよ」

名前を聞いた瞬間、古賀は膝を打った。

「そういうことでしたか。たしかに特大のブーメランだ」

林とは、二代前の金融庁長官の林公利のことだ。横並び意識が強い金融界に対し、独自性を打ち出すよう発破をかけた異例の官僚で、二年前に退任した。林長官は在任中、不動産融資で収益力を強化した個別行の名を公の場で取り上げたこともある。収益力強化というごく当たり前の号砲だったが、模倣が得意な金融界、とくに地域金融機関は林の言葉を曲解した。折からの超低金利政策の長期化とともに、国債運用での旨みが激減していたため、「収益力強化」という掛け声を「不動産融資残高の急拡大」と都合よく解釈し、三〇年以上も前のバブル期と同様、過剰融資に走った。

「この事務所にも、無能な経営陣の犠牲になった若い行員が来ました」

ちょうど江沢が座っている席に、千葉という女性が腰を下ろした。投資信託の過剰なノルマに苦しめられた挙句、本拠地の仙台を遠く離れた東京で不動産ローンの営業を強いられ、疲弊しきっていた。

「NPOの催しですが、どの程度の規模で開かれる予定だったのですか？」

突然、江沢が話を変えた。

「一〇〇人から一〇〇〇人程度まで、他種多様でした」

「運営はどのように？」

「私のような素人が司会進行をやるわけにはいきませんからね。イベント会社を雇い、プロの司会者や音響、照明やらのスタッフをその都度使う段取りでした」

「イベント運営のプロの皆さんは、催しが中止になってどうされていますか？」

「ウイルスの収束を願いつつ、自宅待機ですね。自宅か……」

自ら発した言葉で、古賀は気づいた。

「まさか、優良顧客の住宅ローンが火種になっているのですか？」

「その通りです。先ほど日銀に行っていたのも、そのためです。我々が持っているデータ、そして彼らが持つシステムで簡単なシミュレーションをしました」

「どんな結果が出たのですか？」

「今年中に四〇万人以上の正社員たちが失業するとのデータが出ました。そのうちの七割以上が住宅ローンを組んでいます」

「ということは、新規で焦げ付きが発生する見通しですね」

「重篤患者の地域金融機関に対して、一〇〇メートル走を強いるようなことになります」

苦々しそうに江沢が告げた。

「個人の住宅ローンだけではありません」

江沢は、新型コロナウイルスの蔓延によって経営にダメージを負った全国の中堅中小企業に対し、政府が緊急融資を行うよう金融界に促すタイミングが近いと語った。

「緊急融資によって息をつく企業があるのは確かです。しかし、新たな融資制度を悪用して本来淘汰されるべきゾンビ企業まで延命します。コロナの悪影響がどの程度で払拭されるかは未知数ですが、金融界に新たな不良債権の芽が出てくるわけです」

江沢が深いため息を吐いた。ゾンビという言葉を聞いた直後、古賀の脳裏にリーマン・ショック後に導入された法律の名が点滅した。

〈中小企業金融円滑化法〉

世界的な不況とともに日本の景気が落ち込み、当時の担当大臣がゴリ押しして制定に一役買った法律だ。救われた企業はたしかにあったが、延命装置として悪影響が目立った。現代の徳政令と揶揄されたこともある。同法の副作用の処理も終わっていない段階で新型コロナウイルス対策として緩い基準の融資が乱発されたら、数年後に破裂する不発弾を新たに製造するようなものだ。

個人向けの住宅ローン、そして企業向け融資の不良債権の増大。暗い表情の江沢を見やった瞬間、古賀は身震いする思いだった。

「ようやく事態の深刻さがわかりましたよ」

古賀が答えると、江沢が首を振った。

「もう一つ、シミュレーションで得られた恐ろしいデータがあります」

「まだあるのですか?」

「これは国家の根幹を揺るがす事態に発展する恐れさえあります」

国家的な危機……優秀な官僚である江沢は、怪しげなコンサルタントやコメンテーターのように煽り言葉を使うことはない。たった今発せられた言葉には、異様な重みがある。

「主管は我々ではなく財務省です。コロナによる景気の落ち込みを食い止めるため、政府は近く緊急経済対策に踏み切るでしょう」

「そのような観測記事はいくつか読みました」

「目下、官邸と財務省が協議を続けています。おそらく規模は九〇兆円、いや、もしかすると一〇〇兆円を超えるかもしれません」

江沢が持ち出した数字を聞き、古賀は絶句した。

「リーマン・ショック後の対策の約二倍、それくらいの規模でやらないと、他の主要国に比べて見劣りすると官邸が強く主張する一方、財源はどうすると財務省が渋っています」

話を聞きながら、古賀の胸の中に黒い雲が湧き始めた。

「たしかに、誰も予想しなかった突発的な危機、それも地球規模の大災害です。個人の住宅ローンの焦げ付き、飲食店の休業補償、失業給付と政府がやるべきことは無限大です。しかし、懐がいつまでもつかは不透明です」

江沢の言葉を聞き、黒い雲が着実に増えた。古賀は恐る恐る口を開いた。

「財務省が懸念する財源とは……」

「当然、国債を発行して賄わねばなりません」

「しかし、金融市場が混乱している中で国債は順調に捌けますか？」

「官邸はこう言っているようです。いつものように日銀に買わせればいいじゃないかと」

江沢の言葉に触れ、両手が一気に粟立った。

「万が一のシナリオでシミュレーションしましたが、緊急経済対策向けの国債が消化不良になれば、長期金利が急上昇するリスクもあるとのデータが出ました」

「なるほど……」

長期金利が急上昇するとは、要するに国債が売られるということだ。国債が売られるという事態は、国への信認低下とイコールの関係にある。信認という言葉が浮かんだ瞬間、生真面目な月刊誌記者、そして張りのある低音の持ち主の顔が浮かんだ。

「こんなときに変な動きをされたら……」

思いが口をついて出た。

「どうされました？」

「なんでもありません。もっとシミュレーションのお話をうかがっても構いませんか？」

「もちろんです。古賀さんを信頼しています。我々の気づかない点がありましたら、どうかどんどん指摘してください」

ショットグラスをテーブルの端に避けると、江沢が身振り手振りで眼下の危機に関する説明を始めた。

なるほどと頷きつつ、古賀の意識の中は、取材したデータをもとに間合いを詰めてきた池内の顔でいっぱいになった。

9

「こちらが、我々の同志たちが作った叩き台です」

目の前に座るマスク姿の南雲がシンクタンクの名入り封筒を池内に差し出した。

「中身を拝見する前に、もう一度確認させてください」

「なんでしょうか？」

「皆さんの志が強く、この国の経済を立て直そうという真摯な気持ちから今回の提言をまとめられたことはよく理解しています。ただし、編集権はあくまでも私たち月刊言論構想にあります」

「メディアの仕組み、意義付けについては十分理解しているつもりです。同志たちも同様ですので、ご安心ください」

四月上旬、大手町の最新鋭ビジネスタワー内の南雲の部屋で、池内は白い封筒に手をかけ、封を切った。封筒の中を覗くと、綺麗にファイリングされた厚さ二、三センチの書類が見える。指を伸ばし、ファイルに触れた瞬間、池内は思わず息を吐き出した。

西北大学の青山ゆかり教授と会ってから一カ月後、南雲から見せたいものがあるとオフィスに呼び出しを受けた。同志、叩き台という言葉が指すのは、瀬戸口前副総裁を日銀から追い出した企ての本質とでも言うべきものだ。

〈日銀の政策正常化を通じた日本経済再生への道筋（仮）〉

封筒から取り出すと、資料の表紙にタイトルが印字されていた。もう一度、大きく息を吐き、表紙を掌で触った。

「当たり前ですが、池内さん以外のどのメディアとも接触しておりません」

「わかりました」

五日前、月刊言論構想の小松編集長、そして週刊新時代の高津編集長にここ二カ月ほどの取材の中身、そして成果を報告した。

南雲の目撃情報が発端となり、瀬戸口前副総裁の女性問題が新時代に持ち込まれ、これが瀬戸口の退任の引き金となった。南雲が持ち込んだ情報は単なるスキャンダルではなく、日銀を外部から荒っぽく改革させようというOBたちの強い意志を反映したものだった。

〈荒っぽい計画だが、危機感の強さはよく理解できる。日本経済が未曽有(みぞう)の危険水域にあるのは間違いない。主要二媒体で特集記事を組む価値はある〉

小松が打ち合わせの席で言葉を発した。高津も異論がない様子で、黙って頷いていた。

〈ただし、企てを後押しするだけの内容にはしない。改革を強く望む勢力がいて、きちんとした要望なり提言を打ち出すのであれば、その内容を吟味した上で掲載する方向にもっていく。あくまで、メディアの中立性を維持し、読者にその存在を問い、現状の危うさを理解してもらうのが第一歩。あとは世間の反応をみて続報をどの程度出すか検討する〉

新時代の堀田も交えた打ち合わせで、今後の大まかな対応方針が固まった。今、目の前にあるファイルをどう料理していくのか。社に持ち帰って検討することになるが、まずは当事者たちの言い分を詳細に聞く必要がある。

池内はファイルのページをめくった。

〈はじめに　日本経済再構築検討メンバー〉

序文のタイトル下に、南雲ら日銀の有志ＯＢ一〇名の名が連なっていた。先頭にあるのは、南雲の現在の上司、大手電機メーカー系列シンクタンクの理事長の名前だ。

フルネームのあとには、カッコ書きで〈元日銀理事〉とある。

「私の上司が名前を出すことを明かすと、今まで表に出ることを渋っていた面々も名乗り出てきました。最終的には二〇名近い元同僚が名を連ねると思います」

南雲の名前の前後に、以前麻布十番や六本木で動向を調べたOB三名も載っていた。

「表立って日銀と政府の経済政策を批判し、新たな提言を打ち上げるという行為は、再就職先での立場を危うくするリスクがあります」

南雲が言った。以前、大ベテラン記者の河田から聞いた話が頭の中で蘇る。官僚や日銀のような組織はピラミッド型だ。毎年二、三〇人のキャリアが新たに仕事に就くが、それぞれの組織のトップである事務次官、あるいは日銀総裁、生え抜きの副総裁ポストは原則一つしかない。二、三〇人いた同期たちは昇進するごとに一人、二人と出世レースから脱落していく。脱落者は、官僚であれば省庁の外郭団体などへ、日銀であればシンクタンクやコンサルティング会社が新たな就職先となる。

当然、再就職先の組織では、財務省にいた、あるいは日銀で局長まで務めたという経歴を売り物にして、新たな仕事を展開する。

昨今、ネット上で各種の政府批判発言が炎上するケースも多いため、新たな職場では過激な動きは慎まなければならない。

「現在の職を賭してまで名前を出す。我々の同志たちの決意は固いということです」

池内が連名のメンバーたちをチェックしていると、南雲が言った。

「それでは読ませていただきます」

もう一枚、池内はページをめくった。

〈(はじめに) 日本経済は、未曽有の危機に直面している。効果がないばかりか、副作用ばかりが目立つ赤間総裁による超金融緩和措置に加え、世界中を襲った新型コロナウイルスが日本経済の底割れを誘引する可能性がある。このため、我々メンバーは、現状がいかに危険かを分析するとともに、日銀が本来の中央銀行業務に戻るための正常化プロセスを提言し……〉

平易とは言い難いが、日本経済が異様な状態にあることを取材で知った身として、池内には十分に訴えかけるだけの強さが文章から浮き出してくるようだった。池内は目を凝らし、概要の残りの部分を読み進めた。

10

本社の窓から見下ろすと、靖国通りを行き交う車が目に見えて少なくなっていた。地下鉄の出口から日本武道館や千鳥ヶ淵方向へと続く桜並木の周辺は、例年なら多くの花見客でごった返す。だが、歩道には数えるほどしか人がいない。

池内は両手を会議室の天井に突き上げ、ストレッチを始めた。異例ずくめの春だった。世間では年度末の歓送迎会や会場での卒業式が中止となり、満員電車という観念が消えた。新型コロナウイルスがあっという間に世界中に蔓延した結果だ。

自宅で仕事をこなすリモートワークが推奨され、東京中のビジネス街から人の姿がなくなった。人混みを避けるよう強い要請が国から発せられ、会社近くの花見の名所もゴーストタウン化した。

肩を回し、がらんとした会議室の机を見やる。細長い折り畳み机には池内のノートパソコンと小型プリンター、そして分厚いファイルがいくつも積み上げられている。新型コロナウイルスの前になす術を失ったビジネス街にあっても、締め切りは容赦無く訪れる。

南雲と会った翌日、編集長の小松に顚末を報告した。

南雲ら日銀の有力ＯＢ一〇名が名を連ね、異様な状態に陥った日銀の金融政策を正常化させる提言をまとめたことを報告した。

〈南雲氏のほか、他の有力メンバーにも会いました。決意は本物です。彼らは職を賭してでも日本経済を立て直すよう様々な発言をオフィシャルに展開します〉

小松には南雲から受け取った提言書のコピーも見せた。

〈日銀マンらしい愚直かつストレートな提言、いやこれは過激な告発ですね〉

小松は書類を一読した直後、週刊新時代の高津編集長を会議室に呼び出した。池内は改めて南雲らが抱く危機感を率直に反映した告発を掲載する意義はあると提案した。〈乗った。官邸が独立を厳守すべき金融政策をおもちゃにした証拠だ。ガンガンやろう〉

高津は即座に編集部から堀田を呼び出し、月刊言論構想と週刊新時代という会社の二大看板雑誌が共同戦線を張ることになった。インフルエンザの療養から復帰した堀田はマスク姿で、体重が五キロほど減ったと語った。インフルダイエットも悪くない、堀田はサイズ感が変わったパーカを指して嘯いた。

それぞれの媒体で中核となる書き手兼編集者が池内、そして堀田だ。〈新時代の合併号の直前にオンラインで盛大に先行記事を掲載しよう〉

堀田が加わったとき、新時代編集長の高津が提案した。オンラインとは、言論構想社の主要媒体記事の一部を閲覧できるインターネットメディアだ。

主だった雑誌の目玉記事を発売日前に告知するほか、読者からのタレコミを誘導する〈リークボックス〉もある。記者たちがスキャンダルの渦中にある著名人に直当たりした際に撮った動画も視聴可能だ。

出版不況が深刻化する中、会社は五年ほど前からシステム運用を強化した。外部からウェブ編集に強いライター陣を集め、数人のデータサイエンティストの協力も仰ぎ、ネット民との相性の良い見出しを付け、広大なサイバー空間から読者を惹きつける仕組みを作ってきた。ここ一、二年では〈言論構想オンライン〉の効果で雑誌の売り上げ減に歯止めがかかり、雑誌や書籍の電子版の販売も伸び始めた。高津の提案に異論は出なかった。

〈新時代で関係者のインタビューや反響を掲載し、言論構想本誌ではロングインタビュー、提言の全文掲載をやりましょう〉

小松も積極的に意見を出し、高津と二大媒体の棲み分けを話し合った。

〈新時代、言論構想で一通りの告発を展開したあとは、当事者たちにもご登場いただきましょう。批判を載せたら、当事者の言い分も掲載するのが我々メディアの役割です〉

小松の口元に笑みが浮かんだが、両目は醒めていた。傍らにいた高津も同じだ。池内は身震いするような興奮を覚えた。営業部から配置換えとなり、記者見習いを始めてまだ半年も経っていない。短期間で会社の歴史にもないような特大のネタに遭遇し、企画の中核を担っている。

〈赤間日銀総裁、磯田一郎財務相へのインタビューも調整を始めましょう。最終的には日本経済をここまで危機的状況へと追い込んだ芦原恒三内閣総理大臣にご登場いただきます〉

小松が高らかに宣言し、打ち合わせは三〇分ほど前に終わった。

池内はもう一度、暗くなり始めた窓の外に目をやった。普段なら仕事や学校から帰る人々が九段下の駅に吸い込まれていくが、眼下に人の姿はほとんどない。

ランチを社員食堂で摂ったとき、新時代の政治担当記者と会った。新型コロナウイルスの感染者が全国的に増加の一途をたどり、首都圏を中心に感染症に対応可能な病床の数が極端に逼迫しているため、政府は緊急事態宣言を検討しているという。

政府の対応を待つまでもなく、巷では都道府県境をまたぐ不要不急の移動の自粛、飲食店やバー、キャバクラの営業自粛……新聞やテレビ、そしてネット上にも自粛の文字が溢れかえった。九段下の会社と自宅のある高田馬場を移動する際も、地下鉄東西線の車両はガラガラで貸し切り状態だ。

経済担当を任され、日銀の金融政策に関する取材を始めた。

金融政策及び中央銀行が決める政策金利が、経済全般の金の行き来を調整する蛇口の役目を果たす。中央銀行から民間銀行を経て、企業、個人へ上から下へと金が流れる。

一方新型コロナウイルスは、まず末端の個人を直撃した。人が集まることで感染が広がるため、飲食店や劇場が自粛という名の下で半ば強制的に仕事を止められた。そこに働く個人たちは、たちまち収入を失くした。シンクタンクの各種試算では、新たな失業者は非正規・正規を合わせて二〇〇万人近くに達する見通しだという。

飲食店を利用する客がいなければ、食材を提供する業者が窮する。業者が仕入れの金を失くせば、生産者が困る……新型コロナウイルスは、従来とは違うボトムアップ型の危機だ。日本はここ二〇年あまりの間、企業が人件費抑制に動いた結果、正社員を減らし派遣や契約社員が激増した。非正規雇用の労働者は四割を占める。新型コロナウイルスは、真っ先に弱い立場の人たちを容赦無く襲った。

日本経済は文字通り未曽有の危機に直面している。懸命に要旨をまとめ、提言書を世に送り出す。池内は分厚いファイルに手をかけた。

11

〈『財政破綻する前に』〉

提言書の最初の項目に池内は目をやった。

〈全く予想だにしなかった新型コロナウイルスの世界的な感染拡大に伴い、その対策のための世界の財政支出は日本円換算で約三五〇兆円に達し、今もなお増え続けている。日本は補正予算案が決定し、新規国債発行額は約五八兆円に上る見通しだ〉

南雲ら正常化要求グループすら予想し得なかった新型コロナウイルスの登場は、主要国の台所事情を一変させたのだ。

〈新規国債発行を含めた今年度一般会計の財政赤字は、九〇兆円を超えてしまう。アベノミクスが強力に打ち出された七年前に比べて二倍規模に膨らんだ計算となる〉

休業要請した飲食店などへの各種給付金等々で政府の支出が急増するのは致し方ない。新型コロナウイルスという目に見えぬ敵の出現で弱り切った経済活動を救えるのは政府しかないからだ。池内は次の文言に目を凝らした。

〈九〇兆円という見積もりは甘いかもしれない。なぜなら、この段階では新型コロナウイルスの流行前の税収モデルを使っているからだ。新型コロナウイルスの蔓延で企業倒産が増加、失業者の増大も確実な情勢の下、今年度の我が国の財政赤字は一〇〇兆円の大台を突破する可能性が極めて高い。今後感染拡大が止まらなければ、この額がさらに膨らむのは必至の情勢だ〉

〈日本は世界最悪の赤字を垂れ流している。国が借金を繰り返した挙句、その総額は約一一〇〇兆円に達していることを強く意識すべきタイミングにある。GDP比では二四〇%、近年財政状況が悪化している米国でさえ一一〇%だ〉

提言の指摘のトーンが次第に鋭くなっていく。読み進めるうち、日頃意識していなかったが、日本という国が着実に体力をすり減らし、主要国と比べても相当に台所事情が苦しくなっているのが数値によって明確になる。

〈普通の企業ならば、銀行が資金を貸さないどころか、倒産が秒読み状態になっている。だが、日本は破綻していない。その理由は、日銀が事実上の財政ファイナンスを許してきたためだ〉

南雲に勧められ、緑川前日銀総裁の回顧録を読み込んだ。信認という言葉がなんども本文に登場した。取材を重ねるうちに、緑川氏が訴え続けた信認の本当の意味がわかってきた。ページをめくろうとしたとき、唐突に会議室のドアが開いた。

「よう、捗(はかど)っているか？」

マスク姿の堀田が顔を出した。

「もう一度、提言書を読み込んでいます」

ノートパソコンの横に置いた分厚いファイルを叩く。

「俺は経済に疎いから、解説やら識者の評価はおまえに任せるよ」

「ええ、そのつもりです」

池内はパソコンのファイルを開き、記事の前提となるメモを堀田に向けた。

「国債の発行額や財政赤字の規模とか難しい言葉が並ぶと、読者の興味が逸れてしまう恐れがあります」

「俺も苦手だ」

堀田が眉根を寄せた。だが、口元はマスクで覆われ、本来の表情が見えない。

「その後、体調はどうですか？」

「安心しろよ、インフルエンザは完治して、周囲に感染させるリスクはないって医者にお墨付きをもらっている」

「それでもコロナには気を付けてくださいよ。体力落ちているでしょうから」

「わかっている。でもな、新時代は人使いが荒いからな。昨夜も歌舞伎町で張り番だった」

「歌舞伎町ですか？」

「ああ、こんな時期なのに、ホストクラブで湯水のように金を使っているアイドルがいるってタレコミでな」

　堀田が国民的と称されるアイドルグループ、それもセンター格の女性の名を告げた。歌舞伎町のキャバクラやホストクラブは、客と従業員の距離が特に近いのが持ち味だ。ホストクラブの場合、シャンパンを入れた客に対するコールと呼ばれる独特の掛け声が人気で、若い女性が借金をしてでも通うケースがある。

　堀田が張ったアイドルは、清楚なイメージがウリで、ドラマや映画ではお嬢様役が多い。そんなアイドルがホストにハマっているとなれば、普段とのギャップは著しい。週刊誌記者は我先にとスクープを取りに行く。

「それで、撮ったんですか？」

「相手もガード堅くてな、まだだ。キャバクラだったら潜入できるが、この風態でホストクラブに入るのは無理だろ。編集部の女性スタッフとコンビで動いている」

「とにかく気を付けてくださいね」

「でもなあ、目に見えないウイルスはどこで拾うかわからんし、怖がっていたらこの稼業は続けられん」

「もともと気管支が弱いんだから」

「注意しているよ。アルコールのスプレーと除菌シート持ち歩いているからな」

堀田が腰を下ろし、提言書のファイルに目を向けた。

「おさらいしておきましょうか」

「ああ、頼む」

池内は提言書の最初のページに戻り、南雲ら正常化要求グループが発した財政破綻への危機感をかいつまんで堀田に説明した。

「要するに収入がないのに、ホストに入れ揚げた挙句、借金してまで貢いでいるわけだな」

「喩えが適切かは横に置いて、日本は確実にそんな状態に陥っています」

「正常化させないと、自己破産だよな」

「個人ならそうなりますが、日本は国家であり、一億人以上の国民が生活しています。

おまけに、円という通貨を発行していますから簡単に破産なんてできません」

「信用はガタ落ち、誰も金を貸してくれないし、発行したお札も紙屑ってわけだ」

「その通りです」

いつの間にか、堀田が小さなノートを広げ、池内が告げた事柄の要点をメモにしていた。

「この財政ファイナンスってなんのことだ？」

堀田の太い人差し指が中見出しを指した。

「ホスト好きのアイドル、稼いでいてもいつかお金が尽きますよね。そんなとき、プロダクションや所属レコード会社がお金を融通しているという意味です」

「酷えな。この国はそんなことになっているのかよ。新時代がスクープ出したら、ファンが一気に離れるし、ＣＭのスポンサーは激怒して莫大な違約金を要求するじゃねえか」

「そのアイドルが円という通貨ですよ」

池内は、提言書の横に置いた一万円札を取り上げた。

「プレミアが付いたサイン入りチェキだの、Ｔシャツだのは暴落するな」

「ですから、プロダクションのマネージャーなり社長がアイドルを立ち直らせようと本来はしなければなりません」

「なるほどなあ」

「その調子です。次は理解できますか？」

池内はページをめくり、付箋を立てた箇所を指した。

〈ハイパーインフレが現実味を増す〉

「日銀の信用が失墜したら、円も暴落する、そうだよな。そうなると……ガソリンの値段が上がる。無駄遣いするなって経理に怒られる」

普段頻繁に給油する張り番らしい発想だ。

「円の価値が下がる、すなわち円安になれば、輸入に頼るガソリンや軽油の値段は上がります。それが行き過ぎると、ハイパーインフレです。つまり、急激にガソリン代が上がるという意味です」

「リッター当たり一三〇円前後の値段が一〇〇〇円とかになるんだな？」

「もっとかもしれません」

「そりゃ困る。張り番の仕事でガソリン代ケチったら商売上がったりだ」

提言書のページをめくりながら、池内と堀田は一問一答のような形でメモをまとめ続けた。難しい経済用語を簡単な言葉に置き換える。堀田は様々なテーマで取材を続けてきたベテランだ。手がかりを得たあとの飲み込みは早い。言論構想と新時代のコラボ企画、当初は無謀な試みにも思えたが、熱心にメモを取る堀田の姿を見続けていると、そんな不安が消え去っていくのがわかった。

12

「こちらへ」

細身のスーツを着たホテルマンに誘導され、池内は地下駐車場から業者搬入口、そして厨房横のスタッフ専用通路を通り、宴会用コンテナを運ぶエレベーターに乗り込んだ。壁一面にアルミ板が打ち付けてある特殊な構造だ。

「お手数おかけします」

「いえいえ、お客さまのためですから。皆さま、先にお部屋にご案内しております」

エレベーターが二〇階で止まった。ホテルマンに導かれ、エレベーターホールから宴会場脇の通路を抜け、客室のあるホールに出た。ホテルマンは時折振り返りながらえんじ色のカーペットを進む。

「こちらでございます」

ホテルマンが〈二〇三一〉の部屋の前で立ち止まり、ドア脇のベルを押した。するとドアが内側から開き、小松が顔を見せた。

「お待たせしました」

た。

「見られていないな?」

「ええ、客の目に触れない通路から案内してもらいました」

小松がチェーンロックを外した。池内はホテルマンに会釈して部屋に足を踏み入れた。

大きな窓越しに皇居と周辺の緑が見えた。窓際の応接セットには南雲が肩を強張らせて座っていた。

「お待ちしておりました」

南雲が立ち上がり、右手を差し出したがすぐに引っ込めた。

「時節柄、握手は禁物でしたね」

「ええ、なんだか変ですよね」

池内は笑みを浮かべ、南雲に着席を促した。

「随分と厳重なサービスですね。張り番経験者としては少し複雑です」

緊張した面持ちの南雲を和ませようと、池内は小松に顔を向け、軽口を叩いた。

「誤解なきように。あれはウエディング向けの仕掛けです」

小松によれば、都心の高級ホテルは特別なおもてなしプランで若いカップルを祝福し、評判を呼んでいるという。吉日には一日一〇組が祝宴を開くが、それぞれの夫婦に特別な満足感を味わってもらうための仕掛けだと小松が明かした。

「他のカップルや親族に一度も会わずにホテル内で過ごすことが可能です。ホテルマンをあちこちに配置し、常にそれぞれの動線をチェックするのです。姪っ子の結婚式でこのサービスを知り、応用したまでです」

「なるほど、そういう経緯でしたか」

南雲が感心したように頷いた。

「南雲さんたちの計画は極秘です。もし他所に漏れ出すようなことがあれば、様々な圧力がかかるでしょう。ネタ元を守るために我々は手間暇を惜しみません」

小松が低い声で言った。その言葉に嘘はない。小松や高津は数々の修羅場をくぐった歴戦の記者兼編集者で、暴力団に追われる証言者を一年以上匿ったことがある。このほか、独占インタビューを取るために大手企業を告発した若者を社の保養施設で保護したことも一回や二回ではない。ホテルの一室を予約し他の客にばれぬよう手配することなど容易い。

南雲の手元にあるコーヒーカップに池内はポットからコーヒーを注いだ。

「ミルクと砂糖はたくさんありますから、お好きなだけ」

「恐縮です」

南雲が角砂糖を二つ、そしてミルクをたっぷりとカップに注いだ。

「コロナで今までの常識が次々と覆されました。長いこと雑誌稼業をやっていますが、こんな忙しないのは初めてです」

ミネラルウォーターを飲みながら、小松が切り出した。

「そうですね。まさかあの有名な方が亡くなるなんて、想像すらしていませんでした」

南雲が著名なコメディアンの名を口にした。夜の街をこよなく愛す洒脱な人物で、老若男女から愛された。池内も子供の頃からなんども特番を見て腹を抱えて笑った。

「彼だけでなく、ほかにも著名な作家や俳優が亡くなりました。評伝欄だけでなく、特集で取り上げなくてはならず、現場は修羅場になりました」

言論構想本誌はもとより、進行の速い新時代も堀田ら現場記者やデスクなどが総動員され、誌面の差し替えや追加取材に追われた。

「医療体制が逼迫しています。政府が意図的に新型コロナウイルスの検査数を絞っているのです。これらも取材対象として急浮上です。経済運営もダメなら、疾病対策もないがしろです。芦原官邸ばかり見続けてきた官僚に民間企業。長期政権の歪みが一気に表面化しました」

新時代編集部に医療問題に詳しいライターやフリー記者が集められた。東京五輪を目前に控えていたことから、政府や東京都は感染者数の激増を対外的に抑制するため、あえてウイルス検査の数を絞ったとの疑惑が広がった。例年よりも不審死を遂げる高齢者が増えたとの情報もあり、医療問題取材班も関係者の間を駆け回っていた。小松の言う通り、芦原に近い企業や団体ばかりが優遇され、一般庶民は目に見えぬ疾病の前に無防備な状態で放置されたも同然だった。

「しかし、ご安心ください。南雲さんたちの一件に関しては、揺るぎがありません。弊社を挙げて、責任を持って世に送り出します」

膝に手をつけ、小松が南雲に頭を下げた。

「もう一度確認させてください。南雲さんを含め、メンバーの皆さんの決意は変わりませんね？」

池内が問いかけると、南雲が姿勢をただし、はいと告げた。

「青年将校の血判状ではありませんが、我々は互いに念書を交わし、決して退却しないと約束しました。青臭いかもしれませんが、ノーサレンダー・ミッションと呼んでおります」

南雲が真面目な顔で言った。

「それでは、当初の予定通りスケジュールを動かします。よろしいですね」

池内が尋ねると、南雲が力強く頷いた。池内はスマホのスケジューラーを立ち上げた。二日前の欄に〈緊急事態宣言発出〉のメモがある。

先月中旬、新型コロナウイルスが全国的に蔓延し、国民生活や経済に重大な影響を及ぼすことを防ぐため、政府は新型インフルエンザ等対策特別措置法を改正した。芦原首相が緊急事態宣言を行うことにより、感染防止のために緊急措置を実施する期間や対象となる区域を指定することが可能になった。今後もウイルス関連の突発的なニュースが入る可能性はあるが、小松が強調した通り、南雲らの動きは必ず掲載する。

「まずは来週、四月第三週の水曜日に言論構想オンラインで新時代のスクープ記事の前触れ記事を掲載します」

池内はスマホの画面を切り替えた。ノーサレンダー・ミッションのネタはまだごく少数の編集部員しか知らないため、あえて最新号のレイアウトを南雲に提示した。

〈Ｓｃｏｏｐ！　首相周辺に新たな重大疑惑浮上！　人材派遣、病院新設に続く癒着はあの業界！〉

「煽りといって、読者の興味を惹きつけるための強めの見出しです。しかし、中身は南雲さんもご存知の通りです」

「ええ、その号の新時代を買いましたよ。総理周辺の人物が都内の……」

「その通りです。新時代発売前日にこのサイトで南雲さんたちの行動について派手に打ち上げます」

「問い合わせやらが入った際は……」

一瞬だが、南雲の顔が曇った。

「ご安心ください。ノーサレンダー・ミッションのメンバー全員分の部屋をこのホテルに確保しました。ご家族以外との連絡を断ってください。取引先などから、仕事を絡めて圧力がかかる恐れがありますので」

過去に同様のケースを経験しているからか、小松は落ち着き払っている。

「四月第三週、木曜日発売の新時代のトップ特集で皆さんの行動の概要を伝えます。もちろん、提言の中身、そして一般の読者がわかりやすいよう、私が解説を加えました。計一〇ページになります。オンラインに告知が出た直後、メンバーの皆さんにゲラをお渡しします」

「全面的に信頼しております」

南雲が殊勝に頭を下げた。

「翌月、今度は言論構想本誌にて、やはりメインの特集としてノーサレンダー・ミッションの全容、そして南雲さんら主要メンバーの皆さんのインタビューが掲載されます。新時代の発売直後から、経済関係の識者をあたり、賛否両論の意見、コメント取材をしたのちに誌面に反映させます」

池内は一気に告げた。

「あの……」

突然、南雲が口を開いた。

「言論構想に全文が掲載されたあと、会見を開きたいのですが、構いませんか？」

「もちろんです。どのような形ですか？」

「本石町の日銀金融記者クラブで、専門知識を持つ記者さんたちの前でと考えております」

池内は小松と顔を見合わせた。

「提言に盛り込んだ中身のほかに、新たな提案というか、すぐに日銀が打ち出すべき事柄がある、そんな風にメンバー同士で取り決めたことがありました」

南雲はここ数日、オンライン会議システムを使い、メンバー間で活発なやりとりを行ったと明かした上で、言葉を継いだ。

「具体的には、国庫納付金を即座に停止すべしという内容です」

「国庫納付金とはなんですか？」

池内はスマホのメモアプリを立ち上げた。

「一万円札の発行コストをご存知ですか？」

南雲の問いに、池内は即座に答えた。

「二〇円ですよね」

「そうです。一万円から二〇円のコストを引いた九九八〇円が日銀の儲けとなります。ここから人件費や諸経費を差し引いたものが国庫に納められます。昨年の場合、日銀は約五五〇〇億円を納付しました。しかし、株価が低迷し、買いを膨らませたＥＴＦに含み損が生じかねないような現状、国庫に納めるような余裕はない、そんなアピールをすべきときなのです」

南雲が野太い声で言った。

「その要素も言論構想本誌で扱わせてください。つまりこういうことですね？」

小松が言った。

「多額の国債買い入れは事実上の財政ファイナンスだ。しかも新型コロナの影響で株価も低迷している。下手をすれば、日銀が債務超過に陥るリスクがある。日銀が債務超過になれば、円という通貨の価値が大きく毀損する。そうなる前に、政策と資産の正常化を行うべし、という意味ですね？」

小松が言うと、南雲がなんども頷いた。

「その通りです。執行部は五〇〇兆円に膨らんだ保有国債について、満期まで保有する上に、償却原価法という簿価会計を適用するので債務超過はあり得ないと国会や会見で繰り返していますが、そんなことは絵空事でしかありません」

南雲がまくしたてた。池内は懸命にスマホのメモ欄に要旨を入力する。

「かつて私は日銀の営業局というセクションで国内金融機関の資金繰りをチェックする仕事をしていました。不良債権問題が深刻になった頃、銀行に債務超過の噂が出るだけで株価は暴落し、たちまちインターバンク市場で資金を取れなくなりました。中央銀行とてマーケット参加者です。簿価で大丈夫と嘯いても、他のプレーヤーは全て時価主義です。日銀といえど、債務超過という事態には容赦なく反応するでしょう。そもそも時価会計を強く推奨したのは日銀ですから」

メモを取りながら、池内は全身が粟立つような感覚に襲われた。小松の言う通り、南雲らが議論している中身を言論構想に掲載しなければならない。新型コロナウイルスという未曽有の危機が表面化し、世界中の金融市場が大荒れとなる中で、政府や、その言いなりになる日銀執行部が振りかざす甘い認識は通用しない。

「記者会見については……」

南雲が次々と段取りを話し始めた。ときに小松が疑問点を指摘し、南雲がこれを修正していく。一週間後、オンラインメディアから発せられた刺激の強い提言が弛緩した日本という国を揺さぶる。いや、国民生活が破綻する寸前に、ショック療法を施すのだ。メモを入力する池内の両手に力がこもった。

13

「しつこいようですが、厳重に機密保持をお願いします」

三杯目のコーヒーをカップに注ぎながら小松が念押しした。

「もちろんです。職を賭しています。全員が引き返せない状況ですので、そこは慎重に事を運びます。世論に訴え、いずれはメンバーのうちの何人かが執行部に復帰できればと考えます」

「わかりました。では、この辺で」

小松が言った直後、池内は身を乗り出した。

「一つ提案があります」

今回の会合が始まった直後から、ずっと考えていたことがある。ノーサレンダー・ミッションと直接の関係はないが、日本経済を崖っぷちへ追い込んだキーパーソンがいる。

「言論構想の記事に、もう一つの要素を追加させてください」

「なんですか？」

小松が首を傾げた。

「フィクサーの古賀氏のことです」

池内が名前を告げた途端、小松と南雲が同時に膝を打った。

「どのように取り上げますか？」

小松が冷静に切り込んできた。

「かつての先輩が残した資料に加え、私が直当たりしたときのメモを参考に、ノーサレンダー・ミッションが一段落した際に特集をと考えています」

「中身はありますか？　濃度は足りていますか？」

小松が矢継ぎ早に尋ねた。

「あります。記事の巧拙に関しては、布施副編集長にチェックしてもらいますが、ファクトは十二分に」

メモアプリを資料ファイルに切り替えると、池内はスマホの画面をタップした。目の前に青山の部屋で撮った写真が現れた。

「こんな具合です」

〈前略　青山ゆかり様〉……磯田がのちに青山に出した手書きの文書だ。小松が画面を睨み、唸った。

二〇一四年一〇月三〇日、日銀、いや日本経済が岐路に立っていたタイミングで、古賀は磯田財務相の名代として突如、日銀審議委員だった青山の前に現れた。

「南雲さんからの情報でした。六年前の日銀金融政策決定会合の前夜、古賀は執行部提案に賛成するよう求める磯田大臣の代理として、反対票を投じるのが確実と言われていた青山氏を訪れました」

「裏を取ったのですか？」

南雲が身を乗り出した。

「ええ。絶対に許せない行為です。青山さんは記事化にゴーサインを出しているわけではありませんが、彼女を落とす自信はあります」

「具体的には？」

「青山さんのご家族の弱みを握り、賛成票を投じなければ世間に暴露する、そんな風に脅したのです。有無を言わせない圧力があり、青山さんは意思を曲げて賛成票を投じました」

池内は小松に向け、説明を続けた。六年前の一〇月の決定会合では、赤間総裁が大規模な金融緩和策の第二弾を決めた。投票権を持つメンバー九人のうち、事前の票読みは賛成四に対し、反対五が有力視されていた。

「そんなことがあったのですね」

小松が腕を組み、唸った。

「この日を境に、日本は金融と財政の箍(たが)が外れてしまったのです」

語気を強め、言った。

「数々の大手企業の粉飾決算に協力した挙句、今度は政界深くに侵食し、芦原首相や磯田副総理の懐刀になったのが古賀遼という男です。彼がいなければ、日本経済がここまで傷むことはなかったかもしれません」

「わかりました。引き続き、彼を徹底的にフォローしてください」

「近く接触してコメントを取ります」

「いいでしょう。頼みます」

小松が頷いた。

「コントロールを失った中央銀行、そしてそれを裏から操った謎のフィクサーの存在。完売を狙えるかもしれませんね」

口元を歪め、小松が笑ったときだった。池内の手の中で、スマホが鈍い音を立てて振動した。液晶画面が点灯した。

「ちょっと失礼します。堀田さんです」

「あとで打ち合わせすると伝えてください」

小松の声を聞いたあと、池内は通話ボタンを押した。

「堀田さん、ちょうど連絡しようと……」

池内が告げた直後、電話口で異様に掠れた堀田の声が響いた。

14

目の前の磯田が眉根を寄せ、葉巻の煙を天井に吐き出した。革張りソファの肘掛にある左手、五本の指が忙しなく動いている。相当に機嫌が悪い。古賀は身構えた。

「また板挟みだよ、まったく、たまらんぞ」

「ご心痛、お察し申し上げます」

「どいつもこいつも年寄りをこき使いやがって」
二、三口葉巻をふかすと、磯田はサイドテーブルにある灰皿に押しつけた。その後も天井を睨んだまま言葉を発しない。古賀は磯田の次の言葉を待った。
四月初旬、ウイルスの蔓延に歯止めが掛からず、政府は遂に緊急事態宣言を発出した。都道府県をまたぐ不要不急の移動自粛のほか、飲食店が軒並み休業に追い込まれ、世界でも有数の大都市東京は、季節外れの冬眠に入ったように静まり返った。

週末の午後、神保町の事務所で経理処理をしていると、磯田の私設秘書から電話が入った。夜九時半に松濤の私邸に来て欲しいとの要請だった。以前訪れたときと同じように、山手通り近くの高級イタリア車ディーラーの前で待っていると、銀座の有名テーラーの名入りのバンが停車した。助手席には私設秘書がいた。通用門から磯田の広大な私邸に入り、五分ほど前に書斎へと通された。

磯田はいつものスリーピースではなく、チェック柄のブレザーだ。

「悪いな、来てもらった早々に愚痴を聞かせちまって。緊急事態宣言は致し方ないとして、補償やら給付金の財源をどうするかで官邸と役所が盛大な綱引き合戦だ」

　磯田が苦笑いした。

「コロナ禍なんて、世界中の誰も予想しなかった事態だ。政府、いや政治が国民の生活を下支えするのは当たり前だし、他に誰もこの役目を負えない」

「その通りです」

「だがな、永田町は厄介だ。補助金や補償金を配るにしても、欲に目が眩んだ連中がワラワラと湧いてきやがる」

「そうなんですか？」

「党の族議員の連中だ。選挙区に帰れば、議員は地元の利益の代表だ。有権者が困っていたら我先にと補償金を分捕っていくのが議員の役目。これが束になると、業界の利益のために奪い合いだ」

「当然、役所の皆さんはその辺りを警戒されているわけですね？」

「そうだ。重要度の低い補助金、利益誘導がみえみえの補償金の類いが官邸に陳情され、それが役所に丸投げされてくる」

「どうか、お体だけはお気をつけになってください」

「俺は大丈夫だ。銀座も六本木も行きつけの店は軒並み休業中だ。それに、例の支援者の件は助かった。改めて礼を言う」

「ツテがあっただけの話です」

二週間前、磯田の東京後援会幹部が発熱した。解熱剤が効かず、味覚障害も続いたが、どこの病院も取り合ってくれなかった。秘書から連絡を受けたあと、古賀はかつて裏仕事をこなした有名私大系列の病院を紹介した。緊急検査を受けると、新型コロナウイルスの感染が確認され、隔離病棟に入院できた。以降、経過は良好だという。

「御用命がありましたら、いつでもご連絡を」

磯田が頷いた。官邸と財務省の綱引きの愚痴、そして病院の礼のために呼び出す磯田ではない。古賀が首を傾げると、目の前の老練な政治家が口を開いた。

「あの件はどうなっている？」

「本石町ですね？」

磯田の口元から笑いが消えた。中目黒のバーで飲んで以降、言論構想社の池内とは会っていない。事務所や自宅マンション周辺を歩く際、周囲を注意深く観察してきたが、池内や他の記者から監視されている様子もない。

「古賀、ライブビューって知ってるか？」

唐突に磯田が切り出した。

「ええ、パソコンやタブレットで使うオンライン会議システムです」

三月上旬から、イベントに向けた打ち合わせは感染防止対策としてネット上で行うようになった。パソコンやタブレットに内蔵されたカメラを使い、インターネットで複数のメンバーを同時につなぐソフトがライブビューだ。

「私も頻繁に使っておりますが、それがなにか？」

「中国製でセキュリティー面に欠陥があるらしいな」

「その通りです。会議中にアダルト画像が飛び込んできたり、メンバーのパスワードが流出したりと、まだまだ課題の多いソフトです」

「ウチの派閥から国家公安委員会委員長を出しているのは知っているな」

ライブビューと大臣ポスト。磯田が唐突に持ち出した二つのキーワードはなにを意味するのか。

「例の一派が会議している中身が漏れ出していた」

「本当ですか？」

「証拠だ」

ブレザーのポケットに手を入れると、磯田が小指大のＵＳＢメモリを取り出した。

「全てをチェックするほど暇じゃねえから、秘書に中身を調べさせた。古賀に大目玉を食らったあと、南雲とかいう日銀ＯＢは言論構想社にネタを提供したようだ。奴らのネット会議、二時間分がこの中にある」

〈中身が漏れ出していた〉と、あたかも流出事件のように磯田は語ったが、国家公安委員長が絡んでいるということは、南雲らの動向を当局が監視し続け、何らかの方法でライブビューのセキュリティを突破し、このデータを得たと見る方が自然だろう。

磯田が立ち上がり、小さなメモリを古賀の掌に置いた。

「油断しておりました。接触が途絶えてから、コロナ絡みで忙殺されておりましたので。まことに申し訳ありません」

「おまえを責めるために呼んだわけじゃねえんだ」

「どういう意味でしょうか？」

「御殿女中の連中が騒ごうが、芦原がバックアップする赤間体制はびくともしねえ。だが、問題は海外投資家の連中だ」

「なるほど……」

「これは役所のごく一部の幹部にしか伝えていねえが、このクーデターごっこの連中に万が一、投機の連中が乗っかると厄介だ」

「その通りです」

「今やばいのはＪＧＢだ」

「コロナ対応で一次補正を成立させても、当然原資は新発国債ですね」

「そうだ。ところが、この一味は財政破綻を防げと声高に訴えている。本筋で言っていることには賛同するが、コロナが蔓延し、止血をしなけりゃならんのに、最悪のタイミングだ」

「財政再建より、国債を増発しても絶対に底割れを防ぐべき時期です」

「御殿女中だからな、その辺のタイミングが読めねえし、正論ばかり振りかざすのもどうかと思う。そこで頼みだ」

「はい」

「あいつらが海外の投機の連中とつながっているか、それに、言論構想がどう動いているのか探ってくれないか」

「大臣のためでしたら、全力で」

古賀が腰を浮かすと、磯田が言った。

「言論構想を止める最終手段はある。だが、なるべくなら使いたくない」

「わかりました。最善を尽くします」

短く答え、古賀は磯田の書斎を後にした。長い廊下を歩きながら、考えを巡らせる。海外勢については、ヘルマン証券を使えば話は簡単だ。もっとも主要国株式の暴落で海外の投資家は大損害を被り、敗戦処理に明け暮れる今、日銀を巡るスキャンダルの深層までたどり着いているとは思えないが。

問題は池内記者だ。中目黒のバーで啖呵を切った池内が南雲と行動を共にしていたら。頑固で生真面目な池内を翻意させ、無謀かつ幼稚な企てを防ぐにはどうすればいいのか。古賀は考え続けた。

15

〈普通の風邪だけど、熱っぽい。おまえや他のスタッフにうつしたくねえからアパートでテキストを書く〉

四日前に南雲とホテルで面会しているとき、新時代の堀田から連絡が入った。異様に掠れた声だった。普通の風邪であそこまで声に異常をきたすのか。〈気管支炎か扁桃腺か知らんが、熱が上がってきた。今、三九度ちょうどだ〉

昨晩、誌面レイアウトの確認、そして堀田分のテキストを催促すると、息も絶え絶えの声が電話口から聞こえた。病院に行くよう強く勧めたが、意外な答えが返ってきた。

〈保健所に連絡したが電話がつながらない〉

心配で今朝も連絡を入れたが、堀田は反応しなかった。仕事に集中しろ。自らに言い聞かせ、言論構想オンラインでリリースする第一報のゲラ刷りを手に取った。

〈激震！　日銀有力ＯＢたちが決死の実名告発　このままでは日本が破綻する！〉

小松と高津がウェブ専門の編集者を会議に呼び、扇情的な第一報の見出しが決まった。あとわずかで苦労が報われる。いや、ここはスタートラインだ。

言論構想オンライン、そして週刊新時代を経て月刊言論構想と告発は続く。媒体は変わっても、テーマは一緒だ。いかにこの国が危機的な状況にあるか。そして日銀の手綱が切れかかり、国民生活が首の皮一枚で辛うじて持ち堪えていることを多面的に報じる。

ゲラを机に置き、池内はスマホを取り上げた。担当分の原稿は書き終え、今は副編集長の布施がチェックしている。稚拙なテキストだが、ベテラン編集者の赤ペンが加われば、記事という商品になる。

もう一度スマホを睨む。やるべきことはあと一つ、経済界を裏から操作し続けた古賀への直接取材だ。画面をタップし、アドレス帳を開く。画面には、カ行の名前がずらりと並ぶ。池内が人差し指を伸ばし、中段までスクロールしたとき、唐突に電話が着信した。

三度目の訪問だった。以前と同様、飾り気が一切ない殺風景な事務所だ。池内はコーヒーカップを運ぶ古賀の姿を見つめた。

「いきなり電話して失礼しました。コーヒーはブラックでしたよね」

笠間焼の新鋭作家の作品だと言い、古賀が深緑色のカップを池内の前に置いた。もう一つの古賀の分は藍色で、無骨ながらも温かみのある風合いのカップだ。

「最近はネット会議、ライブビューとかいうソフトばかりで会話していましてね。直接お話しできる人がいないかと考えるうちに、池内さんを思い出しました」

　池内はカップを持ち上げ、鼻に近づけた。豊潤な香りが鼻腔を刺激した。

「私も久しぶりにお会いしたいと考えていたところでした」

「本当ですか？　こんな年寄りに無理して話を合わせなくても結構ですよ」

　コーヒーを一口飲み、古賀が言った。仙台の勝木や日本酒絡みの話をしに来たわけではない。長年、言論構想の腕利き記者が後を追い、そして自分自身も調べ続けた古賀の裏の顔を、誌面に載せる。今日は最後通牒だ。

「コメントをいただきに参りました」

「日本酒イベント、勝木さんの事を記事にされるのですね。以前も申し上げたように、私は黒子の一人に過ぎません。ＮＰＯの他の主要メンバーを紹介しますので、コメントなり顔写真の御用命はそちらでお願いします」

　淡々と告げる古賀に対し、池内は強く首を振った。

「近く言論構想社の主要媒体がタッグを組んだ強力なスクープが掲載されます」

「ほお、それは楽しみですね」

　正面の古賀は笑みをたたえている。

「スポーツ関係、それとも永田町のスキャンダルでしょうか？」

興味津々といった様子の古賀に対し、池内は冷静に違うと告げた。

「あなたのコメントをお願いします。裏の世界であなたが果たした役割について、言論構想の記者としてお尋ねします」

一気に告げ、古賀の顔を見た。動じた様子はないが、古賀は言葉を発しない。

「少し長くなりますが、お付き合いください」

足元に置いた鞄から南雲らが作った提言書のファイルを取り出し、応接テーブルに載せた。タイトルが見えるよう、古賀に書類の束を向けた。

〈日銀の政策正常化を通じた日本経済再生への道筋〉

「これはなんですか？」

古賀が首を傾げ、ファイルのタイトルを見つめている。

「文字通り、日銀の政策を大胆に軌道修正し、日本経済を復活させようと望む人たちの告発です」

「興味深い提言です。しかし、私とどのような関係があるのでしょうか？」

「大ありです」

古賀の両目を見据え、池内は言い放った。

「こちらをご覧になってください」

提言書とは別のファイルをテーブルに載せ、池内はページをめくった。磯田が青山に送った筆書きの写真だ。

「磯田大臣のお名前がありますね。どなた宛に？」

「青山ゆかり西北大学教授です。磯田氏が発送されたとき、青山さんは日銀の審議委員をお務めになっていました」

「大変優秀な学者さんだとうかがったことがあります」

手紙に目を向けたまま、古賀が言った。

「日銀の金融政策決定会合で彼女が執行部案に賛成票を投じたことへの礼状です」

古賀は動かない。心当たりがある証拠だ。

「二〇一四年一〇月三一日の金融政策決定会合は、重要な分水嶺となりました」

古賀は写真を睨んだまま動かない。

「同日の会合では、就任二年目の赤間総裁がアシノミクスを強力に後押しするとして、赤間レーザービームの第二弾とも称される超金融緩和政策を打ち出しました。しかし、投票権を持つ九人のメンバーのうち、民間エコノミスト出身の委員らが反対意見を唱え、会合は紛糾しました。赤間総裁にとっても、大規模緩和策第二弾の導入は賭けでした。否決されれば、自らの失策を認めるようなもの。そこで、官邸と政界の重鎮が後方支援に回りました」

依然として古賀は言葉を発しない。その視線は手書きの文書に固定されたままだ。

だが、先ほどと違う点がある。古賀の眉間に深い皺が刻まれている。

「全面的にバックアップした日銀の金融政策が転けてしまえば、政権の求心力が急低下してしまう。最強と呼ばれた官邸の威信も地に墜ちてしまう。そして裏工作に及んだ。官邸は政権のプライドをかけて日銀の最高意思決定機関を凌辱したんです。これは世界的に見ても一大スキャンダルです。絶対に報じる必要がある！」

気持ちが昂る。池内は大きく息を吸い込んだのち、言葉を継いだ。

「手紙の通り、圧力をかけたのは磯田副総理兼財務相です。芦原総理の後見人であり、調和を尊ぶ古いタイプの政治家らしい行動でした」

古賀が唇を噛み始めた。効いた。動かぬ証拠は金融界のフィクサーを確実に追い込んでいる。

「磯田氏は決定会合前日の夜、青山さんにメッセンジャーを派遣しました。彼女の娘さんに関する不祥事の証拠写真を持参させたのです。そのメッセンジャーはあなたです」

池内が告げると、古賀が大きなため息を吐いた。

「そこまでご存知でしたか。あなたは短期間で素晴らしい記者に成長しました」

16

「私の話をお聞きください」

池内は言い放った。

「日本の金融界では、節目ごとにあなたが音もなく現れ、仕事をして去っていった」

池内は鞄からタブレットを取り出した。新時代で古賀を追ったフリー記者が小松に残したメモと写真だ。

「五年前、日本を代表する総合電機メーカーの三田電機で粉飾決算が明らかになりました。この際、あなたは経営陣の支援に回り、粉飾を不適切会計と言い換え、事態を矮小化（わいしょうか）することに一役買いました」

池内は、古賀にタブレットを向け、画面をタップした。先輩記者が入手した決算対策指南のメモ、対マスコミのノウハウを伝授した会議録を次々に画面に表示させ、写真のページで指を止めた。

「あなたは経済界で随一のフィクサーです。三田電機中興の祖、東田相談役とともに芦原総理となんども会っていた。三田は大きすぎて潰せない、そんな密約があったのです」

依然として古賀は顔を上げない。肩口が微かに震えている。三田電機のほかにも、古賀が大手企業に助言した粉飾決算の数々、大手金融機関や中堅中小金融機関の不良債権飛ばしなど、数々の悪事を池内は読み上げた。

「バブル経済の崩壊、会計制度の不備、金融機関破綻に関する法律の未整備など、あなたが暗躍する余地はいくらでもありました。しかし、これだけの不正に手を染め、ときに社会問題になるような粉飾案件に関わっても、あなたは未だ訴追されていない」

よほど応えているのか、古賀は俯いたままだ。先ほどより肩の震えが大きくなったような気がした。

「この期に及んで、国の金融政策を曲げることに加担するのはどうでしょうか?」

池内は、古賀が磯田の代理として青山の自宅を訪れた事実は動かせない、まして脅すような形で採決を変えさせたのは、行き過ぎだと非難した。

「これは私が自力でつかんだ事実です。分水嶺にあった金融政策を曲げたことは、南雲さんたちの提言に追加して、月刊言論構想の中で必ず触れます。どうしてもあなたのコメントが必要です。ノーコメントでも結構ですよ。古賀さん、顔を上げてくれませんか?」

言い終えると、池内は大きく息を吐き出した。手応えは十分にあった。

古賀は肩を激しく震わせ、首を垂れている。

「古賀さん！」

思い切って声を張った直後だった。ゆっくりと古賀が顔を上げた。

「古賀さん……」

池内は息を呑んだ。目の前の古賀は大きな口を開け、笑っていた。

「あなたは立派な記者になりましたね」

古賀は両目を充血させ、笑っている。落ち込んでいたのではなく、今まで笑いを堪えていたのか。

「なにがおかしいんですか！」

考えていたことと正反対の事態が起きた。頭に全身の血液が逆流する錯覚に襲われる。

「まあまあ、冷静に話しましょう」

ジャケットの胸ポケットからハンカチを取り出し、古賀が両目を拭った。先ほどと同じように肩が揺れている。

「私が真面目にコメントを求めているのに、なんですか、その態度は！」

自分でも驚くほど大きな声が出た。

「失礼しました。池内さんが力まれるので、おかしくなってしまいました」

姿勢を正した古賀が両膝に手を添え、頭を下げた。

「新米記者ですから、力みます。しかし、そこまで笑わなくとも……」

「記事に対するコメントでしたね。以前も申し上げた通り、ノーコメントでお願いします」

池内は古賀の顔を睨んだ。向かいの男の両目は大きく見開き、瞬きを一切しない。口元に笑みを浮かべ、いつもと同じ口調で話している分だけ不気味だった。

「一応、記事の概略を……」

池内がなんとか声を絞り出すと、古賀が強く首を振った。

「その必要はありません。察しはついています」

古賀は胸ポケットから、小さなUSBメモリを取り出し、テーブルの上にあったノートパソコンに挿した。

〈このまま野放図に財政ファイナンスを続ければ、日銀の金融政策は必ず行き詰まり、財政も同時破綻する。ハイパーインフレは些細なきっかけで起こるんだ！〉

〈瀬戸口が辞めたなら、赤間総裁も連座すべし〉

〈そもそも、アシノミクスなんて馬鹿げたことに追従を許すなんて、雪村はなにを考えているんだ！〉

古賀の目の前にあるノートパソコンから、男たちの怒声が漏れ聞こえた。聞き覚えのある声ばかりだった。

「ご覧になりますか？」

突然、古賀がパソコンの画面を池内に向けた。

「あっ……」

画面の中に数名の男の顔が映っている。タートルネックのセーターを着た南雲を中心に、日銀の有力ＯＢたちが提言書の叩き台について、激論を交わしていた。

「ライブビューはセキュリティーの穴がたくさんあるらしいですね。米国の情報機関が使用上の注意を促したそうですよ」

「まさか……」

「そう、彼らの幼稚な企みは、筒抜けだったんですよ」

古賀が低い声で言った途端、池内の両腕が一気に粟立った。

17

「私は一介の零細金融コンサルタントです。このデータをメディアに流すとか、そんなつもりは一切ありません」

「しかし、そのデータは……」

「他のメディアも本石町OBの企みに気づいているかもしれませんね」

古賀がUSBメモリを外した。

「どうぞ、お持ちになってください」

メモリを受け取ったとき、胸のポケットが震えているのに気づいた。

「ちょっと失礼します」

池内はスマホをジャケットから取り出した。

スマホに一〇件以上の着信履歴が残っていた。小松だった。極度の緊張と怒りで昂り、気づかずにいたのだ。

「大事なお話でしょう。どうぞ連絡を」

古賀は立ち上がり、マグカップを携えて給湯室の方向に消えた。小松の名前をタップし、スマホを掌で覆った。すぐに小松が電話口に出た。

「すみません、取材中でして」

〈堀田君が大変です〉

「どうしました？」

相棒の名前を聞いた途端、背中に電流が走ったような錯覚に襲われた。

〈彼が新型コロナウイルスに罹患している恐れがあります。今、救急車で搬送中ですが、受け入れてくれる病院が見つかりません〉

「なんですって！」

〈インフルエンザで体力がないときに、万が一罹患していたら大変です〉

小松が一方的に告げ、電話を切った。

「大丈夫ですか？」

マグカップをテーブルに置き、古賀が言った。

「あなたには関係ないことです。続きをお願いします」

「私は構いません」

古賀がマグカップを鼻先に近づけ、ゆっくりとコーヒーの香りを吸い込んだ。一見すると、豊潤な香りを楽しむ男の顔だ。だが、両目は瞬きをせず、ずっと池内を見つめていた。

「どうぞ、コーヒーを」

見透かしたように古賀が言う。池内は手元の深緑色のカップを手に取った。香りなどわからない。苦い液体を無理やり喉に流し込み、口を開いた。

「他のメディアが追随しても、中身では言論構想の媒体にかなうところはありません」

「そうでしょうね。新時代に言論構想本誌、新聞やテレビが本当のことを伝えなくなって久しいですが、両誌はいつもスクープを放つ」

古賀がゆっくりと告げた。

「いずれにせよ、この日銀の正常化に向けた彼らの告発は、我が社が責任を持って記事にします。その中で、国の重要政策を曲げたあなたの存在も追記します。先ほどいただいた通り、ノーコメントとして扱わせていただきます」

「結構です。ただし、それは原稿が日の目を見た場合ですがね」

古賀の左頰が不気味に吊り上がると、歪んだ口元から白い歯が見えた。

「圧力をかけて潰す、そういう意味ですか？」

「私にそんな力があると思いますか？　誤解ですよ」

古賀が答えた直後、もう一度、胸のポケットの中でスマホが振動した。古賀が目で出ろと指示した。スマホの画面には、再び小松の名前が表示されていた。通話ボタンを押すなり、小松の怒声が響いた。

〈大変なことが起きました！〉

「堀田さんになにか？」

〈彼の搬送先は未だ見つかっていません。それより、たった今、社長命令が出ました〉

「社長が？　どういうことですか？」

〈例の企画、一旦凍結せよとのお達しです〉

「まさか……」

〈一〇分ほど前、経理局に国税庁が特別調査に入りました。新時代や言論構想の取材経費に重大な疑惑があるとの理由でした〉

「わかりました。堀田さんの件についても、なにかあったら教えてください」

電話は小松が一方的に断ち切った。スマホをテーブルに置くと、古賀が笑みを浮かべた。

「戻られるのですか？」

「ええ、ちょっと問題が起きました」

「では、また近いうちにお会いしましょう」

古賀はゆっくりとコーヒーを口に含み、笑った。

「なにがおかしいんですか？」

「もし私の考えが当たっていたら、どうしますか？」

「考えとは？」

「今の電話は編集長、あるいは重役の方ですね。税務調査が入ったから帰ってこい、そんな中身だったのでは？」

古賀の笑顔は変わらない。堀田が撮った写真が頭をよぎった。松濤の大邸宅に入る古賀の横顔だ。古賀は磯田の懐刀だ。古賀が言論構想社の動きに気づき、磯田に連絡を入れたとしたらどうか。財務大臣は国税庁を所管する。大臣が命令すれば、国税庁は精鋭部隊を動かし、ターゲットを襲う。

「まさか磯田氏が国税庁に命令した？」

「ですから、一介のコンサルタントにそのような重要な話はわかりかねます」

今度は古賀が声を上げ、笑った。

「卑怯だ、いつもそうやって潰すのか。青山教授のときと同じやり口だ！」

池内が叫ぶと、古賀が首を振った。

「これは私の持論です」

古賀が答え、池内に向けて強い視線を発した。

「この国には考えることを放棄した人が多すぎる。言い換えれば、馬鹿ばかりです。もはや修正不可能です」

「ですから、我々のようなメディアが……」

池内が抗弁すると、古賀が強く首を振った。

「芦原首相周辺であれだけ問題が噴出しても、支持率は下がらない。検察も骨抜きにされた。普通の国ならば革命が起きますよ。しかし、考えることを放棄した人々は動かなかった」

「詭弁だ」

「アシノミクスは誰の目から見ても愚策であり、市場のモラル、財政規律を粉々にしました」

「ならば我々に……」

「私は九州の炭鉱夫の倅で、極貧家庭の生まれです。東京に出て、白い柔らかな手を持つ人々がこの国を支配していることを知りました。そして、彼らに逆らったら最後、存在ごと消されると痛感しました」

　古賀の声のトーンが低くなった。両目を見開き、池内を見据える。

「なぜ庇う。そうおっしゃりたいのはわかります。私は権力に逆らわないと決めた。逆らったとしても、付いてくる人がこの国にはいないのです。だったら無駄な努力はしない。あなたもそう思いませんか？」

「そんなことをしたら、メディアは存在意義を失う！」

「そうでしょうね。だから、日銀ＯＢの憤りは理解できます。赤間総裁は中央銀行を政治のおもちゃにしましたからね。ですが、コロナが蔓延し、社会が大混乱に陥っているときに行動を起こせば、さらなる動揺を招くだけです」

「しかし……」

「コロナを巡ってはフェイクニュースが蔓延し、考えることを放棄した人々が激しく動揺しました。なぜなら、ウイルスは死に直結するからです。同じことが日銀の政策正常化にも言えます。政治や選挙に関心のない愚かな人々ですが、虎の子の金が消えてしまうと考えれば、ウイルス以上に困惑し、混乱が拡大します」

古賀の話に池内は聞き入った。

「OBの皆さんは、この国が根回しという卑劣かつ低俗な文化で成り立っていることを、全く理解していない。まして、アメリカという領主に許可さえ得ていない。単独で走れば、国内の為政者だけでなく、アメリカ当局に潰されます」

「でもですね」

「このまま財政ファイナンスを続けていけば、あと数年後に必ず行き詰まる。しかし、思わぬ伏兵が登場しました」

「新型コロナですね」

池内の言葉に古賀が頷いた。

「日本にとって、新型コロナは意図せざる形で援軍になったのです。世界各国が対策費用として大規模な財政出動に乗り出した。総額は三五〇兆円、今後は五〇〇兆円規模に膨らむでしょう。被害者は日本だけじゃない。世界中の人々が政府による支援を待っている。皮肉な話ですが、日本はワン・オブ・ゼムに過ぎません」

「今、日本が動けば傷は浅いはずです」

「違います。いらぬ混乱を招いた挙句、日本だけが重篤だと投機筋に格好の餌を与える事態になります」

「どうしても記事を潰したいのですね」

「私にそんな力はありません」

「会社をクビになっても、俺は記事を出しますよ」

　古賀がため息を吐いた。

「OBたちの企ては、すでに複数の会社がつかんでいると思います。しかし、どこも書かないし、あなたの持ち込みでも乗ってこないでしょう」

「そんなことはない」

「皆、大人だからです。白く柔らかい手の怖さを知っている。それより……」

　突然、古賀が自分のスマホを取り出し、画面を凝視した。

「知り合いからメールが入りました。御社でコロナに罹患した疑いが極めて濃厚な記者さんがいらっしゃるそうですね」

　池内は目を剝いた。

「なんでそんなことを知っているのですか？」

「長く生きていると、いろんな所に知り合いができる。それだけのことです。それより、その記者さんは気管支が弱い上に、先日インフルエンザに罹った。コロナが重なれば、私のような素人からしても相当に危険な状態にあると思います」

「脅しですか？」

「とんでもない、私は若くて優秀な記者さんを心配しているのです」

古賀がスマホの画面を池内に向けた。

「……この病院は？」

「かつてビジネスでお手伝いしたことがあります。今なら、検査をしてすぐに入院できるそうです。どうなさいますか？」

「あなたはいつもそうやって問題を先送りするよう仕向けてきたのですか？」

「誤解されては困ります。私は権力に逆らわないように生きてきただけですよ」

古賀の口元が醜く歪み、笑みが浮かんだ。池内は拳を握りしめた。会社には磯田の指令で国税が入った。混乱の極みの中で、記事は一時棚上げされるだろう。

「人の命より重いものはありません。同僚を見殺しにするのですか？」

古賀が淡々と告げた。池内の心の中で、天秤が大きく振れた。

「お願いします。紹介してください」

言った直後、池内は唇を嚙み、下を向いた。

「理事長、ご無沙汰しております。古賀です。一人、緊急で……」

拳を握りながら、池内は古賀の声を聞き続けた。

18

「どうぞごゆっくり」

口元に透明なシールドを着けた店主が苦笑いした。

「お客様がなかなか戻りません。今晩は実質的に貸し切りです」

「すまないねえ、これから知り合い連れて来るから」

池内の正面に座る河田が嗄れた声で言った。

「今度第二波が来たら、もちません。その前になんどもご来店を」

店主は冗談とも本気ともつかないことを告げ、空いた突き出しの皿を下げ、小上がり席を後にした。暦は六月下旬となった。四月初旬に政府によって発出された緊急事態宣言が一カ月前に解除され、東京都独自の警戒情報も取り下げられた。

休業を余儀なくされた飲食店が恐る恐る営業を再開したが、客足が以前のように戻っている店は少ない。

「地元にこんな渋い店があるとは知りませんでした」

「チェーンの居酒屋や牛丼屋ばかりだろう？　たまには地元で金を落とした方がいいぞ」

ベテランのフリー記者が手酌でレアな秋田産の純米吟醸を猪口に注いだ。

肌にまとわりつくような小雨が降りしきる週末の夜、河田に鰻とおでんが名物だという高田馬場の居酒屋に呼び出された。神田川沿いにある狭小戸建ての店舗だ。店の前を通ったことがあるが、河田のような酒好きがこぞって集まる名店だとは知らなかった。

「ここのおでん、出汁がうまいだろ？」

「ええ、いりこのお出汁は初めてです。透明できれいな色でした」

定番の大根、ちくわのほかに、池内は玉子を平らげ、取り皿の出汁も飲み干した。

「俺はあとで焼酎をこの出汁で割る。これがいくらでも飲める危険物だ」

関西風に焼き上げた鰻の白焼きを口に入れ、河田が相好を崩した。

「また色々と教えてください。もちろん、お代は編集部が出しますので」

池内が軽口を叩くと、河田の目つきが鋭くなった。

「取材経費で飲み食いしても大丈夫なのか？」

「えっ」

池内は言葉に詰まった。追い討ちをかけるように河田が言葉を継ぐ。

「二カ月前、御社は大変だったらしいじゃないか」

「なんのことでしょうか？」

むせながら焼酎のロックを飲み干した。自分でも狼狽えているのがわかる。

「俺に隠し事する気か？」

河田の声のトーンが一段低くなった。

「なぜご存知なんですか？ 厳重な箝口令が敷かれましたし、どこのメディアにも漏れませんでした」

「これでも記者の端くれだからな。クチナシの口をこじ開けるのがお仕事だ」

池内の言葉を聞くと、河田が満足げに猪口を空けた。

「クチナシ？」

「国税庁のことだ。普通の役所や企業なら、正確なネタを持って当てにいけば、最後は折れて肯定する。だが、国税は一切言質を取らせない。返答する口がないからクチナシだ」

「参りました」

最後に古賀の事務所を訪れた際、国税庁の特別調査が入った。規模の大きな企業で大掛かりな不正が疑われる際に実施されるもので、事前予告なし、地検特捜部の強制捜査と同様に極めて重い措置だ。

対象は経理局だけでなく、社長室や取締役の自宅、そして週刊新時代や月刊言論構想など所帯の大きな編集部にも及んだ。

「我々記者は誰と飲んだとかランチしたとか、領収書に残しませんし、上司はおろか経理にも明かしたことはありません」

「記者の鉄則だ」

この点が国税庁に狙い打ちされた。長年、顧問税理士と国税はあうんの呼吸で適正な税務処理を行ってきたはずだが、抜き打ちというやり方は、磯田による圧力だとみるしかない。

「一カ月ほど調査は続きました。俺自身もなんどか調査官に事情聴取されました。結果、会社として三〇〇〇万円程度の申告漏れを指摘され、調査は終わりました」

「最近、露骨な調査は減っていた。明らかにネタ潰しが目的だろうな」

「ええ……」

肯定した途端、池内は河田の術中にはまったことを察した。

「あのネタだな？」

「いえ、いくら河田さんといえど、教えられません。あと完全に潰されたわけじゃありませんから」

「相変わらず、顔に出るな。もっととぼけろよ。やっぱり噂は本当だったんだな」

河田がため息を吐いた瞬間、池内は下を向いた。

神保町の古賀の事務所から、やむなく自宅に戻り、同じように項垂れた。その夜開かれたネット会議の画面には、眉根を寄せた小松、そして高津がいた。小松は社長命令が下った経緯を明かした。

〈露骨な圧力で、次は査察部が来ると社長は脅されたようです〉

誰かは知り得ないが、社長に対して永田町方面から直接電話が入ったのだという。

〈新型コロナで世界中が混乱する中、経済の底割れを招きかねない報道はしばらく棚上げにする〉

社長は二人の編集長に対して言い放ったという。つかみかかりそうな高津を抑えながら、言論構想の歴史に傷がつくと小松は抗弁した。だが社長は頑として受け付けず、命令を聞き入れなければ、二つの媒体を一時的に休刊させるとまで通告したのだと聞かされた。

あの日、病院にかつぎ込まれた堀田は、検査で陽性が判明した。濃厚接触者となった池内らは二週間の自宅待機を強いられた。

その後、言論構想社の社内横断的に編成された特集チームは解散を命じられた。社長命令が下った直後から、池内は南雲に電話をかけ続けた。深夜、ようやくつながり、怒鳴られることを覚悟で切り出すと、南雲らノーサレンダー・ミッションのメンバー一人ひとりに対し、現在の所属先の上司なり大株主から連絡が入ったという。

古賀が全てを知った上で池内を呼び出したように、クーデター派は一斉に鎮圧されたのだ。ネット会議のシステムに欠陥があり、そこから企ての全容が漏れたとしても、あまりに手回しがよかった。

〈ネタは社長預かりとなりました。事実上のオクラです〉

滅多に感情を表に出さない小松が、机をなんども叩いた。

「社長の決断、納得がいかないか？」

「はい。初めての大ネタでしたから」

「その悔しさ、覚えておけ」

「わかりました」

首を垂れながら、池内は答えた。

「これ、観ろよ」

顔を上げると、河田がスマホを差し出した。画面には動画再生サイトがある。

「なんですか？」

「いいから、再生ボタン押してみな」

スマホを受け取り、言われた通り再生のマークに人差し指で触れた。

〈舐めとんか！　さっさと俺の金出さんかい！〉

〈ワシたちを騙しとったんやな、この腐れ外道が！〉

小さなスピーカーから、強烈な関西弁が漏れ聞こえた。

〈お待ちください。順番に並んでください！〉

〈待てるか、ボケ！〉

粒子の粗い動画を見ていると、怒声飛び交うどこかの店のシーンから七三分けのアナウンサーへと画面が切り替わった。

〈今朝の営業開始直後から、大阪府の……〉

「今から二五年前のニュース映像だ」

「一九九五年……俺が小学生の頃ですね」

「大阪の乱脈経営の信用組合が破綻した。バブル期に過剰融資に走り、崩壊後は不良債権が積み上がり、経営困難に陥った。その後は高金利で預金を集めたが、他の信組が破綻したのを機に取り付け騒ぎが起きた」

預金者が金融機関の窓口に殺到し、自分の預貯金を引き出そうとパニックになることだ。

「このとき、俺は通信社の日銀金融記者クラブでキャップだった」

池内の手からスマホを回収すると、河田が言った。

「バブル経済が崩壊し、株式運用で失敗、あるいは土地、不動産業者に過剰融資した金融機関はどこも経営が苦しかった」

「教科書で読みました」

「大蔵省や日銀、それに金融事情を知る一部の国会議員はバブル崩壊の痛手の大きさを懸念し、対策に乗り出そうとしていた」

「どうなったんですか？」

「金融機関を破綻させる法律がなかったから、官民ともに手探りで法案作りに動いていた。そんな最中に、この信組が破綻した。その直後、一般の国民はパニック状態に陥った」

「その結果が先ほどの取り付け騒ぎですね？」

「バブルに踊ったのは、一部の金持ちや銀行、大企業。自分たちは関係ない、そんな風に思う庶民が大半だった。しかし、こうした取り付け騒ぎが起きると、突然我が身のこととしてとらえ、騒ぎだす。それが一般の人間だ。新型コロナと同じだよ」

　無精髭で団子鼻の河田の顔が、突然古賀の能面のような顔に入れ替わった。

〈この国には考えることを放棄した人が多すぎる。言い換えれば、馬鹿ばかりです。もはや修正不可能です〉

　二カ月前、古賀が告げた。かつての取り付け騒ぎ、そして日銀の政策正常化に向けた企て……中身こそ違うが、河田と古賀の言っていることの本質は同じだ。

「この取り付け騒ぎ以降、俺は同僚の記者たち、それにデスクや会社の経営陣とある取り決めを作った」

「中身は？」

「前打ちは絶対にしない、それだけだ」

「具体的にはどのような？」

河田は焼酎の出汁割りを飲み干すと、語り始めた。金融機関が危ない、そして虎の子の預貯金が失くなるかもしれないと庶民が考えを巡らせた結果のパニックを防ぐ意味で、通常のような記事を書くのは危険だという意味合いだという。

「俺たち記者は、他所よりも一分一秒でも早く記事を世に送り出したいと考える。だから、企業の合併や新商品、あるいは政府や有力企業の人事をしゃかりきになって取材して、前打ちをやる」

「〇△銀行の次期頭取に×□常務が昇進、異例の一〇人抜き、的な記事ですね」

「そうだ。だが、金融機関の生き死ににについては、いつもの報道スタイルが使えない。いや、絶対に使わないと決めた」

「そうか……」

「ああ、前打ちをした途端、預金者が本店と支店、出張所に殺到する。個人だけじゃない、取引していた企業も一斉に金を引き揚げる。金融機関は一巻の終わりだ」

一気に告げると、河田がチェイサーの水を飲み干した。

「俺たちは起こったことを記事にするのが仕事だ。だがな、未来を作っちゃいけないんだ。仮に古巣の通信社が前打ちをして、焦った中央新報や公共放送が満足に裏取りもしないで後追いしたらどうなる？」

「確実に取り付けに発展しますよね」

「当時の金融機関の営業終了時、つまり午後三時まではネタをつかんでいても絶対に前打ちしない、そんな風に決めた」

「すごいリアリティです」

「なにを他人事みたいに言っているんだ？　おまえも当事者になりかけた。しかも、未来の事実を作るというメディアの掟破(おきてやぶ)り寸前まで行った」

　河田の言葉を聞いた瞬間、池内は肩を強張らせた。

「四月の段階で言論構想社が例のネタを出したら、一般庶民がどんな行動に出たか。あくまで俺の想像だが、日本社会の底が割れていた」

「しかし……」

「新米を焚(た)きつけた俺にも非がある。だがな、コロナ禍で人心が荒れていた。そんなときに、国の台所が爆発するなんて派手に書いたら、まだ起きていないのに、記事が事実(ファクト)を作り出していた」

　池内は手元の空になったグラスを見つめた。

「河田さんと同じことを言ったネタ元がいました」

「誰かは詮索しないが、重要なネタ元だ。大事にしろよ」

「はい」

「最近会っているのか？」

「会いに行きましたが、いませんでした」

理不尽な社命に激怒し、池内は神保町の事務所に古賀を訪ねた。だが、古びた雑居ビルの集合ポスト、それに事務所の扉から〈コールプランニング〉の表札は消えていた。大家に尋ねると、朝方に業者が荷物を取りに来たという。古賀本人から電話が入り、急遽事業を畳むと知らされた、とだけ語った。江戸川橋のマンションにも急行した。こちらも神保町と同じで、管理人が退去したと告げた。

経済界で数々の裏仕事を手掛け、最強のフィクサーと呼ばれた男が忽然(こつぜん)と姿を消した。今も行方を探しているが、手がかりはない。

「企ては未遂に終わった。だが、日銀ＯＢが決起しなくても、いずれは誰かが同じことをやる。そのときまでしっかり取材しろ」

「はい」

「一つ、面白いネタを提供しよう」

「なんですか？」

「日本の財政赤字は世界一だ。日銀が国債を買い続けても、賄いきれない日がやってくる」

「そうですよね。でも、出口（イグジット）はいずれ見出さないと」

「ウルトラCを考えている悪い連中がいる。調べてみろ」

河田が足元のバッグからファイルを取り出した。表紙にはマル秘の判子が押してある。

「これだ。いずれ、こんなフェーズに入るかもしれん」

〈永久国債導入に向けてのステップ（仮）〉

「なんですか、これは。ひどい」

「だからウルトラC。満期が来ないかわりに、利払いを続けることができる国債だ。まごうかたなき禁じ手、究極のモラルハザードだ」

「絶対にダメですよ、認められません。阻止します」

池内はテーブルを拳で叩いたあと、身を乗り出した。こうやって日本という国は、問題の解決を三〇年以上も先送りし続けてきた。今まではなんとか持ちこたえてきた。しかし、それは偶然の産物が重なっただけなのだ。

いつか負のサイクルを止める。池内は心に決めた。

エピローグ

二〇一四年一〇月三〇日

外苑西通りでタクシーを拾い、古賀は誰もいない江戸川橋の自宅マンションに戻った。背広を脱ぎ、乱暴にソファに投げつけた。

〈明日の決定会合で執行部提案に賛成票を投じろ、そういう意味なのね？〉

耳の奥で青山の声が鈍く反響する。

ネクタイを緩め、ワイシャツのボタンを外す。

古賀はダイニングのキャビネットを開け、ロックグラスとシングルモルトのボトルを取り出した。琥珀色の液体でグラスをいっぱいに満たしたあと、喉に流し込んだ。強烈な枯れ草の香り、喉をバーナーで焼くような痛みが広がった。グラスの中身が半分ほど減ると再度、モルトを注ぐ。

汚れ仕事には慣れている。腐臭を放ち、原型をとどめぬほど腐敗した帳簿を誰にも知られぬよう始末するのが己の稼業だ。

大企業や政界の重鎮に気に入られ、続々と仕事が増え、使いきれぬほどの金を得た。

それはあくまで企業の恥部であり、株主や投資家を欺くだけの行為だった。そう自分に言い聞かせ、仕事を続けてきた。

だが、先ほどの依頼は全く質の違うものだった。今度は国民全員を欺く行為に加担してしまった。

もう一口、モルトを流し込む。強い酒を体に入れ、神経を麻痺させてしまいたいが、意識はより鮮明になっていく。乱暴にロックグラスをテーブルに叩きつける。今度で終わり、稼業から完全に足を洗う。そう考えるたびに大きな仕事が持ち込まれた。だが、抗えばたちまち冷たい手錠をかけられる。そんな恐怖と闘い続けて二〇年以上が経過した。体のどこを切っても、黒い血しか流れない。汚れきった体になってからも、今回の一件ほど罪悪感を覚えた仕事はかつてなかった。

もう一度、グラスに手を伸ばしたときだった。マンションの呼び鈴が鳴った。玄関に向かい、扉を開けると人影があった。

「よう、突然で悪いな」

ソフト帽を脱ぎ、老紳士が笑みを浮かべていた。

「大臣……」

「嫌な仕事させちまったな。直接礼が言いたくてな。ありがとう。おまえは日本を救ってくれた。感謝する」

磯田が深々と頭を下げた。

「大臣、とんでもないことです」

「こんな汚れ仕事は最後だ。芦原に代わって礼を言う。それじゃあな」

「お気遣い、ありがとうございます」

靴音を鳴らしてエレベーターホールに向かう老紳士に向け、古賀は頭を下げ続けた。

参考文献

・『日本銀行「失敗の本質」』原真人＝著（小学館新書）
・『日銀破綻』藤巻健史＝著（幻冬舎）
・『平成金融史』西野智彦＝著（中公新書）
・『地銀波乱』日本経済新聞社＝編（日経プレミアシリーズ）
・『やってはいけない不動産投資』藤田知也＝著（朝日新書）
・『「デフレ論」の誤謬』神津多可思＝著（日本経済新聞出版社）
・『中央銀行』白川方明＝著（東洋経済新報社）
この他、新聞各紙、インターネットなどを参照

内容はフィクションです。実在の人物や団体とは関係ありません。

解説

原 真人

　小説『イグジット』は、もしかすると新聞の経済記事よりよほど経済の〝リアル〟に肉薄しているかもしれない。私のような新聞記者がそんなことを言うのは、やや自虐的すぎるだろうか。ただ、この小説を読んでそんな思いにとらわれたのは確かだ。

　もちろんこれはフィクションである。主要な登場人物である雑誌記者の池内貴弘（いけうちたかひろ）も、金融コンサルタントの古賀遼（こがりょう）も架空の人物だ。ただし彼らは主人公であって真の主人公ではない。著者がこの物語で描こうとした真の主役、それはリアルの日本経済そのものだろう。

　そんな心持ちで本書を読めば、池内も古賀も自らの役回りを懸命に演ずる狂言回しのように見えてくる。日本経済に翻弄されながら、得体の知れぬ恐ろしい問題を浮かび上がらせるために。

　登場人物も現に存在する人物がモデルになっていると思われる。「アシノミクス」と呼ばれる経済政策を推進する芦原恒三（あしはらこうぞう）首相のモデルは、言うまでもなくアベノミクスを掲げて一時代を画した安倍晋三・元首相だろう。政財界に影響力を持つ副総理で財務相の磯田一郎のモデルは、安倍元首相に並ぶ権力者として君臨した麻生太郎・元副総理兼財務相に違いない。

取り上げられている経済政策も、現実の政策が下敷きになっている。たとえば登場人物のひとり、日本銀行の赤間総裁が放つ超金融緩和策のモチーフは、まちがいなく日銀の黒田東彦・前総裁が主導した異次元緩和だ。日銀は異次元緩和で国債や株を大がかりに買い上げ、金融市場に空前の規模のお金を投じた。それによって人為的にインフレを起こし、経済にかつてない巨大な刺激を与えようとしたのだ。

ところがモノやサービスの価格が上昇する前に、まず反応したのは株や不動産などの資産価格だった。投資家や市場関係者たちはこれを歓迎し、「黒田バズーカ」と呼んで、はやし立てた。小説中では「赤間レーザービーム」と名付けている。

読者はこうして虚構と現実が渾然一体となった中で、物語を読み進めていくことだろう。いつしかどれがフィクションで、どれが実際に存在する問題なのか判別がつかなくなる。いわばノンフィクションの生々しさを備えながら、私たちは池内や古賀の視点で日本経済が抱える巨大なリスクに向き合っていくことになる。この小説が「経済記事よりリアルだ」と言ったのは、そういうことだ。

新聞記者は確認できた〝事実〟を材料に記事を書く。書ける範囲にはおのずと限界が生じる。たとえ目の前で起きた出来事であっても、記者はすべてを理解できているわけではないからだ。出来事の背景にあるもの、それがもたらす影響……それらを神のごとくすべて見通し、記事にすることなどできようはずがない。

とりわけ国家や国民に広く影響する政策や、日本経済の実態のような問題について、同時進行で的確な評価を下すことは至難の業だ。ずいぶん後になって、ようやくその意味がわかってきたり、歴史的な評価が浮かび上がったりすることも少なくない。

渦中にあるとき、人は多かれ少なかれみずからの立場やそれぞれの利害にとらわれて物事を見る。いくら何でもそれほどひどいことにはならないだろうという、根拠なき楽観に陥る「正常性バイアス」にとらわれることだってある。

私がアベノミクスと、それに対する人々の反応を取材して感じたのも、そういうことだった。あれほど国民生活の未来を危うくする異常な政策が、なぜ多くの国民から幅広い支持を得たのか。そして10年の長きにわたって続けられたのか。いまだに経済界でこの政策を評価する声が多数派なのはどうしてなのか。信頼できる当局者や経済専門家たちから強い懸念の声を聞いていた私には、なかなか理解しがたいことだった。

その不可思議さを、事実だけをもって報道していくことはかなり難しかった。それが現場記者としての実感だ。その点、小説は背景にあるものもその影響も、フィクションというフィルターを通して「神の目」で読者に示すことができる。

もちろん物語を紡ぐこととファクトを伝えるジャーナリズムとはまったく異なる作業だ。とはいえ、経済記者出身でもある相場英雄氏の小説は、ジャーナリズム的な雰囲気も醸し出している。政策や経済実態に横たわる問題の所在、その意味するところを正確に理解し、的確に表現しているためだろう。その結果、読者にわかりやすく伝える力において、むしろジャーナリズムより優位にあるのではないかと思わせる。

『イグジット』が最大のテーマとしているのは財政破綻やハイパーインフレなどによる日本経済の崩壊だ。この問題はフィクションではない。現実社会を生きる私たち日本人にとって「いま、そこにある危機」である。ただ、どれだけの日本人がそれを深刻に受け止めているだろうか。日本は世界第3位の経済大国で、32年連続で対外純資産が世界一の〝超金持ち国〟だ。アフリカの最貧国や南米の借金国とは違う。だから財政破綻などするはずがない。多くの人はそう考えているのではないか。

だが実際には、日本の財政はいつ破綻してもおかしくないレベルにある。国と地方が抱える借金はゆうに1200兆円を超える。それが経済規模に対してどのくらいか比較する健全度指標でみると、日本は比較可能な世界約170カ国中、ダントツの最下位だ。GDPの2・6倍もの巨額の借金を抱えている政府は日本以外に見当たらない。これはもはや平和裏に返済できる借金のレベルではない。俗な例えをするなら、サラ金で首が回らなくなった多重債務者のようなのである。

それでも、今のところギリシャやアルゼンチンのように財政が破綻せずに済んでいるのは、日本銀行が国債を買って当座をしのいでいるからだ。日銀は紙幣（電子データも含む）を刷りまくって、国家財政を支えている。専門用語ではこれを「財政ファイナンス」と呼ぶ。本書でも随所に登場するキーワードだ。

日本はいま、先進国では絶対にタブーとされるこの財政ファイナンスに手を染め、財政をつないでいる。しかし、この手法はけっして打ち出の小槌でも魔法の杖でもない。

万が一、何かの拍子に均衡が崩れたら、日銀券そのものが信用を失って円が暴落し、果ては紙くずになりかねない。そうなったらモノやサービスの価格はまたたく間に何十倍、何百倍にも跳ね上がる。南米やアフリカの財政破綻国で発生した「ハイパーインフレ」と言われる現象だ。これも本書でたびたび登場する重要なキーワードとなっている。

金融を舞台に据えた相場氏の小説に古賀が謎の金融コンサルタントとなるまでの経緯が描かれた『不発弾』（新潮文庫）がある。いわば本書のプロローグに該当する物語だ。そこでは巨大企業が抱えた不正会計や不良債権がテーマとなり、いつ破裂するかわからない「不発弾」として描かれている。本書で扱うテーマはそこからさらに舞台を広げ、国民生活を脅かす財政破綻やハイパーインフレが「不発弾」とされている。

小説と同様、現実の世界でも日本の財政の「真実」を世に問う者はほとんどいない。政府も、国会や官僚も、そしてマスメディアも不都合な真実に口をつぐんでいる。

私は最近、財政悪化の現状を憂えるある国会議員から、「日本の財政は火薬庫の上にあるようなものだ」という深刻なつぶやきを聞いた。残念ながらそういう問題意識をもつ国会議員はきわめてまれだ。大多数の国会議員がいまや「財政は借金で何とかなる。今後も借金すればいい」という安易な考えに染まっている。そうした政治の甘えと無責任さに封じ込められた財務省や日銀は真実を声高に訴えられずにいる。

数年前、現役の財務次官だった矢野康治氏が月刊「文藝春秋」誌への寄稿で「日本の財政は氷山に向かって突進しつつあるタイタニック号のようだ」と財政悪化に警鐘を鳴らし、話題になった。だが、すぐに安倍元首相や自民党議員らから強い圧力を受け、その声は封じられた。矢野氏はその後、財務省を去り、いまは何事もなかったかのように岸田政権が防衛予算や少子化対策予算について、財源の根拠がないまま派手な拡大構想を打ち上げている。

アベノミクス生みの親の安倍元首相は襲撃によって命を奪われ、いまはいない。バズーカを放ってアベノミクスを支えた黒田総裁もすでに任期を終えて日銀を去った。とはいえ「兵どもが夢の跡」と、問題を歴史のなかに押し込めて放り出すわけにもいかないだろう。かろうじて均衡を保っている日本の財政や金融政策の足元には、アベノミクスによってひときわ巨大となった「不発弾」が眠っているのだ。

かつて文芸評論も手がけた思想家の柄谷行人（からたにこうじん）氏からこんな話を伺ったことがある。日本で初めて書かれた「バブル経済小説」は久間十義（ひさまじゅうぎ）氏が1980年代後半のバブルの渦中で書いたデビュー作『マネーゲーム』だった、と。この小説は、まだ人々がバブルをバブルとも認識していない時代にバブルの何たるかを示し、その崩壊も予見していた。

その伝でいえば、後世こう語られる時代が来るかもしれない。「アベノミクスの真実と、その破綻を予見した初めての小説は『イグジット』だった」と。願わくば、平和な世の中、安定した日本経済のもとでそう振り返りたいものである。

（2023年夏、はら・まこと／朝日新聞編集委員）

―――本書のプロフィール―――

本書は、二〇二一年一月、日経BP社から刊行された『Ｅｘｉｔ　イグジット』を改題・改稿し、文庫化したものです。

小学館文庫

イグジット

著者　相場英雄（あいばひでお）

二〇二三年十月十一日　初版第一刷発行

発行人　石川和男
発行所　株式会社　小学館
〒一〇一-八〇〇一
東京都千代田区一ツ橋二-三-一
電話　編集〇三-三二三〇-五九五九
　　　販売〇三-五二八一-三五五五
印刷所――――図書印刷株式会社

ISBN978-4-09-407298-3